흑색지대

이기호장편소설

명 지 사

흑색지대

차 례

1. 석양에 진 꽃——5

2. 어느 여자의 죽음——29

3. 사랑 찾기——47

4. 루비콘 강을 넘어——59

5. 죽음의 황간도(黃幹島)——68

6. 인간들의 지옥——80

7. 음모의 싹——97

8. 작전 새벽안개——111

9. 안 개 꽃——127

10. 밤의 색소폰——149

11. 황간도 탈출——172

12. 황색 바다——196

13. 눈물의 감령(感嶺)——215

14. 저승 침몰——237

소설을 끝내며——267

1

석양에 진 꽃

　인류 사회의 모든 구성원 고유의 존엄성과 평등하고 양여할 수 없는 권리를 승인함은 세계에 있어서의 자유 정의와 세계 평화의 기본이 되는 것이므로 인권의 무시와 경멸은 인류의 양심을 유린하는 만행을 초래하였으며 사람이 언론과 신앙의 자유를 누리고 공포와 결핍으로부터의 자유를 향유하는 세계의 도래는 모든 사람 최고의 열망으로서 선포되어 왔으므로 사람이 전제(專制)와 탄압에 대항하는 최후의 수단으로 반란을 일으키지 않게 하기 위하여는 인권을 법률의 정한 바에 의하여야 함이 절대 긴요하므로…… 생략……. 기본적인 인권과 인신의 존엄성과 가치와 남녀동등권에 대한 신념을 재확인하였으며 또한 보다 광대한 자유 안에서 사회를 향상시키고 일층 높은 생활수준을 가져오도록 노력하기로 결의한 바 있으므로…… 생략…….

　(人權에 관한 世界宣言. 1948년 12월 10일 제3회 국제연합총회 채택)

6

닭이 운다.

동쪽에서 한 번, 서쪽에서 한 번, 그리고 방향을 알 수 없는 그 어떤 곳에서 울었다.

목이 말랐다. 머리맡을 뒤적여 찾아낸 술병을 들이켜도 가셔지지 않는 갈증, 술이 술을 깨워 새벽의 여명을 맞이하게 했다.

청량리 그리고 588.

서울땅 그 아수라(阿修羅)의 한 모퉁이에 몸을 의지하고, 안개와 함께 헤쳐왔던 지난 몇 년을 뒤로 한 채 어디론가 떠나려는 순간은 서러웠다.

가시버시 황녀.

기둥과 가시의 관계로 지난 두 해를 고운 정이 도탑고 미운 정이 서러운 여자. 이제 그 2년간의 헝클어졌던 인연의 끈을 풀면 또 어느 기둥을 맺고 무진 아수라를 헤쳐갈 그녀의 곤한 잠을 남겨 놓고 자리에서 일어섰다.

안개는 새벽 청량리를 삼킨다.

동해발 첫차를 맞이하는 창녀들의 절박함은 아랑곳하지 않고 안개는 승객들과 그녀들과 역사(驛舍)까지도 진한 습기로 뒤덮어 버렸다.

"장항행 표를 주세요."

새벽 시간에 얼굴이 마주친 매표원은 작은 미소로 아는 체했다. 간혹 얼굴을 마주하고 껌을 맞씹었던 기억과 588번지 그녀를 사이에 둔 그 기하학적 인연(?)을 생각하는 매표원은 싱거운 웃음과 함께 표 한 장을 내밀었다.

장항.

한 장의 군용 버스표마냥 앙증맞은 티켓은 그 절반 허리춤에 YH 자욱이 선명한 채 승객들의 발걸음을 떠밀었다.

"아저씨, 잠깐 놀다 가요. 어머, 오빠 아니세요."

역사 내 출입구 근방까지 진을 치고 있던 안면이 있는 창녀 하나가 수다를 떨었다. 그녀의 접근과 배웅(?)은 출발의 기적을 서럽게 뱉어내는 기차의 경적과 절묘한 하모니를 이루었다.

안개는 차창을 빈틈없이 감싸 한 치 앞을 구별할 수 없도록 했지만 그 속을 뚫고 저만큼 외등 빛이 뿌연하게 감지되었다.

"제기랄! 더럽게 많이 끼었군."

좌석의 어느쯤에서 들려온 승객의 게걸스런 언어 한 토막과 함께 지난 두 해 동인의 청량리노 황녀도 안녕인 것이었다.

기차는 춥게도 떠났다.

그 육중한 몸체를 매서운 안개와 겨울 추위에 맡긴 채 차 안의 차가운 공기를 덥히는 히터의 진동수가 점점 거칠어지는 만큼 황녀의 잠도 깊어 가겠지. 마득렬(馬得烈)은 머리를 등받이에 기댄 채 담배를 꺼내 물었다.

'마득렬, 너를 군무이탈 및 민간인 살인 혐의로 체포한다.'

지난 2년간 가위눌리듯 가슴을 철렁거리게 하던 사단 헌병대의 탈영병 체포조의 엄습이 들려오는 듯 마득렬은 몸을 움츠렸다.

'내가 갈 곳은 어디인가?'

기차는 588 그녀들의 거센 호흡소리와 같은 전기력으로 안정된 증권의 그래프 곡선을 그리듯 가고 있었다.

머리가 아팠다.

간밤에 퍼마셨던 알콜 기운이 아직도 안 가신 때문인가, 목이 탔다. 아니, 목이 탄다기보다는 속이 메스껍다는 표현이 적당한 것 같다.

앞에 한 여자가 앉아 있었다.

그녀도 새벽 여행이 피곤한 듯 고개 모양을 아무렇게나 하고 잠이 들어 있었다. 스커트 위에 걸친 검은색 오바 깃 사이로 살색 스타킹을 신은 한쪽 다리의 깊은 곳이 보였다.

무엇하는 여자인가. 몸가짐이 단정치 못한 그녀는 못생긴 얼굴답지 않게 살꽃은 육감적이었다. 하긴 살꽃이 색다르지 않던 여자가 있던가.

"표 주세요, 표."

승무원 둘이 승객들의 티켓을 확인하며 다가오고 있었다. 그들이 입고 있는 파란색 제복이 차가운 바람을 풀풀 날렸다.

"표요. 감사합니다."

승객들의 티켓을 점검하는 그들은 완전한 역할 분담으로 시간을 효과적으로 줄이고 있었다.

용산역을 통과한 기차가 거친 숨결을 토하며 한강을 건너고 있었다. 철교의 중심부를 지나칠 때는 철교와 기차 전체가 반동(反動)을 했다.

마치, 588 그녀들 중 가장 몸무게가 많이 나가던 창성집 떡순이의 엉덩이 춤만큼이나 흔들거렸다.

출렁, 출렁.

앞좌석 여자의 가슴도 흔들거렸다. 결코 가볍지 않은 움직임으로 보아 젖가슴의 크기가 가늠되었다.

'뭘하는 여자일까?'

갑자기 아무런 이유도 없는 궁금증이 스멀스멀 머릿속에 피어올랐다. 힘이 잔뜩 들어 있는 강인한 어깨, 남자 같은 턱, 그녀는 아무리 뜯어봐도 부잣집 외동딸 같지는 않았다.

'남자에 떨어지지 않는 근력(筋力)을 필요로 하는 공장에서 일하는 공순이나, 어느 돈벼락 맞은 신흥 부호댁의 가정부, 또는 여관이나 여인숙의 조바 정도가 아닐까.'

마득렬은 쓸데없는 상상을 걷고 차창을 응시했다.

눈이 내렸다.

피부가 좋지 않아 단골을 유지하지 못하던 어떤 그녀의 알몸마냥 황량하기 그지없는 서울 외각의 풍경이 살풍경하다.

정돈되지 않고 무질서한 영세 공장단지, 짓다 만 건축 현장의 앙상한 골조, 쓸쓸하게 서 있는 전신주가 머리를 풀어헤치고 새벽잠에서 깨어나는 여자 같다.

거세지도 세차지도 않은 눈발은 기력없는 늙은이의 잔기침마냥 자잘하게 흩뿌렸다. 한숨에 토해내는 담배연기가 차창을 가려 창밖의 풍경을 잠시 감춘다.

안개는 서울의 시계를 벗어나면서 완전히 걷히고 멀리 지평선 쪽에서 한 덩이 붉은 태양이 떠오르고 있었다.

"아름답군!"

마득렬은 일출의 광경에 찬탄을 금할 수 없었다. 아직은 차가운 겨울인데도 이글거리며 떠오르는 태양의 붉은 기운에 소멸되는 겨울의 한쪽이 보이는 듯했다. 빠르게 차창을 스쳐가는 철길 옆의 느티나무가지에서 마른 잎이 떨어져 창백한 아침 속으로 날아들었다.

그러나 지금은 2월. 이제 지겹던 겨울도 그 종막을 고하는 에필로그……. 차디차고 음습하던 지난 겨울이 저 무한대의 시간 터널 속으로 머리와 몸통을 박아넣고 헉헉대는 자연이동 속에 놓여진 마득렬은 난감하기만 했다.

정처없는 도피의 길.

집도 절도 없이 떠도는 부표처럼 외롭고 참담한 자신의 처지가 차창 밖의 일출과 대비되었다. 그것은 기묘한 실루엣이었다.

"……."

환영(幻影)인가? 눈이 부셨다. 짚더미 속에 둥지를 틀고 잠들어 있던 참새들이 날개를 퍼덕이며 달려드는 것 같았다.

아침…….

참으로 청정했다.

기차는 널따란 들판을 달리고 있었다. 시야가 미치는 곳은 저 먼 지평선 끝까지였다. 황량한 겨울 들판과 눈꽃이 피어 있는 산은 막막하다. 그러나 그 모든 밝지 못한 이미지를 벗어던지고 불쑥 솟아오른 태양으로 빛나는 아침은 아름답기만 하다.

"김밥 좀 드세요."

앞자리에 앉아 있던 여자였다. 그녀의 손엔 김밥 도시락이 들려 있었다. 금방 만들어온 것인지 하얀 김이 피어오르고 있었다.

"아, 됐습니다. 생각이 없군요."

"그래요? 그러면 할 수 없지요."

"……."

여자는 거침없이 김밥을 해치웠다. 한 입에 하나씩, 도시락 하나가 금방 바닥을 드러냈다.

"아저씨, 어디까지 가세요?"

"……?"

'생긴 것하고 똑같게 논다.' 생면부지의 사람을 그것도 여자가 자연스럽게 말을 걸고 접근하는 것이다. '헤픈 여자이거나 어딘가 모자라는 여자가 아닐까?' 마득렬은 그렇게 생각하며 대꾸를 하지 않았다.

차창 밖은 눈발이 거칠고 굵어져 있었다. 잠시 멎었던 바람이 다시 기세를 떨쳐 천지사방으로 눈을 휘날리게 했다. 시계를 보았다. 서울을 떠난 지 1시간 정도, 기차는 평택 근방을 지나고 있었다.

US아미 캠프 촌.

미군 기지가 좌측으로 보였다. 반타원형 콘센트 막사와 각종 기지의 시실물, 물자들이 이질적인 모습을 하고 있었다.

"군에 갔다오셨어요?"

앞자리의 여자가 또다시 말을 걸어왔다. 이번 질문은 좀 색다른 것이었다. 군에 갔다왔느냐는 질문에 마득렬은 가슴 한쪽이 찔렸다.

"아, 네, 다녀왔습니다."

"어디 출신이세요?"

"출신요?"

"네, 육군이나 공군 또는 해군도 있잖아요?"

"아, 네, 저는 상륙군 출신입니다."

"어멋! 그러세요. 지난번 육·해·공 합동작전 때 보니까 상륙군들 정말 씩씩하데요."

"……?"

'이 여자는 도대체 뭘하는 여자인가? 육·해·공 합동작전까지 거론하는 것으로 보아 군에 대한 상식이 대단한 여자가 아닌가.'

"뭘 그렇게 놀라세요. 저는 여군이거든요. 그래서 관심을 가져본 거예요."

"여군요?"

"네, 중사예요. 휴가가는 중이지요."

마득렬은 그제서야 그 여자에게 품었던 몇 가지 궁금증들이 누에고치에서 실이 풀리듯 해소됐다.

여군, 그리고 중사.

마득렬은 문득 서러움이 복받쳤다. 얼마나 고역스러웠던가? 입영영장을 받고 집결 장소로 떠나던 그날부터 무엇인가 잘못 꼬인 실타래는 자신의 운명을 질기게도 포박했었다.

집결 장소인 논산 부창 국민학교는 짙은 안개에 덮여 한 치 앞을 구별하기 힘들 정도였다. 일요일이었다. 아이들이 공부하고 뛰어놀던 교사와 교정은 어둠 속에 누워 있는 산처럼 침울했다. 장정들과 그들을 뒤따라온 환송 인파가 뒤엉키자 교정은 갑자기 살아 움직이는 새벽 시장처럼 술렁거렸다.

집결 장소 : 논산 부창 국민학교.

집결 시간 : 09시.

입영 통지서는 지극히 간단했다. 장소와 시간……. 그 외엔 더 무엇이 필요하랴. 통지서를 받은 장정들 모두는 머리털을 기계로 밀어버린 채 안개 속에 집결한 것이다.

어디로 갈 것인가?

술렁거리는 그들의 대화 속엔 앞으로의 이동 장소가 초미의 관심거리였다.

"건강해야 해……."

아직까지 한 손을 놓지 않고 있던 은혜가 말했다. 그녀의 눈가에는 눈물이 맺혀 있었다.

"그래! 은혜도. 곧 편지할께."

"응!"

마득렬은 은혜의 손을 놓지 않을 수 없었다. 안개와 인파를 헤치고 일단의 군화발(?)들이 말발굽 소리를 내며 운동장을 가로질러 왔기 때문이다.

"선두 제자리──섯!"

"타──닥!"

호송병들의 절도 있는 행동이 안개 속에서도 일사분란했다.

"자! 들어라! 장정들은 사열대 앞으로!"

지휘관인 듯한 장교의 갈라지는 목소리는 절로 소름이 끼쳤다. 말로만 듣던 군대, 이제 그 군대의 세계에 한쪽 발을 들여놓고 있는 것이었다.

"동작 봐라! 장정들은 사열대 앞으로!"

재차 지휘관의 명령이 떨어지자 그 앞에 도열해 있던 호송병들이 일제히 발을 맞추어 군화 소리를 냈다.

규칙적인 말발굽 소리는 교정을 일깨워 잠들어 있는 신경들을 자극했다. 공포, 장정들에게 그 소리는 굉장한 두려움을 주었다.

우르르!

장정들은 바위돌 구르듯 몰려갔다. 이제 그들은 가족과 애인과 친구들과 그리운 그 모든 것들과 구별되어 안개를 뚫고 사열대 앞으로 달려나갔다.

"좌측으로부터 청양군, 공주군, 금산군 순으로 다시 헤쳐 모여!"

교장 선생이 학생들을 모아놓고 조회를 하던 연단에 올라서 지시를 하는 장교는 중위 계급장을 달고 있었다. 안개 속에서도 그의 계급장이 모자 한가운데서 반짝였다.

"동작이 완만하다. 원위치!"

제각기 출신지를 찾아 우왕좌왕하던 장정들이 연단 쪽으로 다시 움직였다. 썰물과 밀물처럼 그들은 장교의 지시에 순응했다.

"위치로!"

장정들의 걸음과 동작은 가속이 붙어 있었다. 각 출신지별로 호송병들과 동면 병무계 직원들이 병력자원들을 인수인계하고 있었다. 이제 장정들의 신원이 내무부에서 국방부로 넘어가는 순간이다.

"호명과 함께 주민등록증과 영장 통지서를 갖고 앞으로 나온다."

지독히 못생긴 하사가 악을 쓰듯 말한다. 그 앞에 병장 하나가 모자를 벗어 입영 통지서와 주민등록증을 대조하며 장정들을 아래위로 살펴본다.

"강철수!"

"넷!"

"이×끼! 대답 그것밖에 못하나? 아침을 굶었나? 저쪽에 심어."

"……?"

"이×끼, 귀까지 먹었나? 심으란 말야. 원산폭격 모르나?"

"아, 넷!"

장정 하나가 하사 앞에서 머리를 땅에 대고 두 손을 뒤로 했다. 그러나 이내 옆으로 쓰러지고 만다.

"이 ×끼! 군기가 말이 아니군! 앞으로 취침! 뒤로 취침!"

하사의 명령에 장정은 사정없이 몸을 움직였다. 그 모습을 바라보는 장정들은 자신들의 몸 속에 어떤 기합이 스며드는 것을 느꼈다.

"모두 쥐잡어! 머리를 숙이고 두 손을 뒤로 하란 말야. 이 ×끼들아!"

장정들은 서로 앞사람의 등에 머리를 박고 땅을 응시했다.

"눈은 왜 뜨나? 눈 감어!"

하사와 호송병들은 동면에서 나온 병무계 직원들과 몇 가지 서류를 주고받은 후 서명했디.

"기상! 8열 종대로 헤쳐 모여!"

하사의 명령은 단호했다. 장정들은 그의 갈라지는 쇳소리에 범접할 수 없는 기상이 서려 있음을 느꼈다.

"옆사람과 서로 팔짱을 낀다. 풀어지지 않게 단단히 실시!"

8열 종대의 대형이 서로 팔짱을 끼자 하나의 기다란 인간열차가 형성되었다. 선두와 좌우측에는 군복에 칼날 같은 주름선을 세우고 하얀 장갑과 포승줄을 옆에 찬 호송병들이 늘어섰다.

"선두를 따라 구보로 달린다. 구보중 잡담이나 개인 행동을 하는 자는 용납하지 않겠다."

핸드마이크를 든 중위의 말이었다. 그와 함께 좌측에서부터 안개가 움직였다. 아니, 장정들의 대열이 움직였던 것이다.

"사나이로 태어나서 할 일도 많지만 너와 나 나라 지키는 영광에 살았다. 전투와 전투 속에……."

힘찬 군가가 울려 퍼졌다. 그것은 장정들이 내뱉는 것이었다. 그들의 입에서는 거칠고 정리되지 않은 음정과 박자가 안개와 함께 터져나왔다.

장정들이 구보로 향하는 곳은 역이었다. 대로를 피해 소방도로를 이용하여 달리는 장정들의 옆으로 그들의 가족과 애인, 친구들이 함께 뛰었다. 기차를 타고 떠나는 장정과 이별을 하기 위해서 그들은 필사적이었다.

"각자 대열대로 70명씩 열차에 오른다."

호송병들은 마치 기계같이 움직였다. 장정들과 환송객들을 분리하였다. 그리곤 잠시 이별의 환송 시간도 주지 않은 채 특별수송열차의 각 출입문을 닫았다.

'허둥대지 말자! 주어진 나의 길을 거부하지 말자! 의연하게 물처럼 흐를 뿐이다!'

마득렬은 열차의 창 쪽에 앉아 술렁이는 환송객들과 장정들을 바라보며 마음을 가라앉혔다.

"이×끼들! 쥐잡어! 쥐잡어, 이×끼들아!"

호송병들이 술렁거리는 장정들의 등줄기를 사정없이 갈겼다. 좀전의 교정에서보다 그들은 더욱 거칠어져 있었다. 환송객들과 분리된 장정들은 이제 의지할 것이라곤 아무것도 없는 그야말로 어둠 속의 미아인 것이다.

특별수송열차가 움직이기 시작했다.

안개가 논산 역사와 플랫폼을 감싸자, 손을 들고 자신들의 아들과 애인, 친구들의 모습을 살피는 환송객들의 모습이 흐릿하게 보였다.

아! 그 곳에 은혜의 모습도 있었다.

안개 속에 한 손으로 눈을 가리고 서 있는 은혜는 울고 있었다. 역까지 걸어와 정처없이 떠나는 군용열차를 바라보는 여자, 마득렬은 그녀를 진심으로 사랑하고 있음을 깨달았다.

"여자가 군인이라서 이상해요?"

마득렬은 참으로 귀찮은 존재 앞에 당황스러움을 느꼈다. 거칠고 투박하게 생긴 여자와, 더구나 자신이 여군인 것을 자랑스럽게 내세우는 여자에게 말대꾸로 시간을 빼앗기고 싶지 않았다.

"아뇨! 나도 군에 있을 때 여군들을 좋게 생각했습니다."

"어멋! 그래요. 어떤 면이 좋아 보이던가요?"

마득렬은 멋적은 미소를 흘렸다. 그러나 여자의 질문에 대답을 할 수는 없었다. 통나무에 치마만 둘러도 여자같이 보이던 시절, 사단 정훈단 방문시 가끔 볼 수 있던 여군의 체취를 생각하며 야간경계근무 참호 속에서 참으로 속절없는 풀무질을 했었다.

만월이 잔광을 흩뿌리는 해안을 향해 내뿜는 배설은 사랑하는 은혜나, 아니면 노골적인 성유희로 불태웠던 창녀의 몸뚱이 대신 푸른 군복에 싸여 있는 싱싱한 여군들의 알몸을 떠올렸다.

기차는 천안역에서 방향을 바꿔 서해안으로 향했다. 넓은 평야가 가슴 속까지 시원하게 했다.

"계급이 뭐였어요? 사병으로 제대했으면 병장일 테고……."

“……!”

마득렬은 ‘하사 2호봉으로 근무중 탈영했소’ 하고 대답하고 싶었다. 지독하게 푼수끼가 있는 여자였다. 그녀는 암내를 발산하고 있는 것이었다. 답답하고 사방이 막혀 버린 군생활 속에서 1년에 한두 번 주어지는 휴가는 부처님 가운데 토막 같은 인간도 여자의 살꽃을 찾고야 마는 것이다.

여자라고 별수 있으랴. 지난 2년간 창녀들 속에 묻혀 살면서 여자들의 성욕이 남자들 못지 않은 것을 보지 않았던가.

그녀들은 하루에도 서너 명 이상의 사내들을 상대했다. 밤이고 낮이고 구별이 있을 수 없었다.

사내들은 불규칙한 시간에 경황없이 찾아와 한두 장의 지폐를 던져놓고 혁띠를 풀었다. 아침부터 깊은 밤까지, 심지어는 밥 먹는 시간까지 찾아와 그녀들을 호명했다.

그러면 들었던 수저를 놓고 그녀들은 사내를 한 평이 조금 넘는 방에서 치마를 걷고 양다리를 벌려댔다. 그리고 돌아와 남겼던 밥을 맛있게 먹었다. 원없이 사내들의 체취를 맛보고 사는 여자들인 그녀들이 사내를 그리워한다면 믿겠는가.

그러나 그녀들은 지폐 한두 장에 쌓였던 배설을 코풀듯 풀고 가는 멋없는 사내들에게서 여자가 느끼는 성의 환희는 느낄 수 없었던 것이다. 그녀들의 그 불만족을 해소해 주며 마득렬은 창녀촌에서 지난 2년간을 숨어 지냈었다.

황녀.

마득렬은 13호집의 기도 역할을 하면서 황녀의 기둥서방 노릇을 했다. 그녀는 얼굴이 예쁘지 않은 대신 육질(?) 하나는 빛나는 편이었다.

그녀는 타고난 육덕과 사내들을 무력화시키는 재주로 13호집에서 손님을 가장 많이 받는 편이었다. 그녀는 공치는 날이 없었다. 그녀들에게는 가장 지옥 같은 장마나 비오는 일요일 저녁에도 사내들을 받았으니까.

그런 황녀가 기둥서방으로 마득렬 자신을 세우고 헌신적인 뒷바라지를 했었다. 그 봉사 속에는 그녀의 몸공양도 포함된 것이지만……. 황녀는 불타는 여자였다. 도무지 식을 줄 모르는 정염으로 얼마나 자신을 천길 나락 속으로 떨어뜨렸던가?

"애인 같은 것은 있습니까?"

마득렬은 앞좌석의 여자에게 처음으로 먼저 말을 걸었다. 그녀는 자세를 고쳐 앉았다. 다리 사이로 하얀색 팬티가 드러났다.

"아뇨, 아직 없어요. 규율이 엄해서요."

여자는 손수건을 꺼내 입으로 가져간다. 다소나마 여성미가 엿보였다.

기차는 천안역과 온양역을 지나면서 완전히 완행으로 변해 버렸다. 신창과 도고역에서는 한떼의 시골 장사꾼들과 아낙들이 몰려 올라와 차 안은 순식간에 만원이 되었다.

예산장을 보기 위한 장꾼들은 차 안을 시장판으로 만들었다. 그들은 오늘의 장시세를 예측해 보는 등 제각기 삼삼오오 모여 잡담을 나누었다.

신례원에서 기차가 다시 멎었다. 그러나 이번 정차는 잠시 동안 승객들의 승하차를 위한 것이 아니었다. 안내 방송은 기관 고장으로 잠시 정차하겠다는 멘트를 내보냈다.

차 안은 시골 장꾼들이 내뿜는 열기로 공기가 혼탁했다. 마득렬은 비좁은 사람들 속을 헤치고 기차에서 내렸다. 밖의 기온은 차가웠다.

겨울은 아직도 계속되고 있었다. 서울 근교에 내리던 눈발은 그치고 있었다. 멀리 높지 않은 구름 너머로 차가운 바람이 불어 작은 시골 역사를 을씨년스럽게 했을 뿐이다.

봄이 그리웠다. 겨울이 깊어가고 이제 그 겨울의 끝을 조망해 볼 수 있는 시간 속에서 멀지 않아 만산을 물들이며 찾아올 따뜻한 봄이 기다려지는 것이다.

그러나 이제는 다가올 그 봄이 무슨 소용이랴. 쫓기는 몸도 저 화사한 봄의 햇살을 부여받을 수 있을까?

봄이 오면 어느 초원의 양지바른 곳에 나가 화사한 옷을 입고 사진을 찍자던 청량리 황녀의 말이 떠올랐다. 그것은 마득렬에게 있어 입영을 며칠 앞둔 어느날, 가까운 근교 유원지를 거론하며 하루를 놀다 오자던 친구녀석의 말처럼 공허한 것이었다.

담배를 다시 태워 물었다. 찬 기운이 등줄기에 느껴졌다. 기차는 금방 떠날 것 같지 않다. 몇 명의 푸른색 작업복을 입은 사내들이 기관차로 몰려가고 있었다.

작은 역사.

승객들이 쉴 곳도 마땅찮았다. 바닷가 포구의 방파제마냥 기다랗게 만들어진 시멘트 위에 한쪽 귀가 함몰된 나무의자 몇 개가 놓여져 있을 뿐이다.

쓸쓸했다. 역사도 나무의자도 그리고 노쇠한 몸뚱어리를 치료받고 있는 기차까지도 한없이 쓸쓸하게 보였다.

기차역, 그리고 창백하게 흔들어대던 손……. 안개 속에서 맹목적으로 흔들리던 그 남군(南軍)의 깃발 같은 손이 떠올랐다.

아! 입영 전야, 은혜는 나의 고절감을 위하여 자신의 옷을 벗었다. 23년을 곱게도 간직해 왔던 자신의 처녀성을 6천원짜리 싸구려 여인숙 방에서 내던졌던 것이다.

그러나 은혜는 지금 없다. 이 차가운 겨울 하늘 아래 저 쓸쓸한 벌판이나 인적 없는 강가 어디에도 그녀의 모습은 없는 것이다. 기차는 한번 시동을 걸어보다 멈추었다. 아직도 정비가 계속되는 모양이다. 승객들이 여기저기 기차에서 내려 바람을 쐬고 있다.

사내들은 철길에 서서 시위하듯 홍기를 꺼내 들고 볼일을 보았다. 하얀 액체의 포물선이 재미있다는 듯 차창 안에서 시골 아낙들이 끼득거렸다.

마득렬은 점퍼 주머니에 들어 있던 소주팩을 꺼내 입에 댔다. 알콜 내음이 지독하게 코를 찔렀다. 아직도 지난 밤에 마셨던 술기운이 남아 있다가 요동을 치는 것 같았다.

"저도 한 모금 주실래요?"

앞좌석의 여자가 내려와 있었다. 그녀의 키는 상당히 커 보였다.

"그러죠."

마득렬은 한 모금 마신 소주팩을 여자에게 넘겼다.

"안주도 없는 소주, 제법 운치가 있네요."

여자는 팩을 건네받아 두세 모금 마셨다. 소주가 넘어가는 그녀의 목 밑 울대가 남자같이 느껴졌다.

"술을 잘하는군요."

"저희들에게 소주 한두 홉 정도는 보통이죠."

마득렬은 여자에게서 다시 소주팩을 받아 단숨에 마셔 버렸다. 뱃속이 찢어지는 것 같았다. 극심한 숙취만은 아니었다. 그는 소주팩을 한 손으로 질겅 구겨 저 멀리 내동댕이쳤다.

"무엇인가 고민이 있는 모양이죠."

여자의 말에 마득렬은 부아가 치밀어올랐다. 혼자만의 시간을 계속 방해(?)받고 있다는 생각 때문이었다.

"아가씨! 우리 애인할까요?"

"애인요? 못할 것도 없죠."

마득렬의 말에 여자는 빈틈없이 장단을 맞추었다. 그녀의 한쪽 볼에는 홍조가 띄었다.

"그렇다면 저쪽 화장실에 가서 궁합이라도 한 번 맞춰 봅시다!"

"……?"

마득렬의 눈에는 야수의 충혈된 눈빛이 흐르고 있었다. 그는 자신의 허리띠를 두 손으로 잡고 있었다.

"어멋! 미친 사람 아냐! 이거."

여자는 자세를 가다듬고 황급히 기차에 올랐다. 당황한 기색이 그녀의 걸음걸이에 역력했다.

"하──하──하!"

마득렬은 내장줄기가 목구멍으로 기어올라올 정도로 웃었다. 그것은 자기 스스로의 자학이었다. 눈물이 날 정도로 가슴 속의 응어리를 내뱉고 나니 정말로 뜨거운 것이 양볼을 타고 흘러내렸다.

기차는 기관차를 다른 것으로 바꾸고 출발했다. 족히 20분은 정차한 듯했다. 예산까지는 순식간이었다. 지체했던 시간을 보충하기라도 하려는 듯 물뱀이 논둑을 타고 넘듯 달렸다.

예산에서 기차는 다시 정상으로 돌아와 있었다. 장꾼들과 함께 앞좌석의 여자도 내리고 없었다. 갑자기 깊은 정적이 객실 안을 감돌았다.

애초부터 어떤 목적을 갖고 출발했던 여행이 아니었다. 겨울과 기차 그리고 시골역이 주는 감상 따위는 안중에도 없는 것이었다. 그러나 마득렬의 가슴 한쪽에 자리잡은 이 절대적인 고독감은 무엇인가.

지금쯤 사단 헌병대 요원들이 들이닥쳤을까?

마득렬은 시트에 등을 깊숙이 기대고 독백을 내뱉는다. 정확하게 1년 7개월을 숨어 지내던 은신처를 탈영병 체포조가 찾아내고 검거의 마각(?)을 드리울 즈음 먼저 선수를 치고 떠나왔던 것이다.

야밤 도주는 자신을 두고 하는 말인 듯했다. 대명천지 밝은 세상을 혼자 바로 서지 못하고 칙칙한 안개의 새벽을 틈타 서울을 떠나온 자신이 서글펐다.

은혜의 죽음은 자신의 가슴 속 저 밑바닥에 가라앉아 하나의 폐함(廢艦)이 되어 있었다. 아직 분해되지 않고, 아니 생생하게 살아 움직이는 생명을 갖고 꿈틀꿈틀 움직일 때면 마득렬은 가슴을 싸안고 아파했다.

은혜가 첫번째 면회를 온 곳은 하사관학교였다. 기나긴 겨울이 종막을 고하고 이제 성하의 여름을 맞이하려는 5월 어느날이었다.

6개월의 기나긴 훈련은 어느새 20주를 맞고 있었다. 상륙군의 하사관 훈련소는 경상도의 어느 바닷가에 있었다.

태백산맥의 준령이 꼬리를 틀고 길고 긴 여행을 끝맺는 곳, 바다 위를 나는 갈매기나 이름 모를 물새들마저 둥지 틀기를 피한다는 ×하교(下校)였다.

안개를 뚫고 대전 쪽으로 달리던 군용열차는 대전 근교에서 인원을 분류하는 작업을 했다. 논산에서 집결했던 장정들의 거의 대부분은 대전을 거쳐 북쪽으로 떠났지만 그 중의 일부는 남하하는 일반 열차에 옮겨 타야 했다. 상륙군을 자원한 장정들이었다. 그들은 잠시 동안 함께 있던 동료들이 북쪽으로 보충대를 향해 떠날 때 무엇인가 알지 못할 슬픔에 잠겼었다.

그들은 동기였다. ××년 2월 군번으로 국방부 시계를 함께 돌리기 시작한 기막힌 인연을 가진 형제 같은 동기인 것이다. 얼굴도 이름도 모르는 그러나 '××년 2월 군번'으로 삶의 비명(碑銘)에 새겨 놓고 그리워하며 자랑삼을 영원한 청춘의 친구들인 것이다.

동기.

마득렬이 속한 일단(一團)의 장정들은 하사관 후보생으로 분류, 상륙군 중에서도 가장 혹독한 훈련이 기다리는 ×하교로 입교되었다. 그것은 선택의 여지가 없는 군특유의 줄의 미학(?)일 뿐이었다.

거부나 후회는 할 수 없었다. 바로 앞에 어둠의 화신처럼 다가선 조교들의 가당찮은 폭력과 고함 속에 시작되는 지옥의 하루하루는 뜨거운 프라이팬 위에서 콩이 튀듯 튈 뿐이었다.

훈련은 폭력과 욕설 그리고 인격모멸의 극치 속에서 인간이기를 스스로 포기하는 과정의 연속이었다.

인간이 아니라 개였다. 아니, 개보다도 못한 동해의 갯벌을 기는 바닷지렁이였다. 10 km 무장갯벌구보로 어머니에게서 젖 먹던 기운까지 빠졌고, 개활지 개폐사격장에서 진종일 계속되는 PRI 와 PT 체조는 내장 속에 스며 있는 한 덩어리 기름기마저 연소시켰다.

체력의 한계.

거듭되는 강훈과 조교들의 가당찮은 학대(?)는 장정에서 후보생으로 신분이 바뀐 훈련생들을 하나의 서슬퍼런 병장기로 만들어갔다. 그것은 악만 남은 사내들 최후의 자존심이었다.

한국 최강의 군대를 자처하는 상륙군의 하사관 훈련소는 피와 땀의 점철된 터전이었다. '한번 바다의 용사는 영원한 바다의 용사다.' 캐치프레이즈도 선명한 상륙군의 전통과 기상 아래 까까머리 청년에 불과했던 사내들이 용감무쌍한 상륙군의 아들로 변한 것이다.

20주의 기나긴 교육, 이제 하사관학교의 마지막 4주 교육단계인 자체생활 단계에 접어들면서 가슴 한복판에 달고 있는 하사 계급장에 단풍이 들어 제법 군인으로서의 자세가 잡힐 무렵 면회가 허락된 것이었다. 참으로 그립고 보고 싶던 은혜가 면회를 왔다.

"씩씩해졌다. 정말 군인 같아."

"……."

면회실은 훈련소 정문에서 한참을 걸어 들어와 훈련소의 좌측에 콘센트 막사로 되어 있었다.

한눈으로 바다가 내려다보이는 전망 좋은 곳, 마득렬 자신도 소내(所內)에 이런 곳이 있었나 싶을 정도로 바다는 새로운 모습을 펼쳐 보이고 있었다.

"경치가 정말 아름다워!"

"경치가?"

"그래! 저 바다와 해안선을 봐, 그리고 저 갈매기떼하고……."

훈련소는 태백산맥의 그 힘센 근육질 속에 자리잡은 관계로 해안선은 온통 바위와 벼랑으로 되어 있고 간헐적으로 갯벌이 형성되어 있었다. 은혜는 바다의 경치에 취해 면회의 용건(?)마저 잊은 듯했다.

"보고 싶었다. 정말 참을 수 없도록……."

마득렬은 은혜의 손을 잡고 말했다. 하고 싶은 말이 한없이 많았는데 더 이상 말끝을 맺기 힘들었다. 멀리 내려다보이는 갯벌은 구토를 불러 일으켰고 넘실대는 검푸른 원색의 바다는 죽음보다 더한 고통을 안겨주던 4 km 전투 수영을 떠올리게 했다.

"고생이 심했던가봐? 얼굴에 기름기가 하나도 없어."

"……."

면회 시간은 점심 시간을 포함해 4시간이었다. 아직은 피교육자의 신분으로 외출이나 외박이 허락되지 않는 시기였기 때문이다.

사방에서 감시(?)의 눈초리가 번뜩거렸다. 조교들과 면회실 기간병들이 훈련병들의 일거수일투족을 살피고 있었다. 그들은 지금이 가장 어렵고 힘든 시기이며 고비라는 인식을 갖고 있었다.

힘들고 뼈저린 훈련 속에 처음으로 실시된 면회, 그 시간이 얼마 안되는 것이라 해도 자칫하면 훈련병들의 의식을 망가뜨릴 수 있기 때문이었다. 그 미세한 틈 사이에서 안전사고나 예기치 않던 사건들이 항상 터졌기 때문이다.

만나자마자 헤어져야 한다는 것은 얼마나 서글픈 일인가. 마득렬은 은혜의 손을 잡고 바다가 내려다보이는 면회장소의 나무 밑으로 갔다. 푸른 나뭇가지 속에서 참으로 힘차게 매미가 울고 있었다.

마득렬은 길고 진하게 담배를 들이켰다. 몸체가 한 호흡에 껍질을 벗고 엉성한 꽁초가 되어 발 밑을 구르는 은하수의 잔재가 파르르 떨었다. 마득렬은 그 옆에 주저앉았다.

바닷바람이 싱그러웠다. 매캐한 갯내음을 실어와 병영에 뿌려놓고 한 줌의 시원한 바람으로 변해 날아가 버리는 5월의 바람.

하늘은 맑고 수평선은 깊었다. 하늘과 수평선의 합일, 어디가 바다고 어디가 하늘인지 구별이 안 되는 공간이 마득렬과 은혜 앞에 놓여 있었다.

이제 헤어져야 한다.

그 별리의 시간이 또다시 5개월이란 시간의 강을 두고 논산역과 ×× 훈련소라는 장소만이 바뀌어 다시 재현되고 있었다.

마득렬은 굳게 그녀의 손을 잡고 말했다. 그러나 말로써의 표현이 아닌 가슴으로써의 대화였다. 눈과 뜨거운 가슴으로 표현하는 것이었다.

사랑한다.

사랑한다.

그리고…… 사랑한다. 그것은 마득렬 자신이 처해 있는 상황에서 할 수 있는 최선의 것이었다. 은혜는 건강하라는 한 마디 말과 함께 천리길을 돌아갔었다.

기차는 홍성을 지나 광천을 향해 달리고 있었다. 넓은 서해 평야는 끝없이 펼쳐져 있었다. 하늘은 짙은 구름에 덮여 있었고 멀리 황해(黃

海) 쪽에서 안개가 몰려들었다.

바다가 보이는 양지녘.

은혜는 장항선이 지나가는 바다 근교에 묻혀 있다. 송림이 짙푸른 녹음을 자랑하는 숲과 척박한 해안 토양 속에 죽어서 한구의 시체가 된 그녀가 묻혀 있다. 그날 해무(海霧)가 바다에서 몰려와 온통 주변을 감싸고 파도소리는 거칠게 귓전을 때렸었다.

죽어서도 단정한 그녀의 시신을 묻고 마지막 한 삽을 떠얹는 순간, 가묘의 한쪽 옆에 해당화 몇 잎이 시들어 있었다. 검붉은 꽃잎, 강인한 생명력을 갖고 어느 이름 모를 해안에 피어 한시절 아름다운 자태를 뽐내더니, 안개비 내리는 어느날 이름 모를 여자의 주검 옆에서 고개를 떨구고 있었던 것이다.

석양은 안개에 덮여 보이지 않았다. 그러나 바다의 저 먼 수평선 위로 함몰하는 태양의 스펙트럼을 마득렬은 분명하게 볼 수 있었다.

서럽고 슬프게 죽어간 한 여자의 이름 없는 무덤 위를 쓰다듬는 저녁 황혼의 애처로운 눈물을…….

2

어느 여자의 죽음

바다가 황녀의 풍만한 육덕처럼 누워 있었다. 기다란 해안선을 파도가 몰려와 간지름을 피우고 있었다. 그것은 황녀의 가슴을 입으로 애무하는 사내들의 멋없는 성애(性愛)였다.

겨울바다는 쓸쓸했다.

파도에 밀려와 여기저기 사내들이 쏟아낸 정액의 지저분한 자취 같은 쓰레기들이 백사장을 어지럽혔다. 인가받지 않은 간이 해수욕장의 잔해가 삭막함을 더해 줬다.

마득렬은 그 곳을 걷고 있었다. 그의 손에 들려 있는 이홉들이 소주병이 반쯤 비워져 있었다. 그는 '탈의실'이란 명패가 바람에 달랑거리며 서 있는 한 채의 간이 건물 앞에 섰다.

수영복을 갈아입은 여자들의 알몸이 보이는 듯했다. 지난 여름, 이 서해의 이름없는 해수욕장을 찾아 낭만과 사랑이라는 미명 아래 치러졌을 수많은 사랑들…… . 그것들이 남긴 것은 찬바람 부는 가을 한철,

때 아닌 산부인과의 호황(?) 외 더 무엇이 있을까? 마득렬은 소주병을 탈의실을 향해 집어던졌다.

그러나 그것은 명중이 되지 않고 중간쯤에서 모래사장 위로 곤두박질치고 말았다.

날이 저물고 있었다. 기차의 종착역인 장항에서 내려 해안을 찾는데 많은 시간이 걸리지 않았다.

낮이 짧은 겨울이 피부에 느껴졌다. 벌써 멀리 군산항의 등대불빛이 시야에 들어왔다. 유리로 햇빛을 반사하듯이 규칙적인 등대빛은 마득렬의 걸음을 재촉했다.

두 번째 은혜를 만난 것은 용산역이었다. 6개월의 기나긴 훈련을 끝내고 자대 배치를 받고 가는 도중이었다.

퇴소식을 하루 앞둔 일과의 마지막인 점호 준비 시간, 달빛이 노랗게 부황이 들어, 잔영을 콘센트 막사인 내무반에 쏟아붓고 있었다.

열어놓은 창문으로 보이는 휘영청 둥근 달은 영락없는 육덕 좋은 여자의 엉덩이같이 짙은 암내를 풍겨 퇴소식을 앞둔 하사관 후보생들의 마음을 들뜨게 했다.

잠을 이룰 수 없었다. 우리에게도 이런 날이 다가올 줄은…… . 후보생들은 실감할 수 없었다. 6개월 전 갯벌과 비포장 도로를 기어서 ×하교의 위병소를 들어섰던 기억이 아스라이 시간의 투막을 뚫고 백년, 아니 천년은 된 것 같은 느낌을 그들은 모두 갖고 있었던 것이다.

퇴소식은 간소하게 끝났고 각자 빛나는 하사 계급장을 달고 주어진 배속부대로 이동하는 시간, 부대별로 6.0 군용 트럭에 실려 ×하교의 연병장을 한 바퀴 돌고 떠날 때 하사들은 눈물이 왈칵 쏟아졌다.

악귀(?) 같던 교관들과 조교들이 연병장에 줄을 서 손을 흔들고 있었다. 어느 차에선가부터 시작된 이별가가 울려퍼질 때는 하사들은 물론 교관, 조교들까지 뜨거운 눈물을 흘렸다.

잘 있거라 천자봉아,
다시 만날 때까지…….
피와 땀이 서려 있는 ×하교에
사나이 한 목숨 초개와 같이
전우애 길러진
갯벌 훈련장…….

군용 트럭은 떠났고 먼지와 폭양 속에 조교들의 손만이 펄럭거렸다.
아! 마득렬은 알았다. 냉혈(冷血)이라 불리던 조교들 중 가장 악랄하고 표독스럽던 사내의 눈에서 쏟아지던 눈물! 그것은 사내들의 뜨거운 우정이라는 것을……. 그러면서 지난 훈련 기간의 애증도 갈등도 미움도 모두 씻긴 듯 사라졌고 이제는 영원히 잊을 수 없는 추억 속의 인물로 자리잡아 삶의 활력소처럼 기억될 것임을.
마득렬은 십여 명의 하사들과 강화도에 있는 상륙군 제○사단으로 배속되어 군용 열차편으로 이동했다.
안내자는 ○사단에서 직접 나온 상사로 그는 몹시도 친절하고 부드러운 성격의 소유자였다. 기차가 북향 도중 영동에서 잠시 정차하자 가족이나 친지들이 서울에 있는 자들은 용산역에서 잠시 만나보라는 것이었다.

은혜는 서울에서 직장 생활을 하고 있었다. 마득렬은 D.D.D 전화를 통해 그녀에게 연락을 취했다. 은혜는 용산역으로 나와 있었다.

면회는 대합실로 국한하라고 상사는 말했으나, 자대로 떠날 시간은 한 시간 후, 같은 장소라 말한 뒤, 면회가 없는 다른 하사들을 데리고 그는 역사 앞 다방으로 들어갔다.

그러나 그들마저 다방에서 금방 나와 재개발지역으로 우중충한 역 앞 골목으로 기어들어갔다.

참으로 친절한 상사였다. 지난 6개월의 힘든 훈련을 통해 봉쇄당하고 있던 남성(男性)을 해결할 수 있는 시간을 만들어준 것이다.

그들을 위해 창녀들이 껌을 질겅질겅 씹으며 어스륵한 다다미방에 누워 있는 것이다.

"저것은 사랑이 아냐! 하지만 득렬씨가 원하면 따라갈께."

은혜가 얼굴을 붉히며 말했다. 잠시 동안 그것은 찰나적인 만남이었다. 150년의 긴 주기를 갖고 태양계를 찾아오는 혜성처럼 빛나는 광채로 30분이란 제한된 시간 속에서 그녀와의 만남을 이룩했다.

싱그러웠다. 그리운 고향의 들녘 냇가를 걸으면 밀밭 내음이 나듯 그녀의 몸에서 살내가 났다. 그것은 그리움이 배인 너절한 향수만이 아니었다.

시간은 찰나에 지나갔다. 천만 근이나 되는 쇠뭉치를 달아맨다 해도 시간은 여지없이 흐를 것이다.

인솔차가 역 앞에 와 있었다. 소형 마이크로버스였다. 하사들은 어김없이 시간을 지켰다. 시간 관념은 군인의 생명이다. 하사관 훈련소의 그 강인한 훈련도 그 시간 관념 하나를 심어주기 위한 절차인지도 모른다.

마득렬은 미안했다. 전쟁터에서 실탄이나 소모품 활용하듯 은혜를 잠시 동안 소유했다가 경황없이 떠나야 하는 자신이 한없이 죄스러웠던 것이다.

"이제 곧, 휴가를 올 거잖아!"

마이크로버스에 오르는 자신을 오히려 은혜가 위로했다. 그녀는 웃고 있었으나 웬지 모를 슬픔이 두 눈가에 배어 있는 것을 마득렬은 보았었다.

어둠이 깔렸다.

멀리 장항 제련소의 높다란 굴뚝이 어둠 속에 보였다. 수많은 전등불빛이 반딧불처럼 어둠 속에서 반짝거렸으나 사방은 정적에 휩싸여 있었다.

간혹 백사장으로 밀어닥치는 파도소리만이 정적의 숨막히는 순간을 깰 뿐이었다. 바람도 없었다. 그러나 기온은 밤이 되자 급강하했다.

'얼어죽는 것은 아닌지……'

마득렬은 독백을 뱉어놓고는 아직도 자기 자신이 지독한 이기심을 벗어나지 못하고 있음을 깨닫고 서글퍼졌다. 그것은 아직도 삶에 연연하고 있는 자기 자신의 속터지는 속물 근성에 환멸이 느껴졌기 때문이다.

은혜는 그 곳에 있었다.

해송(海松) 속에 무덤 같지 않은 작은 흙무덤 속에 말없이 잠이 들어 있었다.

"은혜! 나야! 득렬이가 왔다."

"……."

은혜는 말이 없었다. 어둠 속에 보이는 무덤도 2년 전 그대로였고 주변의 풍경도 변한 것이 없었다. 너무도 조용했다. 마득렬은 그녀의 무덤 앞에 무릎을 꺾었다. 바닥이 얼어 있었다.

"은혜……."

눈물이 쏟아졌다. 입을 굳게 다물어도 서러움이 너무나 강하게 턱을 움직였던 것이다.

그녀에게서 이상을 느낀 것은 첫휴가 때였다. 강화도 ○사단에. 배속받고 4개월의 시간이 더 지난 어느날이었다. '쉘부르의 집'이란 레스토랑이 서울의 한 곳에 있었다.

음악이 낮은 음계를 이뤄 복고풍의 실내를 감돌고 있었다. 지독히 감상적이고 슬픈 음악이었다. 서양 음악은 아닌 듯했다.

"쑥스러운데……. 이런 곳은 부자연스럽군!"

"그 전에 자주 다녔으면서……."

"글쎄 말이야, 생활이 갑자기 변해서 그런가봐!"

은혜는 별다른 말이 없었다. 원래 풀잎과 같은 성격과 차분한 성정을 갖고 있는 여자였지만 그날은 특히 더했다. 침울하다고 할까 아니면 수심에 잠겼다고 할까. 그녀는 마득렬의 첫휴가가 반갑지 않은 듯했다.

"은혜, 어디 아파?"

"아니, 왜 어디 아파 보여?"

"그래! 웬지 기운이 없어 보인다."

"기운이?"

“응…….”

“……!”

은혜는 말을 끊고 마득렬을 응시했다. 눈동자에 가느다란 슬픔이 배여 있었다. 그녀의 손 안에선 몇 개의 성냥골이 꺾이고 있었다.

음악의 선율이 바뀌어 실내는 무거운 침묵에서 벗어나고 있었다. 음계는 음악의 무뢰한이 들어도 시원하고 선요했다. 피아노 음이 이토록 아름다운 것인 줄 마득렬은 처음 알았다.

“쇼팽이야, 야상곡이라고…….”

은혜는 음악에 대해 조예가 깊었다. 그녀의 자취방에는 많은 레코드 판이 있었다. 그 판들이 중고 턴테이블 위를 서서히 돌고 있던 기억이 났다.

은혜는 무슨 말인가를 하려다 가슴에 묻고 마는 것 같았다. 내심을 숨기고 있었던 것이다. 그러나 그녀는 이내 과거의 자신으로 돌아와 마득렬의 첫휴가를 즐겁고 뜻깊게 해주었다. 보름 동안의 휴가 기간은 유성같이 흘러갔다.

등줄기와 무릎이 시려왔다. 자리에서 일어서는 순간, 관절이 저려왔다. 기온은 영하로 한참을 내려와 있을 것이다. 파도소리가 어둠 속에서 들렸고 멀리 해안 초소에서 쏘아대는 탐조등이 넘실거리는 파도 위를 훑고 지나갔다.

──아! 그때 은혜의 번민을 깨닫고 손을 써야 했던 거야.

마득렬은 은혜의 무덤을 손으로 쓰다듬으며 말했다. 마치 그녀가 살아 있기라도 한 듯, 다정하게 어깨를 감싸고 거리를 걸으며 연인에게 말하듯 했다.

바람이 불어왔다. 기후의 변화가 극심한 해안의 변덕스런 날씨 탓이리라. 마득렬은 걸었다. 무덤 쪽을 몇 번이나 뒤돌아보며 어둠 속을 통해 멀리 가물거리는 장항읍으로 향했다.

다시 오겠다는 약속은 하지 않았다. 약속이란 참으로 허망한 것임을 알기 때문에, 어둠과 안개가 점철된 길에 놓인 자신으로서 은혜에게 기약없는 다짐을 할 수가 없었던 것이다.

칠흑의 밤.

해송의 검은 자태들이 겨울 해안에 도열해 있었다. 잡목과 엉성한 수풀 사이로 난 해안 소로를 따라 걷는 발걸음 속에 짠 바다 내음이 날아왔다. 알콜이 간절히 그리웠다. 추위와 은혜에 대한 아쉬운 이별과 또 하나 쫓기는 자의 강박관념에서 벗어나고 싶었다. 알콜과 여자 그것보다 더 좋은 처방이 없다는 것을 마득렬은 알고 있었다.

술은 잠재의식의 저 깊은 심연을 자극하여 자신을 의연하게 하는 격려를 준다. 정겨운 친구와의 부드러운 대화만큼이나 편안함을 주었던 술. 그것은 저 밑 서해안의 한 소읍(小邑)에도 지천으로 널려 있을 것이다.

술병이 줄을 서듯 늘어서 있었다. 그것들은 일제히 옷을 벗고 일렬종대로 검열을 기다리는 듯했다.

13호집에서 창녀 하나가 도망갔다. 하루도 못 돼 잡혀온 날, 마득렬은 모든 창녀들을 집합시켰다. 일곱 명의 창녀들에게 연대책임을 물리기 위해서였다.

　그녀들은 모두 알몸이었다. 그러나 그 정도로 수치감을 느낄 여자들이 아니다. 마득렬은 이빨을 갈았다. 벌거벗은 그녀들의 알몸을 사정없이 갈겼다.

　당장 장사하는 데 지장이 되는 얼굴을 제하고 마득렬의 주먹은 그녀들의 구석구석을 강타했다. 그녀들은 이를 악물었으나 이내 눈물을 터뜨렸다. 허름한 폐가 같은 13호집의 함석지붕 위로 빗줄기가 쏟아져 내렸다.

　쏴아.

　쏴아.

　마득렬의 눈에는 뜨거운 것이 함께 흘렀다. 그녀들의 도주 방지와 손님들의 행패를 방지하는 것이 13호집에서의 자신의 책임이었고, 그는 이 지하의 세계가 꼭 필요했기 때문이다.

　술병들이 춤을 추었다. 그녀들이 매질을 못 이겨 앞으로 쓰러지듯 뒤뚱거렸다. 필름은 거기서부터 끊겨 있었다.

　“……?”

　삼류 여관이었다.

　땟국이 묻은 솜이불 속에 한 여자가 잠들어 있었다. 그녀는 알몸이었고 얼굴에 기미가 끼어 있는 중년의 여자였다.

　정신없이 마신 술과 찾아든 여관, 그리고 퇴기에 가까운 창녀를 산 도식(圖式)이 어렵지 않게 떠올랐다. 방안에는 빨간 전구가 켜져 있었다.

　빨간 전구의 불빛, 그것은 그녀들의 방을 밝히는 유혹의 불빛이었다.

수많은 사내들이 그 불빛을 신호삼아 불나비처럼 찾아들지 않는가.

삼류에 가까운 치졸한 잠자리의 분위기, 그래도 사내들은 그 불빛 아래서 허겁지겁 내어놓은 지폐의 액면가보다 못한 배설물을 토해 놓았다.

"술을 많이 드셨더군요."

여자가 깨어 자리에 일어나 앉았다. 나이에 비해서 아직은 탄력있는 몸뚱어리였다. 그녀의 주름잡힌 아랫배에 엉망으로 꿰매 놓은 칼자국이 보였다. 아마도 무면허 돌팔이 의사의 작품인 듯했다.

"엉망으로 꿰매 놓았군!"

"이거요? 어떤 미친 자식 때문에 좋은 몸 다 버렸죠?"

여자는 작은 미소를 짓고 담배를 꺼내 물었다. 몇 개비 남은 담배갑이 머리맡을 제멋대로 나뒹굴었다. 마득렬은 입맛이 썼다. 그것은 술기운 탓만은 아니었다.

"물 드세요!"

여자가 물주전자를 통채로 내밀었다. 그녀는 이불 밖으로 몸을 빼고 한쪽 다리를 세우고 앉았다. 팬티가 허름했다. 고무줄을 넣은 부분에 실밥이 터져나와 있었다. 가난한 창녀였다.

물이 차가웠다. 밖에는 눈이 내려 쌓이고 있었다. 작은 바람이 불어와 창문을 흔들었다. 허름한 여관에 가난한 창녀의 몸풀이가 먼지를 풀풀거렸다.

"긴 밤은 좀더 주셔야 해요."

여자를 부른 것은 알콜이었다. 그러나 여자 없이는 잠이 들 수 없는 체질이 되어 버린 자신의 의지는 무엇인가.

여자의 몸은 털털거렸다. 입술도 유방도, 질긴 삶의 역정만큼이나 길들었을 엉덩이도 윤기를 잃고 있었다.

그녀는 수면 속을 유영하는 한 마리 물고기처럼 마득렬의 몸을 간지럽혔다. 입과 혀의 놀림이 가슴 속의 꺼진 어떤 의식을 깨웠다. 부드럽게 그리고 강하게 여자는 사내의 성(性)의 마성을 속속들이 알고 있는 듯했다.

물고기는 늙은 가물치였다. 수초가 우거진 탁한 물 속을 서서히 움직이며 요소요소를 노련하게 공략했다.

"아!"

가난한 그녀의 서비스는 마득렬이 알기로는 특별한 것이었다. 지극히 수동적인 것이 그녀들의 특색인데도, 여자는 능동저인 것을 넘어 봉사의 자세를 보이고 있었다. 그것은 그녀의 수완에 속하는 것이다. 밤은 깊었고 펑펑 쏟아지는 눈 속에서 어관뛰기(두 여관을 왕레하며 손님을 상대)를 하기는 힘든 이상 한 사내를 녹녹히 녹여 팁을 챙기려는 눈물겨운 작업인 것이다.

여자의 처진 유방이 얼굴 위에 있었다. 젊었을 때는 제법 예뻤을 분봉과 유두가 빨갛게 익어 있었다. 농밀한 색의 이슬이 입에 느껴졌다. 소금 맛 같기도 했다.

하나의 충격이 마득렬의 머리를 때리는 듯했다. 그것은 잠재의식의 깊은 밑바닥에서 솟아올라온 것이었다. 손을 거칠게 휘저었다. 자신도 모르게 여자를 몸에서 떼어낸 것이다.

아!

여자는 산모가 분명했다. 유두의 변색과 모유의 출현은 아이를 가진,

그것도 젖먹이를 둔 어머니임을 말하는 것이다.

"……!"

여자는 양발을 옆으로 모은 채 주저앉아 울고 있었다. 이 가냐한 어머니의 아픔에 대한 슬프고 쓰라린 연민이 마득렬의 가슴 속에 자리잡아 눈물이 나왔다.

"아저씨, 미안해요. 아기의 우유값이나 하려고……."

"그만하세요. 창 밖에 눈이 아름답게 내리는군요."

마득렬은 무거운 방안 분위기를 돌리기 위해 창문을 열었다. 일제식 건물의 허름한 창 너머로 장항읍이 소담스런 눈에 덮여 있었다. 어느새 여명의 빛이 멀리 시가지 밖의 산등성이 쪽에서 비치고 있었다.

그 곳에 은혜가 서 있었다. 꽃처럼 아름답게 가녀린 미소를 머금은 그녀가 손을 흔들었다. 환시(幻視)였다.

'아! 그때 은혜의 변화를 눈치챘어야 하는 건데…….'

마득렬이 첫휴가 때 그녀에게서 느꼈던 그 알 수 없는 쓸쓸함과 고민을 깨달은 것은 자대로 귀대하고도 한참의 시간이 흐른 뒤였다.

철산리.

강화도의 북단 임진강 하구를 사이로 북한군과 대치하고 있는 G.P.에 은혜가 면회를 왔었다.

G.P.는 면회가 통제되는 세계였다. 철책선 대신 강 하나를 사이에 두고 적군과 대치하고 있는 최전선의 1개 소대가 독립적으로 생활하고 있는 초소에 들어가면 다른 연대와 임무 교대를 하는 기간 동안은 후방으로 나올 수가 없는 것이다. 그 기간은 6개월이 되기도 했고 때로는 1년이 되는 수도 있었다.

그날도 간밤을 경계근무에서 분대원들을 인솔하고 G.P.에 철수한 시간은 태양이 멀리 동쪽 산등성이에 걸려 있는 때였다. 총기에 실탄을 분리하고 안전검사를 하고 난 후 G.P.장이 전통을 내놓았다.

"마하사, O.P.를 거쳐 연대로 들어오라는 전통이야."

"연대요?"

그것은 뜻밖이었다.

G.P.에 들어와 있는 자신을 연대에서 호출할 만한 이유가 없었기 때문이다. 마득렬은 간단한 단독 군장으로 G.P.를 나와 O.P.에 도착했다. 찰리 장(대대장)이 위치하고 있는 대대본부였다. 그곳에서 부식추진 보급차편으로 연대에 도착한 것은 하루 해가 떨어지는 저녁 무렵이었다.

위병소에서 용건을 말하니 인사참모에게 가라는 것이었다. 인사참모는 소령이었다.

"자네가 마하사인가? 지극히 성의 있는 아가씨를 애인으로 두었더군. 면회실로 가봐! 부대 주변에서 일박해도 좋다. 내일 18시까지 소속 부대에 귀대하도록!"

인사참모는 의미 있는 미소를 띄우고 인사과를 나갔다. 중사 하나가 외박증을 내밀었다.

'은혜 너였구나……'

은혜는 면회실 밖의 벤치에 앉아 있었다. 그녀의 뒤로 혼을 부르는 듯한 황혼이 하늘을 온통 진홍색으로 물들이고 있었다. 그것은 거대한 붓으로 채색을 하듯 서에서 동으로 또는 어떤 일정한 방향감 없이 물감을 퍼부어 사방으로 번져나가는 듯했다.

"은혜……!"

은혜는 투사되는 황혼의 색감 속에 가로놓여 하나의 흐릿한 실루엣을 이뤘다. 그녀의 얼굴도, 단아한 몸매도 온통 붉게 보였다. 그러나 눈동자만큼은 본래의 모습으로 촉촉히 젖은 채 빛나고 있었다. 아니, 진한 습기에 싸여 그 깊이를 알 수 없는 수심이 엿보였다.

"너무 오래 걸린다. 이 곳도 먼 곳인데……."

"전방이라서 그래. 그런데 이 곳까지 어떻게 왔어?"

"왜? 나는 이 곳에 오면 안 돼?"

"아니, 그런 것은 아니지만……, 또 면회도 원칙적으로 안 되게 되어 있고."

"내려가. 여기 이렇게 있을 거야? 그리고 할 말도 있고."

"할 말?"

은혜가 앞서서 걸었다. 면회장에서 위병소까지는 일직선상의 2차선 도로가 고속도로처럼 뻗어 있었다. 멀리 취사장 쪽에서 짬밥 냄새가 코를 자극하고 군가에 발을 맞추며 식기를 파지한 사병들이 그쪽으로 몰려가고 있었다.

'철벽 방어선 구축.'

위병소 앞에 높다랗게 걸린 플래카드 위에 연대훈이 써 있었다. 신임 연대장이 부임해 오면서, 한참 동안 온 부대가 법석을 떨었던 수많은 연대장 지시사항 중 핵심이 되는 말이었다.

"마치 딴 세상에 온 것 같아. 그때 훈련소하고는 또 다른 느낌이 들어. 뭐랄까, 좀 안정된 느낌이랄까. 그리고 한편으로는 무서워."

은혜가 말했다. 부대에서 그리 멀지 않은 곳에 무진(無津) 포구가 있었다. 80여호 남짓한 어촌이 황해를 끼고 그림같이 자리잡고 있었다. 어둠이 조금씩 깔리면서 온통 혼마저 흔들어 놓을 듯하던 황혼도 일몰과 함께 자취를 감추고 있었다.

이제 안개가 밀려올 차례였다. 마득렬이 해안 접경지에서 터득한 것 중의 하나가 바로 그 급작스럽게 변화하는 날씨였다.

앞서서 걷고 있는 은혜의 뒷모습이 한없이 슬퍼 보였다. 그녀는 힘없는 다리를 거의 필사적으로 옮기고 있는 듯했다. 마득렬은 순간적으로 온몸이 경직되는 느낌을 받았다. 갑자기 전방까지 찾아온 은혜 그리고 그녀의 저 힘없는 발걸음……

은혜는 앞장서 걸으면서 가끔 한 손으로 머리를 뒤로 쓸어넘겼다. 그녀의 긴 머리가 바람에 휘날렸다.

포구는 전형적인 어촌의 풍경을 보여주었다. 무진리(無進里)란 어촌계 팻말의 동리 이름이 환상적이었다. 안개가 바다 쪽에서 밀려오고 있었다. 전쟁터의 포연처럼 살결 흰 여자의 속살 같은 안개가 다가오고 있었다.

은혜는 포구 끝의 방파제에 앉았다. 안개가 그녀의 가슴 속과 치마 속으로 달려들었다. 온몸 속에 삼투압의 현상처럼 스며드는 듯했다. 그녀는 안개 그 자체였다.

"할 말이 있어……"

그녀는 안개를 토해냈다. 아니, 그것은 안개가 아닌 붉은 핏덩어리였다.

"나, 어제 약혼했어……. 어쩔 수 없었어. 아마 이런 것을 두고 불가항력이라고 하나봐!"

"약혼?"

"그래, 결혼은 봄으로 결정됐어. 나 장하지? 이 따위 얘기를 하러 이 먼 곳까지 찾아오고."

"……."

은혜의 집안은 지방의 당당한 가문이었고, 특히 그녀의 아버지는 완고한 성격의 소유자라는 것을 마득렬도 오래 전에 알고 있었던 것이다. 그런 집안에서 과년한 딸을 출가시키려 하는 것은 당연한 것이고 성품이 여린 은혜가 아직 신분이 불확실한 자신을 내세워 부모들을 설득시키기에는 역부족이었을 것이다.

그렇지만 은혜의 약혼은 청천벽력이었다. 어떻게 저 소중스런 여자가 자신이 아닌 다른 남자의 삶에 동참을 한다는 말인가? 그것만은 어떠한 희생이 있어도 막아야 할 일이었다.

"은혜! 그것만은 안 된다. 우리들의 지난날을 생각해 봐. 어떻게 우리가 헤어질 수 있겠니?"

"알아. 그래서 은혜는 죽고 싶어. 그러나 이제는 어쩔 수 없잖아. 아빠의 사업에 관계된 복잡한 것들도 끼어 있나 봐! 나는 선택의 여지가 없어. 이 은혜가 이토록 곤경에 빠져 있을 때 득렬이가 도와줘야 하잖아……."

"……."

"나를 사랑하지?"

은혜는 이제껏 참고 있던 울음을 터뜨렸다. 더 이상 갈 곳이 없는 벼랑 끝에 그녀는 몰려 있는 것이었다. 마득렬 자신이 군에 와 있는 지난 1년 6개월 동안 그녀는 엄청난 심적 고통을 겪어왔던 것이다.

그런데 최후의 벼랑 끝에 서서 울고 서 있는 이 가냘픈 한 송이 꽃을 자신마저 외면한다면, 아! 은혜는 이 세상 어디에도 설 곳이 없는 것이다.

마득렬은 그녀를 포기할 수 없었다. 어떻게 자신의 삶의 전부요, 생명의 일부인 여자를 떠나보낼 수 있단 말인가?

"그것만은 안 된다. 차라리 내 손목이나 발목을 하나 내놓으라면 내놓겠어. 그러나 너는 안 돼! 어떻게 너를 떠나보낼 수 있니? 그렇게 될 바엔 너와 함께 저 바다 속에 빠져 죽고 말겠어."

마득렬은 은혜를 남겨두고 안개 속을 달렸다. 안개는 무진리와 포구를 감싸고 산 쪽으로 흘렀다.

바다와 안개는 동반자였다.

그들은 서로를 아쉬워하고 필요로 하는 남녀관계였다. 바다가 부르면 안개가 오고 안개가 부르면 바다가 울었다.

그 겨울 동안 두 통의 편지가 은혜에게서 왔고 안개가 지독하게 낀 어느날 마득렬은 밤을 타고 탈영을 했었다.

결혼을 하루 앞둔 은혜의 고향집이 있는 마을에 잠입하여 전화로 그녀를 불러냈던 것이다.

은혜는 장항읍이 멀리 내려다보이는 해안가를 걷자고 했다. 해당화꽃이 백사장 위에 만발하고 있었다.

"득렬씨, 빨리 부대로 돌아가. 역시 나는 득렬씨의 여자였어……."

그녀는 하얀 금빛 백사장 위에서 숨을 거두었다. 이미 치사량을 훨씬 넘는 극약을 먹고 있었다. 그것은 냄새로 보아 제초제로 사용되는 DDT 농약인 듯했었다.

은혜는 죽어 숨이 넘어가면서도 자신의 귀대를 말했었다. 절통했었다. 통곡을 뿌리며 그녀의 시신을 거두면서 마득렬은 자살을 생각했었다.

그러나 아직도 멀쩡하게 살아 은혜의 주변까지 찾아온 자신은 무엇이란 말인가.

허름한 여관방의 창문 너머로 은혜의 숨결 같은 순백의 눈이 온 천지를 뒤덮고 있었다. 아름답게도 눈꽃이 피어 있었다. 이런 날은 588의 13호집에도 손님이 많았다. 눈이 내리면 그녀들의 손때 묻은 역겨움도 덮이는 것인지, 그녀들의 얼굴도 몸도 그리고 마음까지도 예뻐 보였다.

3

사랑 찾기

눈이 지독하게 쏟아지고 있었다. 이러다가 이 조그마한 소읍이 눈 속에 묻혀 사라지는 것이 아닌가 염려스러웠다.

길은 걷기에도 불편했다. 그것은 불안정한 도피 생활만큼이나 힘들었다. 발목까지 사정없이 빠졌다.

'어딘가 거처를 정해야 할 텐데……'

지갑 속에는 약간의 돈이 남아 있었다. 아껴 쓰면 남은 겨울을 날 수도 있을 것 같았다.

장항항 2 km.

눈 속에 이정표가 쓸쓸히 서 있었다. 어깨를 꾸부정하게 걷고 있는 사내의 뒷모습처럼 안내판도 허전해 보였다.

차들이 멎어 있었다. 그러나 군청에서 나온 듯한 중장비 한 대와 몇몇 사람들이 도로 위의 눈을 밀어내고 있었다. 그러나 그들이 쓸어내는 눈보다 쏟아지는 양이 더 많은 듯했다.

마득렬은 길 옆의 허름한 해장국집을 발견하고 안으로 들어섰다. 이런 날씨에 문을 연 장국집에는 몇몇의 손님들이 먼저 자리잡고 있었다.

얼굴이 큰 여자가 물잔과 수저 그리고 나무젓가락을 내놓았다. 메뉴판에는 해장국 전문이라고 쓰여 있었다.

"소주도 한 병 주세요."

속이 쓰렸다. 숙취의 고통은 해장술이 최고라는 것을 마득렬은 알고 있었다. 그것이 알콜 중독의 초기 증상이라는 것도.

연탄난로 하나가 미친 듯 타고 있었다. 열아홉 개의 구멍이 나 있는 연탄이 태양이 끓듯 지글거렸다. 간혹 뱀의 혓바닥 같은 불길이 보이기도 했다. 강렬한 유혹이었다.

"손님은 여기 분이 아니시죠?"

해장국을 말아내온 얼굴이 큰 여자가 말했다. 그녀는 얼굴뿐만이 아니라 온몸이 풍만한 여자였다.

"네……."

"그런 것 같아요. 그런데 이렇게 길이 막히면 어떻게 하죠?"

"글쎄요. 저도 낭패스럽군요."

국물이 창자 속을 비집고 들어가자 뱃속의 신경들이 두 손을 들고 아우성을 쳤다. 얼굴 위엔 식은 땀이 흘러내렸다. 다섯 끼만에 먹는 국물이었던 것이다.

"저도 이 곳 사람이 아니에요. 오늘이나 내일쯤 이 도시를 떠나려고 했는데……."

얼굴이 큰 여자는 주방에 들어가 홀을 바라보며 서서 말했다. 그녀의 손은 주방 탁자 위에 놓여 있었다. 희고 통통했다.

"미친년, 갈보 같은 년…… 반반한 사내만 보면 환장을 하지."

홀의 한쪽에서 해장국 밥그릇에 수저를 꽂아 놓고 술잔을 기울이던 사내 하나가 지껄였다. 그는 아침부터 취해 있었다.

"아이고, 저 화상! 저거 뵈기 싫어서도 빨리 떠나야지."

여자는 행주를 들고 나와서 빈 탁자 위를 신경질적으로 닦으며 말했다. 그녀가 허리를 굽히자 엉덩이가 거대하게 움직였다.

"체! 엉덩판만 남산만 하면 다야. 지조가 있어야지, 흥."

"흥! 미친놈 3년 전에 먹다 버린 닭뼈다귀를 찾나!"

"체! 미친년……. 평생 갈보짓이나 해 처먹어라!"

사내는 쌍소리를 지껄이며 자리에서 일어났다. 그는 비틀거리며 해장국집을 나갔다.

잠시 열렸다 닫힌 문틈으로 눈발이 쏠려 들어왔다.

"가끔 저런 미친놈이 있다니까요."

여자는 눈웃음을 치며 말했다. 사내들의 주정은 가끔이 아니라 늘상 있는 거겠지. 마득렬은 해장국집의 얼굴 큰 여자에게서 진한 냄새를 느꼈다. 그것은 매춘부들에게서 나는 독특한 냄새 그것이었다.

"손님 직업이 뭐예요?"

"저요? 감정사입니다."

"감정사요?"

"…… !"

마득렬은 순간적으로 그렇게 뱉어놓고는 웃었다. 감정사……, 여자 감정사란 말이지. 그의 눈에 비친 얼굴 큰 여자는 늙은 창녀일 뿐이었다. 해장국집은 선창가 선술집이고 그녀는 작부 겸 종업원일 뿐이니까.

마득렬은 밖으로 나왔다. 눈은 계속 내리고 있었으나 뱃속은 편안하게 가라앉아 있었다. 눈을 치는 중장비가 지나간 길을 따라 걸으면서 그는 얼굴 큰 여자가 적어준 메모지를 찢어 바람에 날렸다.

바람은 도로의 앞쪽에서 뒤쪽으로 불었다. 눈발도 그 방향을 쫓아 흔들거렸다. 3년 전쯤인가, 마득렬은 이 길을 걸었던 기억이 났다.

은혜와 함께였다.

그날 그녀의 아버지에게 인사를 하러 왔다가 말도 꺼내기 전에 호된 꾸지람을 받고 쓸쓸하게 걷던 그 길이었다.

그러나 이토록 허전하지는 않았었다. 누가 뭐래도 사랑하는 은혜가 옆에 있었으니까……. 그때는 지옥 끝에 가도 행복할 것만 같았다.

은혜 아버지의 말대로 자신은 근원을 알 수 없는 인간이었다. 인간에게는 그것이 그토록 중요하다는 것을 마득렬은 그때 처음 알았다. 고아원을 호적의 근원으로 둔 자신……. 그는 아마도 꽃뱀이나 늙은 여우의 핏덩어리로 이 세상에 떨어졌으리란 생각을 해왔다.

588 창녀촌에 숨어 살면서 마득렬은 밤이면 빈 방을 옮겨다니며 꽃뱀과 늙은 암여우를 떠올렸다.

창녀 하나가 자신의 동맥을 면도칼로 자르고 자살했을 때도 마득렬은 보았다.

피. 하얀 이불 한 채를 온통 붉은 피로 물들이고 죽어 있는 그녀의 몸은 한 마리 뱀이었다. 온몸이 붉은 꽃뱀이었다. 자신은 그런 여자들의 저주받은 핏덩어리인 것이다. 그리하여 지금 저 이름 모를 바닷가에 한 송이 꽃으로 피어 있는 은혜의 죽음도 자신이 부른 것이다. 그러나 자신은 아직도 숨쉬며 이 거리를 걷고 있는 것이 아닌가.

눈이 발목을 지나 무릎까지 빠진다. 어느새 짙은 안개가 도시를 감싸고 있었다. 황해의 안개였다.

목적지는 없었다.

지금은 낮이고 숨이 붙어 있으므로 발걸음을 옮길 뿐, 희망은 없었다. 저 억세고 힘찬 황해의 안개와 눈발 속에서 어떤 꿈과 기대를 가질 수 있단 말인가.

아! 기차가 힘차게 달리는 것이 보였다.

깊고 긴 터널에서는 황녀의 몸 속에 남성이 박히듯 참으로 용감하게 달리고 있었다.

"푸우! 푸우!"

마득렬은 잠시 발걸음을 멈췄다. 안개가 그의 넓은 품안에 안겼다. 짙은 안개의 색깔은 살색이었다. 창녀들의 색깔……, 그는 한 손을 들었다. 그리고 허공을 휘저었다. 손 끝의 감촉은 잊어버렸던 빛깔이다.

금년 겨울은 유난히 추웠다.

도피 생활은 추웠고 그 겨울 동안 마득렬은 하나의 환시 속에 서 있었음을 느꼈다.

안개 속에 눈물을 흘리고 서 있던 여자, 이슬 같은 눈물 방울에 비친 가을 같던 고독, 보석 같은 시냇물의 하류 속을 유영하듯 춤추던 여자, 불꽃같이 반짝 타오르며 자신을 불살라 끝내는 한 송이 바다꽃이 된 여자, 그 은혜를 가슴 속에 품고 한겨울을 보내 왔다.

황녀의 그 풍만한 육체를 타고 눌러 사내의 성적 배출구로 사용하는 순간에도 입금 상태가 좋지 않은 13호집 창녀들에게 정신교육을 시키기 위해 알몸 구타를 강행하던 그때에도 그녀는 어김없이 뇌리를 어지럽혔다.

은혜는 죽지 않고 살아 있었던 것이다. 적어도 마득렬의 가슴 속에 굳게굳게 기둥을 세우고, 아니 거친 파도, 산과 같은 해일이 밀어닥치는 바닷속에 굵고 튼튼한 쇠닻을 깊게 드리우고 떠밀려가지 않기 위해 무진 애를 쓰는 듯했다.

그녀는 사랑 이상의 그 무엇이었던 것이다. 상대의 가치와 애정을 접고 들어가는 남녀간의 상투적인 삼류 영화 같은 신파가 아니라, 필설로 설명할 수 없는 그 무엇과 같은 존재, 은혜는 마득렬 자신의 생명 같은 존재였던 것이다.

은혜의 삶이 자신의 삶이고, 자신의 삶이 곧 그녀의 삶이기도 한 그런 상대적 존재……. 그러나 지금은 서로가 삶과 죽음이란 강을 사이에 두고 유명(遺命)을 달리하고 있는 이유는 무엇인가?

발끝이 바늘로 찌르듯 강렬한 통증이 전달되어 왔다. 양말이 습기에 젖어 얼음 알갱이가 맺혀 있는 모양이다. 발가락에 동상이 걸리는 것은 피할 수 없을 듯했다.

"그깟 동상이 무슨 대수랴!"

마득렬의 자학은 정도 이상이었다. 그것은 자신의 포기였다. 떨어질 때까지 떨어져 보려는 절망감의 표출, 그러나 진정한 자신의 포기인 생명만큼은 참으로 질기게도 유지하고 있었다.

잠시 멈췄던 눈이 다시 그 기세를 떨치며 퍼부었다. 엄청난 양의 폭설이었다. 바다에서 불어오는 해풍의 영향으로 쌓인 눈을 거의 볼 수 없던 장항에 이만한 높이의 눈이 쌓인 것은 참으로 오랫만의 일일 것이다.

발목이 푹푹 빠져 걸음을 옮겨 놓기가 불편했다. 이제는 어떻게 하나, 어디로 가야 하나, 마득렬은 참으로 정처없었다. 하늘 아래 60 kg 의 작은 몸뚱이 하나 잠시 쉴 장소가 없는 것이다.

한 마디로 거친 폭풍 몰아치는 광야에서 길 잃은 한 마리 이리였다. 비에 젖은 털, 등가죽까지 올라붙은 굶주린 배로 추위에 떨고 있는 불쌍한 동물…….

그러나 눈동자만큼은 인광이 흘러넘쳤다. 그것은 마지막 촛농을 떨구려는 불꽃이었다.

도시를 벗어나니 어항이었다. 어항도 얼어 있었다. 바다도 수평선도 갈매기까지도 얼어붙어 동토의 세계를 이뤄놓고 있었다.

닻을 내리고 있는 안강망 어선의 도크에 하얀 비닐이 걸려 깃발처럼 나부꼈다.

영하 17도. 항구의 수산물 집하장 벽에 걸려 있는 대형 온도계는 끝없는 하향선에 놓여 있었으나 실제로 몸에 느껴지는 체감 온도는 그 이하였다.

"……!"

어항의 방파제 위에 작은 포장마차가 보였다. 그것은 마득렬에게 있어 새로운 경험이었다. 인적이라고는 아무도 없는 줄 알았던 바닷가 여기저기에 바다 낚시를 즐기는 태공들이 추위에 얼어붙은 듯 잠복하고 있었고 그들을 상대로 뜨거운 국물과 술을 파는 아낙이 있었던 것이다.

"손님, 너무 춥죠?"

"……."

"이쪽으로 가까이 와 몸을 녹이세요! 낚시꾼은 아닌 듯한데……."

"……."

아낙은 조개탄을 빨갛게 달군 난로 옆자리를 비우며 마득렬을 염려스럽게 바라보았다. 매서운 겨울 추위에 거의 무방비 상태로 노출된 사내의 모습이 몹시도 위태롭게 보였기 때문이다.

"자, 여기 이 자리에 앉으세요. 의자에 걸터앉아 몸을 녹여요. 젊은 분이 동사할 뻔했구만!"

40을 좀 넘겼을 아낙은 마득렬의 행실에 크게 놀라고 있었다. 온몸이 얼어 입은 물론이고 손발마저 잘 움직이지 못하는 청년을 나무의자에 앉히고 어깨와 머리 위에 쌓인 눈을 털어냈다.

"아니 이봐요, 청년! 청년!"

아낙의 소리가 마득렬의 귓전을 맴돌았다. 깊게 메아리치는 공명감의 깊은 파동이 기억 속에서마저 흐려진 어머니의 목소리같이 들려왔다. 득렬아! 득렬아! 하고. 그것은 얼었던 자신의 마음을 뜨겁게 녹이는 훈풍이었다. 아니, 사랑이었다.

그러나 어머니는 없다. 어려서 잃어버린, 유년의 기억 속에 한줌 숨결로 내재한 가족이란 혈연들의 기억들은 없는 것이다. 텅빈 공간, 마득렬의 가슴 한쪽을 차지하고 있던, 그 쓰라린 공간을 뜨겁게 감싸주던 은혜마저 지금은 이 차가운 하늘 아래 없다.

마득렬이 정신을 차린 곳은 어느 조그마한 병원의 병실이었다.

사방의 벽에 도배도 되어 있지 않은 창고 같은 방에 몇 개의 침대와 링게르 주사기가 걸려 있는 모습이 아니면 도저히 병원이라 할 수 없는 허름한 병실이었다. 마치 병자들의 수용소 같았다. 좋지 못한 냄새가 진동하고 몸을 움직일 때마다 낡은 군용 침대가 삐걱거렸다. 항구에서

포장마차를 찾아 들어갔던 일과 아낙이 염려스런 표정을 짓던 기억이
떠올랐다.

　방에는 몇 개의 침대가 더 있었고 그 위에는 군용 모포를 머리 위까지
덮어쓴 사람들의 모습이 보였다. 조용했다. 어떤 침대에선가 들려온
미세한 기침 소리가 없었으면 모두 죽은 시체들로 오인할 것 같았다.

　"……?"

　한쪽 벽은 공중 변소의 화장실 같은 낙서들로 가득 차 있었다. 그림과
도표, 쌍스런 욕의 찌꺼기들 속에 특이한 필체로 돌에 글자를 새기듯
정성을 기울인 글자를 발견한 것은 일종의 경이였다.

눈을 씻었지.
눈이 못 보는 먼지를 씻었지.

세상이 내뱉은 먼지가
세상을 먼지통으로 만들었지.
내 눈에도 불시착한 먼지.
먼지를 씻어내지 않으면
눈이 안 되는 눈의 시대.

아, 이제 보니 먼지 그가 바로
눈망울이 되어 버려
내 눈망울에서 날마다 태어나는
먼지를 보는 자마다

나도 그들처럼 먼지 생산 경주자의
혐의를 씌웠지.

이미 세상의 고통으로 바뀌어
지하로 가라앉는 중이니
이미 명령발이 서지 않는 밑바닥에
내가 떨어져 있는 중이니
그러므로 눈을 씻고
눈의 슬픔을 씻고
먼지 없던 시절의 필름 속으로나 돌아가
하품을 하고 있는 중이니
먼지는 내 머리 위로
둥둥 떠나가고 있는 중이니

그래도 세상은 나에게 자꾸자꾸
사람 기피증을 만들게 했지.
내 고의적인 기피증은 눈의 먼지 탓으로
돌리려 했지 세상은.
(개 같은 겨울의 어느날, 참을 수 없는 배설 욕구를 달래며 어느 시인
의 넋두리를 적는다.)

'눈속의 먼지'란 제목이 벽을 파내 깊게 음각되어 있었다. 한 마디로
병실을 지키던 어느 삼류의 지성을 자처하는 따분한 인간의 고독이

전달되는 듯했다.

"이제 정신이 좀 드시오?"

한 건강한 사내가 병실 안으로 들어와 마득렬의 침대 옆에 서 있었고, 그 뒤에 하얀 가운을 입은 사내 하나가 호기심이 가득한 눈으로 지켜보고 있었다.

"동상이 심하긴 해도 생명엔 지장이 없다니 다행이오. 젊은 사람이 왜 그렇게 무모하오!"

"……."

사내는 침대 한쪽에 앉으며 말했다. 굵은 얼굴선과 강인한 어깨가 주는 인상과는 달리 그는 부드러운 어조를 갖고 있었다.

"여기는 보선소 병실이고, 나는 서천서에서 나온 남형사요. 어항에서 동사해 죽을 뻔한 당신을 데려와 치료하는 과정에서 탈영병 운운하며 헛소리를 한 것이 단서가 되어, 군 헌병대에서 수배된 것이 밝혀졌소."

"……."

"아, 너무 놀라지는 말고…… 차라리 잘된 것 아니겠소. 그간 도피 생활 중 얼마나 마음을 졸였겠소. 그러나 이제는 마음을 편하게 갖고 몸을 좀 추스려야지……."

마득렬은 자리에서 일어나려 했으나 몸의 움직임이 여의치 않았다. 사내가 제지했기 때문이다.

"움직이지 말고 가만히 있어요. 소속 부대에서 호송 팀이 출발했으니 그 동안이라도 편하게 있어야지."

남형사는 군 수사기관에 이첩될 마득렬에 대해 연민을 갖고 있었던 것이다. '군무 이탈 및 살인 혐의'로 수배를 받고 있던 자이니만큼 앞으로 그가 치르게 될 우울한 과정을 너무도 잘 알기 때문이었다.

마득렬은 허탈했다. 그러나 자신의 옆에 앉아 지키고 있는 남형사의 말대로 편안함을 느꼈다.

올 것이 오고야 만 것이다. 은혜의 뒤를 함께 따라가지 못한 그 죄(?)의 댓가를 받아야 할 그때가…….

"그런데 이곳엔 어떤 일로 내려온 거요? 어항을 헤매고 다닌 이유는 또 뭐고?"

"글쎄요……."

마득렬은 남형사의 질문에 대한 답변이 곤궁했다. 벌써부터 삶의 포기를 염두에 두고도 이율배반적인 도피 생활을 계속한 자신을 설명할 수 없었기 때문이다.

은혜의 결혼을 앞두고 시도했던 탈영과 이어 벌어진 그녀의 죽음, 그리고 서해안의 한 이름 모를 병실에 누워 있는 자신을 돌아보며 마득렬은 눈가에 뜨거운 것이 주르륵 흘러내리는 것을 느꼈다.

4

루비콘 강을 넘어

상륙군 〇사단 헌병사령부.

좌측으로 바다를 내려다보고 있는 사령부의 콘센트 막사 위에 소담스런 눈이 내려 겨울 햇살을 반사하고 있었다.

지난밤 거친 바람이 불어와 요동을 쳤던 바다의 수면도 어느 정도 가라앉아, 푸른 물살 위를 스치며 나는 갈매기들의 풍경이 한가롭기 그지없었다.

모든 것이 한가롭다.

바다도 물결도, 그 위를 자유롭게 날고 있는 갈매기도, 햇살 쏟아지는 해변가에 자리잡은 군용집단 시설물마저도 깊은 정적에 싸여 있었다.

모든 것이 흐름을 멈춘 듯한 침묵의 시간이 헌병대 조사계 안에서도 일어나고 있었다.

"진술서에 무인(拇印)해!"

조사계장 노준위의 말은 짧고도 무거웠다.

"……."

마득렬은 자신의 앞에 놓인 몇 장의 진술서와 조서에 엄지손가락에 묻은 붉은 인주를 눌렀다.

"여기! 그리고 여기!"

무인을 찍을 곳을 노준위 옆에 서 있는 수사관 하나가 거의 기계적으로 대주고 있었고 마득렬의 손은 가늘고 힘없이 따라갔다.

"계장님, 끝났습니다."

진술서에 무인 작업이 끝나자 수사관은 서류를 챙기며 노준위에게 말했다.

"좋아! 마득렬에게 다시 한번 보여주고, 옥중사 자네가 큰 소리로 일독해 줘!"

푸른 전투복에 노란 계급장을 번쩍이며 노준위는 말했다.

"아니 계장님, 읽어줄 필요까지 있을까요?"

옥중사는 노준위의 지시에 반문을 제기했다. 그러나 그 말은 점잖고 조용했다.

"하라면 해!"

노준위는 짧게 말을 내뱉고 자리에서 일어나 난로 옆으로 가 두 손을 벌리고 섰다. 그의 표정은 어두웠다.

"넷! 알겠습니다."

옥중사는 진술서를 들고 마득렬 앞에 앉아 작은 목소리로 조서를 읽어나갔다. 마득렬의 군무이탈 및 조은혜 살인 교사에 대한 진술과 조서를 추인(追認)하는 과정을 밟고 있는 것이다.

"……."

마득렬은 말없이 옥중사의 말을 듣고 있었다. 그의 눈동자는 촛점이 흐려져 있었으나 정신은 이상하리만큼 맑아짐을 느꼈다.

조사계 안은 조용했다. 십여 명 이상의 수사요원들이 제각기 업무에 충실하면서 가끔 마득렬을 힐끔거리는 것을 제외하면 사무실 안은 공동묘지같이 가라앉아 있었다.

"옥중사, 담배 한 대 주지."

노준위는 진술서와 조서를 끝낸 옥중사에게 조용히 말했다. 이제 그들 조사계가 할 일은 끝난 셈이었다.

조서와 진술서 그리고 몇 가지 채집한 증거를 첨부하여 군검찰부에 이첩하는 일만 남은 상황이니, 살인죄로 이첩될 피의자에 대한 마지막 예우(?)만 남은 것이다.

"자, 한 대 태우지! 그리고 기운을 내!"

"……."

옥중사는 군용 은하수를 한 개비 꺼내 마득렬의 입에 물려 주었다. 서천 경찰서에서 사단헌병대로 이송되어 조사받은 지 3일만에 처음 대하는 담배였다.

마득렬은 담배연기를 길게 들이마셨다. 그러자 이내 현기증이 났다. 그것은 처음 담배를 배우던 때의 현상하고 너무나 똑같았다.

내뿜은 연기가 안개와 같이 흩어졌다. 후 하고 깊은 한숨이 함께 터져 나와 마득렬은 다소 답답했던 가슴 한구석이 뚫리는 듯했다.

이제는 모든 것을 포기한 상태였다. 희망이나 어떤 기대감을 가진 것은 아니었으나 가슴 속으로부터 터져나온 한숨은 담배연기에 묻어 실내에 흩어졌다.

엉성한 막사의 창 너머로 바다가 내려다보였다. 겨울 바다의 하얀 포말이 갯벌을 타고 넘실거렸다. 이제 막 만조가 시작되고 있었다.

만조.

황해 바다의 아름다움은 그 만조에 있었다. 갯내음을 휘날리는 갯벌을 사내가 여자의 나신을 덮치듯 달려드는 광경은 마득렬의 피를 끓게 했다.

"바람이 차군! 옥중사, 내의라도 한 벌 수발해서 영창으로 넘겨!"

노준위는 창문을 조금 열었다가 원위치로 고정시킨 후 옥중사를 향해 말했다.

"알겠습니다, 계장님!"

노준위는 바다 쪽에 시선을 고정시키고 있었다. 마득렬의 마지막 뒷모습을 보지 않기 위한 몸짓 같았다.

경험으로 보아 마득렬의 앞날은 너무나 암담한 것이다. 지난 수십 년간 군사건을 다뤄 오면서 숱한 피의자들을 보아왔지만 살인급 사건을 자행한 자들을 다룬다는 것은 언제나 괴로운 일이었다.

군무이탈 및 민간인 살인.

그것은 군인으로서 지고지순한 군형법의 저촉을 벗어날 수 없는 것이었고 그 결과는 무기형 또는 사형이라는 두 가지 출구밖에 없다는 점이었다.

마득렬에게 무기형이 최종 확정되는 데는 3개월이 채 걸리지 않았다. 그것은 단심제인 군재판 절차에도 이유가 있었으나 사실은 피의자인 마득렬 자신이 일사천리로 시인한 것과 재판 협조에 있었다.

그는 군검찰관의 조사와 기소 이후 군법무관의 사실인정심리 등에 일관된 진술로 자신의 혐의 내용을 시인, 군재판부는 간단 명확한 판결을 내릴 수 있었다.

▲ 주문 ; 피의자 마득렬을 무기형에 처한다.

군법무관의 판결 요지는 어떤 형식이나 격식이 없는 그야말로 한 힘없는 인간의 가치를 그대로 대변하는 것이었다.

적어도 한 인간의 삶의 가치를 완전하게 제압하는 무기형 선고에 최소한의 인간적 배려도 깃들지 않은 냉정한 법의 존재만이 있을 뿐이 있다.

10여 명의 피의자들을 일렬횡대로 세워놓은 군법무관은 거의 기계적으로 주문과 판결 요지를 간단명료하게 설명하고 끝이었다.

TV의 법정 드라마에서 보았던 재판관의 엄숙성이 담긴 트레이드마크인 판결봉을 치는 행동마저 생략한 채, 피의자들에 대한 연민과 질시가 한꺼번에 담긴 묘한 표정만을 남기고 법정을 떠난 그 자리에는 차가운 냉혼만이 가득 찼다.

"이송이다!"

상륙군 사령부 영창에 구금되어 재판을 받은 마득렬의 이송 명령은 간단했다.

판결을 받은 3일째 조식이 끝나기가 무섭게 군단 영창의 A조 책임자인 임상사가 마득렬이 있는 감방의 철창 앞에 와 이송 준비를 알렸다.

“어디입니까? 임상사님, 어디입니까? 외출입니까? 아니면 황간도입니까?”

돼지같이 비대한 살집을 가진 임상사에게 질문을 던진 것은 이송을 가야 할 마득렬이 아닌 같은 감방의 피의자들이었다.

군단 전체에서 올라온 피의자들이 그간 2~3개월 또는 6개월씩 걸리는 재판기간을 가슴 졸이며 생각해 온 것은 재판 후의 징역살이를 할 군교도소에 있었다.

특히 무기형 이상의 선고를 받을 가능성이 있는 피의자들은 거의 필사적이었다.

“임상사님, 황간도는 아니겠죠?”

“잔말 말고 빨리 이송 준비해. 개인 사물은 되도록 간단하게…….”

“……!”

임상사의 무 자르듯 단호한 말에 감방의 피의자들은 온몸에 찬물을 끼얹은 듯 모두 입을 다물고 있었다.

그간 3개월 남짓 군단 영창의 감방 안에서 정이 든 동료 피의자들의 얼굴이 사색이 되어 마득렬의 시선을 피할 정도였다.

황간도.

그 곳은 죽음의 땅이라는, 상륙군 군단 영창의 전체 피의자들에게 공포의 유형지로 알려져 있었던 것이다.

소수의 정예 강군을 지향하는 상륙군의 특성상 독자적인 군형무소 시설을 갖출 수 없는 관계로, 형이 확정된 죄수들을 타군의 시설로 보내는 것을 외출이라 생각할 만큼, 황간도는 악명을 떨치고 있었던 것이다.

"사물을 간단하게 챙겨!"

마득렬은 동료 피의자들에게 감정이 섞이지 않은 건기침 같은 말을 던져 긴장된 감방 안의 분위기를 누그러뜨렸다.

"뭣 하나, 빨리 사물 챙기지 않고."

"아, 네, 알겠습니다."

피의자들 중 고참격인 마득렬의 말이 떨어지기 무섭게 몇 명의 피의자들이 바삐 몸을 움직였다.

푸른 전투복에 계급장과 명찰 그리고 혁띠와 발목 고무줄까지 빼앗긴 무장해제된 피의자들의 몸놀림을 바라보며 마득렬은 머리가 아파옴을 느꼈다.

그것은 소용돌이였다.

떠나야 한다는 것, 그것은 항상 머리의 평형 감각을 흔들리게 하는 것이었다.

마득렬은 나무판을 씌워놓은 벽에 기대어 지그시 눈을 감는다. 손끝이 파르르 떨리며 미세한 전류가 흐르는 듯하다.

그때도 그랬다.

늙은 밤나무와 황토빛 뒷산을 배경으로 덩그렇게 콘센트 막사 하나서 있던 어린 시절.

노을 지는 강변의 하천부지 위에 불법으로 건조되어 있는 사랑의 집, 40여 명 남녀 원생들이 저마다 한없는 그늘을 숨기고 옥수수대가 하늘을 가리는 숲에서 뛰놀던 곳, 밤이면 여원생들을 차례로 불러 손발을 주무르게 하던 음흉한 배불뚝이 원장, 여원생들 중 어린 마음에 아름답게 새겨 두고 있었던 이름 모를 소녀, 그 긴 머리, 갸름한 얼굴, 훗날

은혜를 처음 보았을 때 그 아이가 연상되어 가슴이 메어질 만큼 강렬한 인상의 소녀가 원장실에 불려 갔다 온 후 치마 밑으로 흘리던 선홍의 그 액체……

 그것이 어떤 의미인지도 모른 채 막사의 뒤꼍에 있던 낫을 들고 설치던 자신.

 "죽여버릴 거야! 죽여버릴 거야!"

 고막이 찢어질 듯 거칠게 항의하던 마득렬 자신의 어린 시절이 떠올랐다. 어린 나이에 부모를 잃고 수용되어 있던 고아원의 열악한 환경, 항상 고프기만 하던 배, 그리고 배불뚝이 원장의 기름기를 위해 하루면 한나절씩 동원되던 고된 작업 속에서도 무엇인가 힘이 되곤 하던 긴 머리 소녀.

 바라만 보고 있어도, 함께 그 낡은 콘센트 막사 아래서 살고 있다는 생각 하나만으로도 삶의 환희를 느끼게 하던 그 소중한 기억을 한꺼번에 무너뜨리던 원장에 대한 커다란 분노.

 들고 있던 손보다 큰 낫, 누더기 같은 어린 고아들의 방 옆에 엄청나게 큰 배불뚝이 원장의 방, 빨간 불 그리고 구토가 느껴지는 기름기 낀 배를 출렁이며 원장의 사모인지 식당 허드렛일을 하는 여인인지 한 여자를 게걸스럽게 탐하던 원장의 그 질겁을 하던 모습, 거대한 몸집에 어울리지 않던 사내의 성(性)에 절로 웃음이 나왔었다. 낄낄낄, 어떻게 어른의 성이, 어른의 그것이 저만할 수가 있는가.

 마득렬은 들고 있던 낫을 바닥에 팽개치고 하늘이 노랗게 보이도록 웃었었다.

 그리고 다른 고아원으로 이원(移院)되었다. 머리가 아팠었다. 마치 가을 하늘을 수놓으며 끝없이 날아오르는 고추잠자리를 눈을 떼지 않고 바라본 것처럼 하늘이 소용돌이쳤었다.

다시는 볼 기약 없는 소녀, 그리고 훗날 서천의 한 이름 모를 해변에 묻힌 은혜…….

"마득렬, 내가 이 세상에서 너의 이름을 불러주는 마지막 사람이 안 되기를 빌겠다. 자, 준비됐으면 가자!"

인솔자인 임상사가 마득렬 앞에 와서 말했다. 마득렬은 동료들이 챙겨준 개인 사물을 군장으로 꾸려 등에 지고 따라 나섰다.

한없는 낭떠러지에 헛발을 디딘 듯한 느낌이었다. 그것은 길 없는 안개 속을 걷는 것이었다.

한번 가면 다시 돌아올 수 없는 길을 누군가 루비콘 강이라 말했던 기억을 떠올리며 마득렬은 어금니를 깨물었다.

5

죽음의 황간도(黃幹島)

바람이 거칠었다.

파도는 색에 굶주린 늙은 과부의 욕정만큼이나 거칠고 세차게 선체(船體)를 때렸다. 삼각형의 예리한 철갑 선수(船首)가 물살을 좌우로 가르며 양쪽으로 10여 미터 이상 되는 물살을 만들어 장관을 이루고 있었다.

P-77 군용 소해정은 마치 M60 기관총의 총구를 벗어난 예광탄처럼 안개와 거센 빗줄기가 쏟아지는 망망대해를 쏜살같이 달렸다.

아니, 달리는 것이 아니라 수면 위를 난다는 표현이 어울릴 듯했다.

약 40노트.

특수철판과 특별히 만들어진 엔진이 아니고선 결코 낼 수 없는 속력도 특수임무에 사용되는 소해정이기 때문에 가능한 듯했다.

"쌍! 지에미 ××같은 날씨군!"

중사 계급장을 단 사내가 담배를 꼬나문 채 키를 잡고 게걸스런 언어를 풀어놓았다.

이빨의 한쪽으로 질겅 문 담배 때문인지 발음이 제대로 전달되지 않았다.

"야, 이 새끼들아! 뭐하는 거야! 저 새끼들 교육 안 시키고."

중사는 물고 있던 담배를 집어던지면서 신경질적으로 말했다.

"기후가 너무 사나워서요. 좀 잠잠해지면, 애새끼들 삭신이 노골노골하게 만들겠습니다."

선실의 바닥에 납작 엎드려 있는 대여섯 명의 죄수들을 감시하고 있던, 턱이 제비같이 날쌔게 빠진 하사가 능글맞은 목소리로 말했다.

이미 포박이 된 채 몸을 자유롭게 가늠하지 못하는 죄수들은 극심한 배멀미에 닌더리를 치고 있었다.

뱃속에 담아 갖고 온 것은 모조리 선실 바닥에 토해 놓고 있었던 것이다.

"제비 너 새끼! 이리 와."

중사가 키의 좌편에 있는 프로터를 힐끔 바라보면서 하사를 불러 세웠다. 함정 레이다의 영상인 스코프 위에는 하얗게 파도의 움직임이 포착되고 있었다.

"너 이 새끼 왜 말이 많아? 집에 갈 날이 가까워 왔다 이거지?"

"아, 아닙니다."

"아니긴 이 새끼야!"

"악!"

중사는 하사의 쪼인트(무릎)를 사정없이 걷어찼다.

"빨리 애새끼들 교육시켜! 알겠어, 이 새끼야."

“알겠습니다. 아이고, 그렇다고 이렇게까지 할 필요는……."

“뭐야, 너 뭐랬어?"

“아, 아닙니다. 애들 확실하게 교육시키겠다고 했습니다."

하사는 거센 파도 탓으로 자신의 말을 알아듣지 못한 중사에게 그럴 듯한 변명을 둘러댄 후 죄수들이 엎드려 있는 곳으로 왔다.

“기상!"

제비턱의 하사는 번들거리는 이빨을 드러낸 채 짧게 명령했다. 그의 목소리엔 당찬 기합이 들어 있었다.

그러나 선실에 시체처럼 엎드려 있는 죄수들의 정신을 일깨우기엔 역부족이었다.

“아니, 이 새끼들 보소. 여기가 안방인 줄 아나?"

하사는 세모로 된 상륙군의 트레이드마크격인 군화축을 세워 맨 앞쪽 죄수의 어깨를 사정없이 내리찍었다.

“억!"

느닷없는 일격을 당한 죄수가 몸을 괴롭다는 듯 한번 들썩인 후 머리를 하사 쪽으로 향해 구토를 토해 놓았다.

“아니, 이 새끼가……."

하사는 죄수가 구토한 찌꺼기가 자신의 군화에 묻자 화가 머리 끝까지 치밀어올랐다.

제비턱 하면 서해 바다가 그 흐름을 멈춘다는 황간도 수송선 PK 정의 호송 하사 아닌가.

까라면 까고 벗기라면 벗겨야 하는 그야말로 저승야차와 같던 자신의 면모가 좀 심한 파도 탓에 생기는 배멀미에 기대어 여지없이 구겨진 것이다.

“이 새끼들, 굴러! 굴러! 이 새끼들아.”

“아!”

하사는 누에새끼들처럼 몸을 움직이는 죄수들에게 사정없는 발길을 쏟아부었다.

“좀더 빨리 시속 2백 킬로, 말이 안 들리나?”

양손이 수갑 대신 특수 밴딩으로 채워진, 지극히 부자연스러운 여섯 명의 푸른 전투복의 죄수들이 하사의 발길을 피해 몸을 굴렸다.

그것은 강력한 배멀미와 추위에 탈진한 몸들의 본능적인 반사행동이었다.

“구르는 게 너무 부드러운가? 이 새끼들 그깟 배멀미에 상륙군의 혼을 장사지냈나?”

하사는 명찰 대신 가슴과 등에 K라고 페인트 글씨로 선명하게 새긴 등치가 커다랗고 구레나룻이 선명한 죄수를 세워 가슴팍을 양손바닥으로 사정없이 갈겼다.

“이 새끼 관등성명을 잊었나? 군인인지 사제인지 너 뭐하는 새끼야!”

“넷, 상병 최돌식!”

구레나룻은 가슴으로 하사의 풋싱을 받으며 고통스런 표정을 지었다. 그러나 입으로는 하사의 손바닥이 움직일 때마다 자신의 계급과 이름을 외쳤다.

“상병? 웃기는 짜장면일세? 네가 상병인가? 정신차려, 이 새꺄!”

하사의 주먹이 구레나룻의 얼굴에 사정없이 꽂혔다.

“으악!”

"엄살은 새끼! 개야, 너는 이 새끼야! 사람이 아니란 말이야. 더구나 귀신 잡는 무적 상륙군의 전사요 꽃인 상병은 언감생심이라 그 말이지. 그런데 뭐 새끼야!"

하사는 구레나룻의 얼굴을 향해 다시 주먹을 날렸다. 어느새 그의 얼굴 위엔 붉은 선혈이 낭자했다.

"억! 아이고, 호송관님 살려주십시오!"

구레나룻은 바닥에 쓰러져 얼굴을 감싸쥐고 사정하듯 말했다.

"뭐라고, 살려줘? 이 새끼, 그럼 내가 너를 죽이려고 했다 그 말이지?"

"악! 그게 아니고, 저……."

"변명하지 마, 이 새끼야."

하사의 성격은 개구리의 뜀뛰기와 같이 갈피를 잡을 수가 없었다. 오직 구타와 학대를 위한 말꼬리 잡기에 혈안이 되어 있었다.

"너 심어. 그리고 네놈들 둘은 벽타. 나머지는 부리찌 실시."

하사는 구레나룻을 일으켜 세우며 나머지 죄수들에게 제각기 특성 있는 얼차례(기합)를 지시했다.

그러자 죄수들은 각자 적당한 공간을 확보하여 머리를 바닥에 박고 선실의 벽에 발을 거꾸로 걸치는가 하면 양손을 뒤로 제껴 레슬링의 한 자세를 취했다.

"이 새끼들 자세 봐라! 이제 군기가 조금 들어가나? 그리고 너 기분이 어때?"

"네! 기분 좋습니다."

구레나룻은 얼굴에 흐르는 피를 혀 끝으로 빨며 선실이 떠나갈 듯 외쳤다.

"흐흐 그래! 기분이 삼삼하다니 보람이 있군! 좋다, 그런 의미에서
신나는 노래 일발 장전!"

하사의 행동은 한 마디로 안하무인 좌충우돌이었다. 상식과 비상식을
넘나들며 치기의 극치를 보였다.

"발사!"

구레나룻은 선자세에서 허리에 양손을 걸치고 반동(反動) 자세를
취하며 목청을 돋궜다.

사나이로 태어나서
할 일도 많지만
너와 나 나라 지키는

"동작 그만. 이 새끼 그걸 노래라고 읊고 있나?"

하사의 두 손바닥이 구레나룻의 가슴에 풋싱을 가했다.

"시정하겠습니다. 포항의 노래 실시."

구레나룻은 실내가 떠나가도록 큰 소리로 다시 외쳤다. 그 순간 소해
정이 크게 좌우로 로링을 했다.

"아이쿠!"

제각기의 자세로 얼차례를 받고 있던 죄수들의 자세가 흐트러지고
차려 자세로 서 있던 구레나룻의 몸이 하사를 덮쳐 눌렀다.

"이 새끼, 뭐야?"

하사의 몸이 구레나룻의 육중한 몸뚱이 밑에 깔리며 비명 같은 소리

를 질렀다. 그와 함께 선실벽에 걸어놓았던 비상용 구명복이 바닥으로 떨어졌다.

"으악! 아이쿠!"

엄청난 파도가 소해정의 좌현을 바닷속에 쑤셔박기라도 하려는 듯 어깨를 세우고 몰려왔다.

"비상이다. 전원 구명복을 착용하고 각자 위치에 정위치!"

키를 잡고 있던 중사가 뒤쪽을 향해 악을 써 댔다. 그러나 그 소리는 거대한 파도음에 휩쓸려 제대로 들리지 않았다.

"정위치! 각자 정위치!"

비상사태를 선포하는 중사의 다급한 지시가 없어도, 선체에 탑승하고 있던 서너 명의 선원과 몇몇의 호송병들은 사태의 심각성을 깨닫고 제각기 정해진 위치로 움직였다.

"현재 위치를 파악 보고하라!"

중사가 선수를 파도의 진로 방향으로 돌려 파도의 정면을 피하려 했다.

"그건 위험합니다. 어떻게 하려고……?"

키의 좌측에 있는 소형 레이다와 영상항법장치 앞에 앉아 있던 수병(水兵)이 중사를 향해 다급한 듯 질문을 던졌다.

"시끄러, 새끼야! 뭘 안다고 노가리야! 파도 타기다. 그것 아니면 방법이 없어."

"파도 타기라뇨? 지금 제정신으로 하시는 말씀입니까?"

"닥쳐! 새끼야. 현재의 위치나 보고하고 SOS를 쳐!"

그와 함께 15톤급 쾌속정의 선체가 공중에 날아오르듯 비상했다.

"아——."

마치 드림랜드에 설치해 놓은 해적선을 타고 공중으로 솟구치는 것 같은 기분에 전승무원과 죄수들은 머릿속의 말초신경을 깃털로 자극당하는 느낌을 받았다.

쿠르릉!

거대한 물기둥이었다. 사방 어느쪽에도 열려 있는 시야가 없었다.

"여기서 끝인가?"

마득렬은 실내에 엎드려 선체에 고정되어 있는 철제의자의 다리를 굳게 잡고 정신을 잃지 않기 위해 애썼다.

"SOS, 긴박한 상황이다. 여기는 P-77 좌표 북위 36도 5분, 남위……"

비상용 무선을 개방하고 긴급 상황을 알리고 있는 조타수의 모습이 보였다.

지독하게 침착한 행동이었다. 그것은 소해정의 선장격인 중사도 매한가지였다.

키를 굳게 잡고 있는 중사의 강인해 보이는 입에 꺼져 있는 담배가 물려 있는 것이 보였다.

끼이잉!

소해정의 밑창에서 철판이 찢어지는 듯한 소리가 들렸다. 그와 함께 칠흑 같은 어둠이 선실 안을 가득 메웠다.

"아이고, 하느님!"

누군가 토해 놓은 언어 한 토막이 어두운 공간을 일순간 채웠다.

마득렬은 눈을 감지 않을 수 없었다. 뱃속의 어느 한 곳에서부터 눈과

귀 그리고 요도까지도 끌어당기는 어떤 힘이 있었다.

천길 만길, 떨어지는 그 높이를 가늠할 수 없었다. 그것은 은혜의 죽음을 처음 알았을 때 눈앞이 캄캄하던 그때의 한순간 같았다.

아득했다.

어디선가 외마디 비명이 들리는 듯했다. 그리고 이내 온몸에 찬기운이 엄습해 왔다.

입술에 소금맛이 전달되었다. 바닷물이었다.

햇살이 따가웠다. 눈이 부셨다. 멀리 수평선이 뚜렷한 색감으로 드러나 있었다. 날씨가 지극히 밝고 화창한 것을 나타내는 것이었다.

"……?"

최초로 눈을 뜬 사람은 마득렬이었다. 일곱 평 남짓한 선실은 그야말로 난장판이었다.

뒷머리가 땡겼다. 그리고 무엇보다 갈증이 났다.

마득렬은 선실의 여기저기를 살펴보았다. 저쪽 조타수 쪽에 있던 물통이 어디론가 사라지고 그 자리엔 시퍼런 해초 한 무더기가 어지럽게 널려 있었다.

선실 안엔 키를 잡고 있던 중사와 승무원 그리고 호송병들과 손목이 포박당한 죄수들이 서로 포개져 나뒹굴고 있었다.

"아!"

원형의 외창 너머로 남색 바다가 눈이 부셨다. 그 거대하던 파도는 언제 그랬느냐는 듯 분노를 가라앉히고 해맑은 태양에 나신을 드러낸 채 일광욕을 즐기는 듯했다.

“모두 기상! 기상 이 새끼들아!”

“……”

중사였다. 선실의 한쪽 구석에 쓰러져 있던 중사가 어느새 정신을 차리고 일어나 사람들을 깨웠다.

“이런, 표류하고 있었군! 그래도 살아났다는 것이 기적이야.”

중사는 키 옆의 작은 환기통을 열고 밖을 내다보며 말했다. 키는 어느 정도 말을 듣고 있었다. 다행히 기관에 고장이 있는 것 같지는 않았다.

“뭣들 하나? 인원, 장비, 기관별로 보고하지 않고?”

중사는 어느새 표류하고 있는 소해정의 위치를 해도 위에서 찾고 있었다. 침착하고 노련한 수병이었다.

그의 지시에 승무원들이 제각기 위치를 찾아 움직였다.

이송되고 있는 6명의 죄수들은 이상이 없었다. 그러나 호송팀 중의 한 명이 선실에 없었다.

“아니, 이런……”

호송팀 중의 하나가 선상으로 통하는 출입문을 열었다. 특수 시설 장치를 설치한 문이 너무도 쉽게 열렸다. 시건 장치가 망가져 있었다.

“제비턱이 없습니다. 어떻게 하죠?”

“뭐야? 제비턱이 바다에 날아갔다는 말야?”

“선상에 없다면……”

“이런, 쌍!”

중사는 키에서 손을 놓고 출입문을 통해 선상으로 뛰어올라갔다.

선상은 보잘 것 없는 공간이었다. 선수 쪽에 설치되어 있는 함정용 중기관총 한 문이 고정되어 있는 것을 빼면 은폐물이나 돌출물 하나

없는 작은 평수의 넓이였다.

"이런 멍청한 놈, 그깟 파도에 휩쓸리다니."

중사는 어금니를 깨문 채 다시 선실로 들어왔다. 그의 손이 가늘게 떨리고 있었다.

그때 비상시 계속 개방되어 있는 무선에 선이 닿았다.

"해군 수색정의 무선입니다. 우리를 찾고 있습니다. 서남쪽 32마일 스코프에 잡히고 있습니다. 그들의 위치에서……. 이런, 하마터면 38도선을 넘어설 뻔했군요."

레이다와 무선을 담당하고 있던 승무원이 흥분된 목소리로 중사를 향해 말했다.

"우리의 위치를 알리고 방향을 남쪽으로 틀어 전속력으로 달린다. 바다 귀신을 피해 놓고 자칫 콩가루 잔치를 벌일 뻔했군!"

소해정은 밤새껏 거친 파도에 밀려 원래의 항로에서 수백 마일 북쪽으로 밀려와 있었던 것이다.

그 곳은 북한 경계수역 근방이었다. 언제 그들의 함정이 나타날지 모르는 상황이었다.

40노트.

어느새 소해정은 푸른 물살을 좌우로 휘날리며 최고 속력을 내고 있었다. 푸른 물살, 선요한 바람, 그리고 잔잔한 바다가 한 폭의 그림같이 어우러져 환상 같은 아름다움을 자아내고 있었다.

"P-77, 좋다. 지금 방향으로 전속력으로 항해하라."

무선은 소해정의 항로 방향을 통신으로 잡아주고 있었다. 소해정은 무선을 송출하는 기능을 상실하고 있었다. 파도에 안테나와 기기 일부가 망가져 있었던 것이다. 그러나 상대편에서 보내오는 무선은 별 잡음 없이 들렸다.

"예정보다 하루 늦게 황간도에 도착하겠군!"

중사가 키를 잡고 담배를 피워물며 중얼거렸다.

황간도.

그 곳은 과연 죽음의 땅인가. 마득렬과 동료들은 황간도의 초입에 다다르기도 전에 죽음의 문턱을 넘나드는 순간을 경험하고는 할 말을 잃고 있었다.

6

인간들의 지옥

전투함 울산호.

4백 톤급 해군 전투함의 선도로 소해정은 황간도의 한쪽 암초를 이용해 만들어놓은 접안지에 다다랐다.

북위 36도 4분, 서해의 군산열도에서 서쪽으로 2백 마일 해상에 자리잡고 있는 이 작은 돌섬은, 작은 어선마저 섬에 직접 대기 힘든 천해의 지형으로 파도를 온 몸에 받으며 떠 있었다. 아니, 흐르고 있었다.

지난밤의 거친 파도와 물살은 언제 그랬었느냐는 듯 잔잔하기만 했다. 암석으로 형성된 섬은 작은 물살의 흔들거림에 따라 함께 움직이는 듯했다.

"내려, 이 새끼들아! 네놈들을 호송하느라, 우리는 아까운 전우 하나를 바다에 장사지냈어."

소해정이 바다 쪽으로 길쭉하게 뻗어 있는 바위를 이용해 대형 널판지와 군용 철판으로 임시 설치해 놓은 접안지에 가까이 접근하자 호송병 하나가 말했다.

중사는 키를 잡고 연줄로 담배를 피우며 먼 바다 쪽에 시선을 두고 있었다.

전투함이 그 날쌘 유선형의 옆모습을 드러낸 채 3마일 밖에 떠 있었다.

"빨리 빨리, 이 새끼들 뭘 그렇게 꾸물거려!"

호송병의 재촉에 마득렬과 그의 동료들은 각자에게 주어졌던 사물을 챙긴 상륙군용 W백을 들고 소해정과 접안지를 연결해 놓은 작은 나무다리를 이용해 섬에 상륙했다.

"소식은 들었다. 개새끼들을 데려오다 늑대새끼를 잃었더군!"

몸의 균형을 잡으며 죄수들이 섬에 상륙하자 팔각모에 빨간 명찰을 한 교도병들이 기름기 없는 말로 호송병을 반겼다.

"여전히 매너가 빨래판이시군! 자, 여섯 명. 이것이 애들의 수감 명령서 그리고 신상 명세서요. 인수증에 사인이나 빨리 해주시오."

호송 하사가 서류철을 그에게 넘기며 불쾌한 표정을 지었다.

"호! 하사에게서 계집 냄새가 나는군. 어때, 요즘 밀림대학의 ××들은 잘 있는가?"

그들은 호송 하사에게 결례를 떠나 거의 시비조로 나왔다. 오랜 섬생활에서 오는 스트레스를 그런 식으로 푸는 모양이었다.

"자, 여섯. 인수증에 사인이나 빨리 해 주시오."

"사인, 그거야 해 드려야지. 그런데 우리도 할 일이 있지 않겠어. 이분들 보기엔 멀쩡한데 혹시 속으로 골병이라도 들어 있다가 나중에 일이라도 나면 누가 책임지지?"

교도병들 중 가장 선임자인 듯한 자가 계속 호송 하사를 치근거렸다.

그들은 마치 민간인들처럼 행동을 했다. 군복만 입고 있지 않았다면 영락없는 건달의 모습 그것이었다.

"이봐! 그만들 하지. 자, 이거나 처먹고 빨리 끝내 줘! 우리도 자네들과 장난할 기분이 아니야."

소해정의 선상에 나온 중사가 사홉들이 소주 한 병을 교도병들에게 던져주며 말했다.

"호! 뭘 이런 것까지. 그리고 하사, 담배 같은 것 있어?"

소주병을 날쌔게 받아든 교도병은 다시 호송 하사를 치근거렸다.

"야! 담배 한 갑 빨리 줘. 갈 길이 바쁘다."

중사의 재촉에 호송 하사는 울화가 치미는 듯 포켓에서 태우던 담배 한 갑을 꺼내 놓았다.

"사제 담배 좋지! 진작 그러시지. 오고 가는 마박(뇌물) 속에 도타운 우리의 정 아니겠소? 자, 인수증 봅시다."

호송 하사는 인원을 넘겨주었다는 증명서 역할을 하는 인수증을 내밀었다. 매번 죄수들을 호송할 때마다 작은 마박이라도 내밀지 않으면, 그들은 여러 가지 핑계를 대고 인수 시간을 지연했다.

죄수들의 신체 검사를 하여 호송 도중의 구타나 가혹 행위를 핑계삼아 인수를 거부하는 등의 횡포를 부렸던 것이다.

그러나 지난밤의 사고를 이미 알고 있는 그들인지라 이만큼에서 끝내 준 것이다.

"자, 잘 가시오! 그러나 다음 번엔 이 정도로 안 된다는 것을 아셔야 할 거요.”

호송 하사는 사인이 끝난 인수증을 채틀 듯 받아들고 소해정에 올랐
다.

그와 함께 다리 역할을 하던 판자가 걷어치워지고 소해정이 우렁찬
소리를 내며 접안지를 벗어났다. 물보라에 일곱 색깔의 무지개색이 눈이
부시도록 선명했다.

마득렬은 섬을 벗어나는 소해정을 바라보며 입가에 묻은 땀을 씻었
다. 목이 타는 까닭인지 하얀 물살이 너무도 시원하게 보였다.

“얼라! 이 새끼, 어따 한 눈을 파누!”

“…….”

마득렬의 눈 앞에 교도병 하나가 바짝 다가와 얼굴을 들이밀었다.

그의 입에서 썩은 냄새가 푹 하고 풍겼다. 배추잎이 썩는 지독한 냄새
였다. 그러나 그 냄새는 웬지 낯설지 않은 것이었다.

588 창성집의 뚱뚱이 입에서 풍기던 그 냄새였다. 그녀는 그 육중한
몸뚱이보다도 입내 때문에 단골이 없는 창녀였다. 그러나 이가 없으면
잇몸이라고, 그녀는 가장 싼 가격으로 청량리 일대 회파리(반걸인)들의
사랑을 받던 여자였다.

“이 자식! 화이바가 비었나?”

입내가 무릎으로 마득렬의 아랫배를 올렸다.

“억!”

마득렬은 퍼뜩 정신을 가다듬고 입내가 가격한 반대 방향으로 몸을
쓰러뜨렸다.

"이 자식! 힘아리가 왜 이리 없노?"

입내는 자신의 비장(?)의 무기인 무릎치기의 위력에 기분 좋은 표정을 지었다. 만약 상대가 넘어지지 않았으면 더 강력한 펀치를 먹였을 터였다.

"껍데기를 벗는다. 실시!"

마득렬의 옆에 있던 동료들이 또 다른 교도병들에 의해 온몸이 발가벗겨지고 있었다. 그들은 모두 여섯 명이었다. 죄수 하나에 교도병 하나, 완전 일 대 일의 상황이었다.

"너도 새끼야! 뭘 보는 거야!"

입내가 마득렬의 쪼인트를 툭 하고 건드렸다. 군화 끝으로 채인 무릎이 따끔거렸다.

"이 새끼들 동작 보소!"

"군기 반납했나?"

벌거벗은 여섯 명 죄수들의 몸뚱이 위로 교도병들이 우르르 달려들어 사정없이 주먹과 발을 날렸다.

"자슥들, 여기는 인간이 사는 곳이 아냐. 늑대와 악마들만이 사는 곳이라 그 말이다."

교도병 중 한 명이 지껄인 소리가 뚜렷하게 들려왔다. 그것은 비명 같은 것이었다.

그들의 폭력은 상상을 초월하는 것이었다. 군단영창에 처음 입창하던 날의 그 떠올리고 싶지 않은 장면의 폭행은 오히려 약과였다.

주먹 그리고 군화발, 어떤 교도병은 자신이 차고 있던 탄입대를 풀어 미친 듯 휘두르기도 했다.

"뒈져! 이 새끼! 아주 뒈져버려!"

입내는 탄입대에 차고 있던 대검을 꺼내 마득렬의 가슴을 꾹꾹 찔렀다.

대검이 한 번씩 닿았던 자리에서 붉은 핏방울이 한 방울씩 떨어졌다.

정신이 가물거렸다. 푸른 하늘이 커다랗게 동심원을 그리며 돌았다.

"아악! 살려줘! 살려줘!"

접안지의 한쪽 가에서 위태로운 광경이 벌어졌다. 한쪽에서 교도병 하나가 벌거벗은 죄수 한 명을 바닷물 속에 집어넣고 물을 먹이고 있었다. 자칫하면 엉켜 있는 두 사람 다 바닷속에 빠질 것만 같았다.

그러나 교도병은 개의치 않고 공격을 늦추지 않았다.

"뒈져! 뒈져, 이 새끼!"

"어푸! 어푸! 살려…….."

악마들이었다. 그들은 자신들을 사람이 아니라는 것을 증명하는 듯했다.

황간도는 인간이 사는 섬이 아니다. 여기는 지옥이다. 그런 까닭에 우리들은 지옥을 지키는 악귀들이다. 그러니 너희들은 죽었다 생각하고, 인생의 삶과 그 삶의 가치 따위는 성교 후에 뒷처리를 한 휴지마냥 버려야 한다.

"모두 바다를 향해 무릎을 꿇고 앉는다. 실시!"

수십분간 계속되던 무자비한 폭력이 갑자기 끝나며 교도병들 중 선임자가 짧고 크지 않은 음성으로 말했다.

"안 들리나?"

온몸에 피와 상처투성이가 된 죄수들은 거의 기적과 같은 행동으로 바다 쪽을 향해 무릎을 꿇고 앉았다.

"먼저 기나긴 뱃길로 이 곳 황간도에 입도(入島)한 제군들을 진심으로 환영하는 바이다. 본관은 본 황간도 제1교도대 교육소대 하사 용호표다. 앞으로 긴긴 날을 서로 쌍판을 맞대고 살아가는 동안 부디 순한 양 같은 본관의 손에 피를 묻히는 일이 없도록 많은 협조를 바라마지 않겠다. 더불어 본관은 여러분들의 입도를 환영하는 의미에서 빵빠레를 울리겠다."

유격대 조교 같은 그의 말이 끝나자 교도병 하나가 귀청이 찢어지는 듯한 소리로 다음 행동을 지시했다.

"빵빠레 준비!"

"……?"

"얼래? 이것들 보소? 뭔 소린 줄 모르나?"

교도병이 들고 있던 탄띠로 맨 좌측에 앉아 있는 죄수의 등짝을 내려쳤다. 그때서야 그들은 반무릎을 하고 앉아 자신들의 늘어져 있는 남성에 손을 갖다 댔다.

"변명과 반항은 고통뿐이라는 것을 명심해라. 오직 순종만이 그래도 지겨운 목숨을 연명하는 길이다. 그리고 너 삼겹살은 포항의 찬가를 힘껏 부른다. 실시!"

교도병의 지시에 몸집이 거대한 구레나룻이 자신의 남성을 전후로 움직이며 노래를 시작했다.

국국 국이 원수다.

맞다 맞다 맞다 국이 원수다.
국 쏟고 ××데고 데고 데고
×대 주고 뺨 맞고
포항의 아가씨!
오늘은 너희들의 ××검사날
긴자꾸 털××는 A급을 주고
백×× 밑××는 B급을 주고
임질에 걸린 ×× 열외로 돌려라!

구레나룻의 노래가 채 끝나기도 전에 허망한 배설을 바다에 토하고 털썩 주저앉는 자가 있었다.

"낄낄! 이 새끼는 토끼 ×을 하나?"

경멸과 냉소에 찬 교도병들의 비어가 들려왔다. 그 소리는 588 13호 집 포주의 비어와 같았다.

긴 밤 3만원으로 손님을 받은 창녀들의 방 앞을 부리나케 슬리퍼짝을 끌고 다니며, 숏타임 손님이나 인근 여관에서 요구받은 시간티기를 강요하던 포주.

심지어 그녀는 시간을 오래 끄는 방의 문을 열고 손님과 창녀를 동시에 놀라게 하는 행동도 예사로 했었다.

비가 억수로 쏟아지던 어느날, 손님의 발길이 뚝 끊긴 오후, 마득렬이 황녀의 몸뚱이에 무료를 달래고 있는 도중, 노크나 기침없이 포주가 방안으로 들어왔다. 그리고 낡은 텔레비전 위에 놓여 있던 황녀의 화장품 바구니를 뒤적거리며 알 듯 모를 듯한 표정을 짓던, 나이 50을 넘긴

포주의 모습을 마득렬은 떠올렸다.

"그만 힘빼, 이년아! 허구헌날 기름기 없이 놀구 자빠졌으니 정작 손님들을 받으면 서비스가 시원찮지."

그녀는 개처럼 엉켜 있는 두 사람을 개의치 않고 자신의 얼굴에 콜드 크림을 덕지덕지 찍어 발라댔다.

"개의치 말고 쌀 건 싸! 그래야 병도 안 생기지."

방바닥에 머리를 거꾸로 처박고 마득렬을 받고 있던 황녀가 몸을 빼자, 그 순간 갑작스런 상황에 놀라 잠시 동작을 멈추고 있던 곳에서 허망한 구도가 쏟아져 황녀의 몸뚱이를 더럽혔다.

"사내놈이 그 따위로 기가 약해서야. 그런 힘으로 어떻게 기생을 몇씩 거느리는 기둥이라 할 수 있겠누."

포주는 동정인지 비웃음인지 그 뜻을 알 수 없는 말을 내뱉고 마득렬의 등짝을 손바닥으로 내려쳤었다.

"으헉!"

마득렬의 배설은 바다를 향해 터져나갔다. 구레나룻의 상스런 노래도 이미 끊겨 있었다.

다시, 극심한 현기증이 몰려왔다. 가슴과 등줄기 그리고 허벅지 등 살집이 좀 있는 곳들이 쑤시고 저렸다.

"흐흐! 이 새끼 정력 하나는 쓸 만하군!"

교도 하사가 낄낄거리며 마득렬을 일으켜 세웠다.

"너는 이 새끼들의 모든 사물을 들고 뒤를 따라온다. 가장 늦게 그리고 가장 멀리 2억 마리나 되는 애새끼들을 내버린 상이다. 그리고 나머지는 낮은 포복으로 천국을 향해 전진!"

교도 하사는 바위 틈에 나 있는 풀꽃을 하나 꺾어 입에 물고 산책하듯 앞서 걸어갔다.

"겨! 겨! 새끼들아!"

교도병들은 알몸으로 엎드려 낮은 포복 자세를 취하고 있는 죄수들을 사정없이 내몰았다.

바닥은 암석으로 형성된 섬인 까닭에 바위나 마찬가지였다.

불과 10미터도 못 가서 죄수들의 팔꿈치와 발꿈치 등에 피가 맺혔다.

"낮은 포복! 너희들은 신병 교육대에서 각개 전투도 배우지 않았나?"

교도병들은 뒤쪽에 처지는 인원들을 골라 군화발을 먹였다.

마치 쥐를 몰 듯 거칠게 몰아대는 교도병들의 서릿발에 암석을 깎아 만들어 놓은 계단이 붉은 피로 물들었다.

접안지에서 황간도의 중심부로 향하는 길은 그야말로 험로였다. 거대한 암석과 바위 사이를 이용한 계단이나 나무사다리 등으로 위로 오르게 되어 있었던 것이다.

"토끼뜀 실시! W 백은 입에 문다. 만약 입에서 놓치는 놈은 껍데기가 벗겨질 것을 각오해라."

계단은 토끼뜀으로 올랐고 나무사다리는 W 백을 입에 문 채 거꾸로 올라야 했다.

그것은 처절한 입도식이었다. 황간도 군특수수용소에 입소하는 죄수들의 기를 질리게 만들어 버리는 무자비한 신고식이었다.

황간도는 화강암으로 만들어진 일종의 거대한 암초였다.

그 곳은 애초부터 사람이 살 수 없는 무인도였다. 갈매기와 이름 모를 바다새들만이 둥지를 틀고 번식을 하던 절해의 고도(孤島)에 군이 군사상 목적으로 무인 통신소를 설치하는 과정에서 상당한 양의 물이 나는 수맥을 발견하여 군기지로 개발했던 것이다.

그 곳은 소수의 인원으로 얼마간의 인원을 효과적으로 통제할 수 있다는 천해의 위치와 지형을 바탕으로 상륙군의 특수수용소로 적격이었던 것이다.

황간도는 뱃사람들이 붙인 이름이었다. 서해의 어민들이 바다에서 폭풍을 만나 피난처로 사용하면서 이름을 붙였던 것이다.

섬의 길이는 남북 2 km, 동서 1 km로 아메바 모양을 하고 있었다.

더구나 하늘에서 보면 넓은 분지가 영락없는 아메바의 눈모양을 이루고 있었다.

그 아메바의 눈 같은 곳에 다섯 동의 사하(舍下)와 한 동의 행정반동 그리고 교도대의 내무반, 취사반의 가건물이 들어서 있었다. 그리고 행정반동의 옆 10미터의 망루에 탐조등이 우두커니 걸려 바다를 향해 졸고 있었다.

모든 건물은 군용 콘센트였다. 각 건물마다 상륙군 특유의 얼룩무늬로 채색되어 소규모 군기지 같은 인상을 주었다.

담도 없었다. 교도소의 그 높다란 하얀색 담이나 철창을 튼튼하게 두른 사하 대신 콘센트 막사들이 질서없이 흩어져 있었다.

접안지에서 특수수용소까지 1킬로가 조금 못 되는 거리를 저승의 열두 대문 넘듯 지나온 여섯 명의 알몸 사내들이 연병장에 들어서는 것을 한 사하에서 작은 철창을 통해 유심히 주시하는 눈들이 있었다.

보통 축구장만한 연병장은 황간도 전체를 통틀어 유일하게 흙이 깔려 있는 곳으로 작은 풀들이 돋아나 있었다.

"무적 상륙! 무적 상륙!"

알몸뚱이의 죄수들은 각자 W백을 머리 위에 이고 연병장을 토끼뜀으로 돌고 있었다.

그들 중 뒤처지는 자에게 교도병들의 사정없는 폭행이 뒤따랐다. 사내들의 알몸은 피와 땀 그리고 흙먼지 등에 덮여 몰골이 말이 아니었다.

죄수 하나는 머리통이 깨졌는지 시뻘건 피를 얼굴 가득 흘리고 있었다.

"저 새끼들! 지독하게 다루는군."

애꾸였다. 강인한 턱과 광대뼈가 튀어나온 40대 후반의 사내였다. 그의 낡은 전투복 가슴에 3이란 명찰이 붙어 있었다.

"입소자가 여섯이나 돼서 그럴 겁니다. 군기를 확실히 해놓자는 거겠죠."

애꾸의 옆에서 팔짱을 끼고 연병장을 주시하고 있던 17호란 명찰을 달고 있는 사내가 말했다.

그는 상사 출신인 애꾸의 보좌관격인 40대 초반으로 얼굴 전체가 털로 덮여 있어 별명이 털보였다.

"그래도 지나쳐. 지난밤의 폭풍우 속에 시달리느라 예정보다 하루 늦게 입소한 애들 아냐. 그런데 저토록 심하게 굴리다니."

애꾸는 철창을 양손으로 굳게 잡으며 분노가 치민 듯 말했다.

"더구나 악귀 용호표에게 걸렸으니 그것도 운이라고 봐야죠."

"용호표 저 새끼는 꼭 내가 손을 봐주겠다."

"참모장께서 벼르고 계신 만큼 저 새끼 씹어먹어도 시원찮게 생각할 애들 많습니다."

털보는 애꾸를 참모장이라 불렀다. 그것은 황간도에 수용되어 있는 죄수들이 그를 부르는 애칭이었다.

"털보!"

"네, 참모장!"

"앞으로 저 여섯 놈들을 주의 깊게 감시해."

"감시요?"

"쉬익! 조용히. 소리가 너무 크다."

애꾸는 방안의 다른 동료들이 눈치챌까봐 무섭다는 듯 털보를 나무랬다.

감방 안은 여섯 명의 정원 중 사역에 불려나가고 애꾸와 털보 그리고 다른 두 명의 죄수가 있었다.

그들 둘은 철창 밑에서 교도병들이 요구한 공작을 만들고 있었다.

밥풀을 이겨 전투함의 모양을 만들고 있었다. 성냥개비와 대나무쪽 등을 이용, 함정의 무선 시설과 각종 포탄의 포 등을 설치한 교구재를 뺨치는 전투함을 만들고 있었다.

그들은 애꾸와 털보의 대화를 눈치채지 못한 듯했다.

"새벽 안개가 탑에 포착된 듯해."

"포착이라뇨? 그럴 리가?"

"아직 확실한 것은 아니지만 그럴 가능성을 전혀 배제할 수 없어. 어제 사령관과의 통방에서도 그 점을 우려하고 계시더군."

"사령관께서도요?"

"그래, 우리들 속에 망원을 하나 심을 가능성이 있다는 거지."

사령관이라 호칭하는 인물은 애꾸가 있는 옆 사하의 최고참 죄수를 두고 하는 말이었다. 그는 황간도에서만 12년, 육지군 수형생활까지 합하면 벌써 15년이 넘게 징역을 살고 있는 자였다.

"망원이라면 이미 우리도 알고 있지 않습니까?"

"기왕의 망원의 능력이 시원찮다는 거겠지. 그래서 새로운 것으로 교체를 하는 거야. 저놈들 속에 아주 자연스럽게 끼워 넣어서."

"설마 그렇게까지요?"

"설마가 사람 잡는 것 모르나? 더구나 새로 온 소장은 보통놈이 아냐."

"그 새끼 RT 출신이라는데, 어떻게 그토록 표독스럽고 악랄할 수 있죠?"

"RT라고 독하지 말라는 법 있나?"

"그래도 대가리에 먹물든 놈이라 삼사출신보다야 나을 줄 알았지요."

황간도 수용소 소장의 임기는 2년이었다. 그들이 말하는 신임소장은 3개월 전 부임해 온 학사장교 출신의 조소령을 말하는 것이었다.

"수중 폭파대의 지대장을 하다가 가혹 행위가 말썽이 되어 이 곳으로 쫓겨왔다는 말도 있어."

"수중 폭파대요?"

"그래, 사역 중에 행정반 놈들에게서 얻어들은 정보야. 도무지 겁이 없는 놈이란 거야. 거기다 머리 회전까지 비상하다는 거지."

"지까짓게 화이바가 반들거려 봤자 얼마나 반들거리겠습니까?"

"얕볼 게 아냐. 지금 우리는 돌다리도 두드려야 하는 처지고……."

애꾸는 작은 소리로 털보에게 말한 후 연병장을 바라보며 낮은 신음을 토해냈다.

교도병들의 얼차례는 끝이 없었다. 이미 피와 먼지 그리고 온몸에 묻은 흙으로 범벅이 되어 있는 6명에게 상륙군 얼차례의 역사를 그대로 재현하는 듯했다.

"통닭말이 말어! 말어! 어, 동작 봐라!"

PT 체조의 모든 동작과, 유격대의 각종 기합, 거기다 황간도의 지형과 역사를 통해 창안되고 응용된 수백 가지의 얼차례가 차례로 적용되었다. 더구나 거의 무제한의 구타가 병행되고 있었다.

"아! 은혜……."

마득렬은 동료들과 어깨를 끼고 연병장을 좌·우로 구르며 바닥에 깔려 있는 수류탄 파편 같은 돌조각이 살갗을 파고들 때마다 은혜의 이름을 중얼거렸다.

그것은 잠시나마 그 고통스런 순간을 잊기 위한 몸부림이었다. 그러나 아무리 은혜와의 아름답던 시간들을 떠올리려 해도 안 되었다. 다만 서해안의 한 이름 모를 송림이 자신을 더욱 괴롭혔을 뿐이다.

"자네가 그 아가씨를 죽인 게 확실한가? 동반자살을 가장하여 그 여자만 죽게 하고 너는 살았다 그 말이지."

사단 헌병대에서 조사를 하던 조사계장의 질문이 환청으로 들리기도 했다.

그의 취조는 집요했다. 동반자살을 기도했느냐, 아니면 그녀 개인의

의지에 의한 자살이었느냐. 자학하지 마라. 충분한 소명의 기회와 시간
을 주겠다.

그러나 끝끝내 마득렬 자신의 대답은 하나였다.

은혜라는 여자는 내가 죽였다. DDT를 먹도록 유도하고 시체를 은폐
한 후 도주했다. 그것뿐이다. 그 이상도 이하도 아니다라는 마득렬의
확답에 조사계장은 더 이상 심문을 계속하지 않았다.

그렇다고 교도병들의 가혹 행위와 얼차례에 자신의 진술이 후회스럽
다고 생각된 것은 아니었다.

살인 부분만 자신의 죄목에서 빠졌다면 적어도 황간도라는 이 절망의
땅까지는 안 왔을 것이라는 비겁한 생각을 한 것도 아니었다.

오랜 도피의 생활을 통해 각오하고 또 기다리고 있던 자학의 시간이
자신의 앞에 있음을 마득렬은 오히려 기쁘게 생각히는지도 몰랐다.

고통과 절망이 그 도를 더하면 끝내는 환각 같은 쾌감이 시작된다는
말을 마득렬은 이해할 수 있을 것 같았다.

"죽여버리겠어. 아주 골통을 빠개고 말겠어. 네놈들 손에 열병으로
간 송장들의 영혼을 위로해 주는 제사를 지내 주겠다 그 말이다."

교도병 하나가 알몸으로 바닥을 구르는 죄수들을 몰아 연병장 한
모퉁이에 나 있는 물웅덩이로 갔다.

그 물은 수용소의 취사장 쪽에서 흘러나와 괴어 있는 일종의 시궁창
이었다.

"호 밖의 수류탄!"

그것은 그 시꺼멓게 썩고 악취가 풍기는 똥물에 몸을 던지라는 말이
었다.

첨벙! 첨벙!

먼저 몸을 날린 세 명 외 나머지 인원이 들어갈 자리가 없었다. 똥물은 무릎까지 찼다.

"동작 보소!"

미처 시궁창 안에 몸을 담그지 못한 죄수들에게 또 한 차례의 무자비한 구타가 시작되었다.

"넌 잠수해서 개구리를 잡는다. 그리고 너희 둘은 서로 물을 끼얹으며 동요 돌팔매 실시!"

입내를 풍기던 그 교도병이었다. 그의 장난기 섞인 명령이 떨어지기가 무섭게 한 사내가 머리를 시궁창에 처박고 개골개골하고 외쳤다.

그가 말을 할 때마다 똥물 위에 보글보글 방울이 생겼다.

마득렬과 또 한 명의 사내는 서로 상대방의 몸을 향해 두 손으로 똥물을 끼얹으며 노래를 했다.

'퐁당 퐁당 돌을 던지자. 누나 몰래 돌을 던지자! 냇물아 퍼져라……
건너편에 앉아서, 나무를 심는 우리 누나 손등을 간지러 주어라.'

목이 터져라 불러대는 노래속에서 마득렬은 가슴 속에 뜨겁게 달아오르는 그 무엇을 느꼈다.

그것은 복받쳐 오르는 서러움이었다. 이제는 영원히 돌아갈 수 없는 그 세계에 대한 그리움이었던 것이다.

7

음모의 싹

그날 밤 거의 취침 시간인 10시 반을 넘길 무렵에야 여섯 명의 죄수들은 감방을 배정받았다.

마득렬은 1사하의 제1호방 애꾸가 있는 감방으로 배정이 되었다.

황간도에는 다섯 동의 사하가 있었으나 지금은 수용된 인원이 적은 관계로 제1사하와 2사하 두 개동을 사용하고 있었다.

각 사하에는 세 개씩의 감방이 만들어져 있었다.

"×새끼들, 사람을 완전히 떡을 만들어 놓았군!"

"씹어도 시원찮을 새끼들입니다."

"빨리 이쪽 모포 위로, 우선 몸뚱이부터 씻겨야 되겠는데요."

감방 안의 인원들은 완전 걸레가 되다시피 한 마득렬의 몸을 모포 위에 뉘면서 한 마디씩 떠들었다.

"웬 수선이야? 이런 모습 처음 봤나? 점호부터 받고 따져. 빨리 움직여!"

방의 중심 쪽에 앉아 있던 애꾸가 소리를 버럭 질렀다.

그러자 사하 밖에서 바닥을 두드리는 군화 발소리가 들렸다.

"점호 준비!"

세 개의 감방을 감시하며 책상 위에 군화발을 올려놓고 잡지를 뒤적거리던 교도병이 자세를 바로잡으며 짧고 굵게 지시했다.

동시에 3개 감방 안의 전 수인들의 복창이 사하를 떠나 보낼 듯 울렸다.

"제1사하——점호 준비 끝——."

그 소리는 대대급 이상의 열병시 지휘관을 향해 길게 늘어 외치는 구령과 비슷한 것이었다.

이어 안과 밖 양쪽에 달려 있는 철제 열쇠가 밖의 점호조와 안의 감시병에 의해 동시에 열렸다.

타 닥.

질서정연한 군화발 소리와 함께 팔각모를 세운 대위 하나와 중사 하나가 들어섰다. 당직 사령인 교육과장이었다.

"쉬어, 차렷!"

그들이 사하 안에 들어서자 1호 방의 애꾸가 예비구령으로 1사하의 전 죄수들을 통솔했다.

"반성! 제 1 사하 금일 일석점호 인원보고. 총원 15, 사고 무, 금일 2명 입소, 현재 인원 17. 번호!"

애꾸의 보고는 불과 몇 초라는 짧은 시간이 소요되었고 그와 함께 전인원의 순번은 그보다 더 짧은 시간이었다.

"열다섯, 번호 끝!"

"번호 다시."

교육과장의 재명령에 1사하 전인원은 무엇인가 잘못 되고 있다는 것을 알았다.

그러나 이번 순번도 열다섯에서 끝나고 있었다. 오늘 도합 2명이 추가된 신입들이 모두 쓰러져 있었던 것이다.

그들은 시체나 마찬가지였다. 가늘게 심장만 뛰고 있는 그야말로 털 벗겨 놓은 고깃덩어리였다.

"철창 3단."

눈동자도 움직이지 않는 꼿꼿한 자세로 교육과장의 말이 떨어지자마자,

"철창 3단!"

하고 복창하며 3개방의 전인원이 3단계로 나눠 놓은 약 2미터 높이의 철창에 매달렸다.

양손으로 철창을 잡고 발 끝을 횡으로 연결된 철창에 대고 매달리는 철창타기는 손목과 어깨에 강력한 통증을 가하는 기본적인 얼차례였다.

"새로 입소한 신입들의 교육 관계로 점호 시간이 늦어졌다. 본관이 볼 적에 요즘의 소내 생활은 비교적 양호한 듯하다. 앞으로도 그 생활을 계속 유지하길 바란다. 반성문과 함께 점호를 끝낸다. 이상!"

"……?"

그것은 뜻밖이었다. 점호의 기본인 인원 파악에 새로 온 신입 2명이 빠진 것에 대한 체벌을 각오하고 있었던 것이다.

"반──성──문──."

털보가 과장의 지시가 번복될세라 선창을 길게 뽑았다.

"남의 눈에 눈물 내면, 나의 눈에 피눈물이 난다."

"남의——눈에……."

복창이 시작되기도 전에 교육과장이 중사를 이끌고 사하를 떠났다. 안과 밖에서 쇠문을 잠그는 소리가 1 사하 전원의 복창 속에 들렸다.

시간은 10시 45분이었다.

1 사하를 떠난 교육과장과 중사가 2 사하에서 점호를 취하는 소리가 들렸다.

말소리는 뚜렷하지 않았으나 최대한 큰 소리로 외치는 복명복창 소리가 각방에 환기통격으로 만들어진 작은 철창을 뚫고 들어왔다.

"취침 준비."

사하 안을 감시하는 교도병이 짧게 말했다. 그의 옆구리엔 3·8구경 권총이 실탄이 장전되어 있는 채 매달려 있었다.

사하 근무자는 주간에 1명, 야간엔 2명으로 증원되었다. 취침과 함께 1명이 더 추가되고는 했다.

밤 11시 취침해서 새벽 05시 기상, 그것이 1년 열두 달 변함없는 황간도의 생활이었다.

사하의 한쪽에 설치된 CC감시 카메라 옆에 붙어 있는 스피커에서 작은 소리가 들려왔다.

반성의 시간.

인간개조 보국강병이란 소훈(所訓)을 거창하게 내건 신임소장의 특별 명령으로 취침 전 5분간 실시되는 반성의 시간은 사회 저명 인사들의 어록 한 토막씩이 잔잔한 음악을 배경으로 소개되었다.

처음 소장의 지시를 대하고 특별하게 생각하던 그들은 가끔 자신의 어록이랍시고 지껄이는 소장의 횡설수설(?)을 듣고는 쓴웃음을 짓기도 했다.

"조심! 조심! 큰 소리 내지 말고."

"여기 물수건 있습니다."

"물도 좀 가져와!"

무엇인가 차가운 느낌을 얼굴에 느낀 마득렬은 정신이 퍼뜩 들었다. 얼마 동안 의식을 잃고 있었던 모양이다.

얼굴들이 보였다.

하나 둘 셋, 천정에 매달려 있는 전등빛에 사내들의 모습이 실루엣으로 보였다.

마득렬은 이틀만에 몸을 털고 일어났다. 그것은 절망과 고통의 시간을 뚫고 살아오면서 단련된 그의 타고난 체력 덕분이었다.

그와 함께 입소했던 다른 사람들은 아직 기동도 하지 못하고 그 중 하나는 갈비뼈가 몇 대 부러져 의무대 신세를 지고 있었다.

"놀라운 체력이군! 마득렬, 자네의 출신지에 대해서 말해 봐? 고아 출신이라는데 그 말이 맞나?"

사역장에서 마득렬의 옆에 붙어 말을 거는 자는 털보였다.

"……"

마득렬은 그의 말에 아랑곳하지 않고 등에 지고 있던 시멘트를 내려 놓았다.

황간도의 서쪽 해안의 절벽을 깎아 내려가는 계단 작업에 벌써 1개월째 전 수용소 죄수들이 동원되고 있었다. 1일 12시간이 넘는 노동 중에 몇 번 있는 10분간 휴식 시간이었다.

"자네 특기가 뭐야? 사회에서 무엇 하다 왔어?"

꽤나 지겨운 사내였다. 말하고 싶지 않은 남의 심정은 아랑곳하지 않고 옆에서 떨어지지 않는 털복숭이 사내가 좋을 까닭이 없었다.

"이봐! 말이 안 들리나?"

마득렬은 털보의 말을 한쪽 귀로 듣고 다른 쪽 귀로 흘려 보내겠다는 듯 멀리 바다 쪽을 바라보았다.

어느새 초여름이었다.

햇살은 따갑고 바다는 푸르고 조용했다. 발 밑엔 이름 모를 들꽃이 몇 송이씩 피어 있었다. 그 중의 하나는 해당화였다.

이제 여름이 조금 깊어지면 그 붉은 꽃망울을 터뜨릴 꽃.

"이봐! 첫인상이 좋아 대충해 주려 했더니 안 되겠군."

털보가 화가 치미는 듯 흥분했다. 사역장의 여기저기에는 팔각모를 쓴 교도병들이 K1 자동소총으로 무장한 채 제각기 잡담에 열중하고 있었다.

"호! 겁대가리를 상실했다 이거지? 아직 세상 물정을 모르는 친구군."

"글쎄 말입니다. 아주 삭신을 주저앉힐까요?"

어느새 마득렬의 앞에는 건장한 두 명의 사내가 다가와 있었다.

가슴팍이 풀어져 있는 사내의 가슴에 기다란 칼자국이 선명했다. 그들 중 하나는 손마디를 우드득 하고 꺾었다.

"……"

마득렬은 자리에서 일어났다. 잠시 동안의 휴식으로 풀어졌던 다리에 힘이 빠지는 듯했다.

그러나 지금 자신의 앞에 서 있는 두 명의 사내는 상대를 잘못 고른 것이었다. 싸움이라면 코흘리개의 어린 시절부터 뼈 속에 박히도록 해왔었고 도피 생활중 청량리 창녀촌의 기둥서방으로 몸을 의지할 수 있었던 것도 순전히 그 싸움 실력 때문이었다.

"호! 이 자식 끝까지 눈깔을 치뜨고 대항하는군."

손가락을 꺾던 사내가 주먹을 뻗어 마득렬의 가슴을 향해 날렸다. 그러나 그 주먹질은 마득렬이 볼 때 두서가 없는 손질일 뿐이었다.

"억! 아이쿠!"

순간적이었다. 상대의 손을 잡아 뒤로 비튼 동작과 팔굽으로 그의 등의 급소를 내려찍은 동작은 거의 순간적이었다.

31번이란 번호를 등에 단 사내가 개구리 뻗듯 앞으로 넘어졌다.

그와 동시에 마득렬의 두발차기가 가슴에 칼자국이 난 사내에게 연결동작으로 들어갔다.

"윽!"

사내는 몇 발짝 뒤로 물러나 마득렬의 연결발차기를 가까스로 피했으나 발끝이 스친 가슴을 부여잡았다.

놀라운 솜씨였다.

어느새 몰려든 죄수들이 찬탄을 금치 못할 정도로 유연하고 빠른 몸놀림이었다.

"비켜! 한 가닥 솜씨를 부리는데 내가 상대해 주지."

뒤로 몇 발짝 물러나 있던 털보가 앞으로 나섰다. 그는 상륙군의 태권도 교관 출신으로 군 전체에 보급되어 있는 특공무술의 기술 개발에 참여했던 경력의 소유자였다.

마득렬과 털보의 자세가 하나의 형(形)을 이루며 서로의 눈빛에 불꽃이 튀었다.

"그만둬! 그리고 마하사, 이쪽으로 와 봐!"

저만큼에서 그들을 유심히 관찰하고 있던 애꾸였다.

"……?"

차갑고 냉정한 사내였다. 그는 제1사하의 정신적 리더이기도 했다. 모두가 그의 말에 순종하고 따랐던 것이다.

"가봐! 참모장께서 부르시잖아!"

털보가 주먹을 풀고 마득렬의 어깨를 툭 치며 말했다. 그제서야 한 곳에 모였던 모든 시선들이 풀렸다.

"마하사! 인사 드려. 황간도의 최고참 선배이자 이 곳 수용원들 중 유일한 장교 출신이며, 우리들이 사령관이라 부르는 분이시다."

별로 크지 않은 나무 그늘 밑에 애꾸와 등치가 왜소한 사내가 앉아 있었다. 그의 번호는 1번이었고 마른 얼굴 탓인지 50 가까이 나이가 먹어 보였다.

"나, 서라고 하네. 고생이 많았지?"

사령관은 가늘고 긴 손을 뻗어 마득렬의 손을 잡았다. 손이 따뜻했다.

"마득렬입니다."

"됐어. 새삼스럽게 인사는. 우리는 자네 같은 동지를 필요로 했어. 잘 와주었네."

사령관은 거수경례를 하려 하는 마득렬을 만류하며 조용히 말했다. 그의 음성 속엔 따뜻하고 촉촉한 인간의 정이 묻어 있었다.

참으로 오랫만에 느껴보는 감정이었다. 마득렬은 중년의 사내의 얼굴을 가만히 응시했다.

부석한 얼굴, 깊은 그늘을 간직한 눈동자, 가는 입술, 세련되고 지적인 말씨, 어디 한 곳 나무랄 데 없는 사내였다.

"앞으로 상사를 믿고 힘껏 따라줘. 그 길만이 우리 죄인들이 이 황량한 땅에서 살 수 있는 길일세."

"……."

사령관은 상사와 마득렬을 한 번씩 번갈아 보며 말했다. 어떻게 보면 별의미 없이 지나가는 말인 듯했으나 마득렬의 뇌리엔 잔광처럼 남는 그 무엇이 있있다.

"뭔 잡담인가? 휴식 끝. 작업 개시!"

K1 자동소총을 든 교도병 하나가 휴식 끝을 알렸다. 그러자 제각기 편한 자세로 널브러져 있던 자들이 신속하게 몸을 움직였다.

"오늘 작업량은 5부 능선까지라는 것을 모르나? 좀더 기민하게 움직여라!"

수용소의 정보와 작전을 담당하는 정작과 소속의 중사가 작업 진척도를 들고 사역을 독려했다.

작전로 개설.

황간도의 깎아지른 듯한 벼랑 중 비교적 경사진 곳을 골라 해안을 왕래할 수 있는 도로를 개설하는 일은 그야말로 난공사 중의 난공사였다.

장비라고는 하나도 없었다.

오로지 손과 그리고 인간들의 지혜로 짜내는 묘안에 수용소에서 내놓은 최소한의 자재가 전부였다.

돌을 다듬어 나무와 칡넝쿨 등으로 손도끼와 망치, 등짝 운반기구 등을 만들어 깎아지른 듯한 암석을 뚫고 소로를 만들어야 하는 것이다.

쇠붙이가 달린 것은 그 어떤 것도 죄수들에겐 금기였다. 삽이나 곡괭이, 칼 등은 물론 낡은 군화 뒤축에서 빠진 작은 철판까지도 철저하게 통제가 되었다.

그것은 자칫 그러한 쇠붙이들이 흉기화되어 일어날지도 모르는 각종 사고를 방지하자는 의미였다.

"시멘트가 준비됐으면 다음엔 뭔가? 물 아닌가, 이 답답한 친구야."

정작과의 중사가 들고 있던 차트로 38번이란 번호표를 달고 있는 사내의 머리통을 내리쳤다.

면도날로 머리털을 밀어버렸는지 유독 흰 대머리의 사내였다. 그러나 그 사내는 중사의 행동을 아랑곳하지 않고 자신의 일만 하고 있었다.

"아니 이 새끼! 물을 끼얹으라니까 모래를 퍼넣고 있어?"

중사는 작전로 개설 작업에 유독 관심을 갖는 신임 소장의 환심을 사기 위해 필요 이상으로 신경을 쓰고 있었다.

물론 황간도 안의 도로나 각종 장비 운용 등은 모두 정작과의 소관이었으나, 그전 소장들의 관심은 그런 것보다는 보급 관계나 황간도 근해의 바위 틈에서 잡히는 천연 진주조개에 더 있었다.

그런데 이번 새로 부임한 소장은 황간도 안의 각종 장비와 시설, 그리고 죄수들의 교육 내용에 중점적으로 힘을 기울이고 있었던 것이다.

"선임하사님! 그 친구 먹통이에요. 듣는 것은 고사하고 바늘로 찔러도 반응이 없는 먹통 말입니다."

중사의 행동이 재미있다는 듯 바라보며 K1소총을 든 교도병 하나가 하얀 이빨을 드러낸 채 웃었다.

"먹통?"

"네, 작년 사고 때 신경을 다친 후 이 모양입니다."

죄수들의 대변인격인 털보가 그쪽으로 와 중사의 의문을 덜어 주었다.

"아! 그래! 그런 놈이 있었지."

"네, 그러니까 정작과 선임하사님은 저쪽 그늘 밑에 가 쉬십시오. 저희들이 다 알아서 헤놓겠습니다."

털보가 두 손을 비비면서 갖은 아양을 떨었다. 그답지 않은 행동이라고 미득렬은 생각했다.

그러나 털보의 그런 행동에 중사가 고분해지면서 차트를 들고 말했다.

"오늘 저 5부 능선까지는 완성시킬 수 있겠지?"

"그럼은입쇼! 죽는 일이 있어도 작업을 완료시키겠습니다요!"

"좋아! 나 저쪽 그늘에 앉아 있을 테니까 가끔 작업 진척 상황을 보고해!"

중사는 차트를 털보에게 들려주며 자리를 떴다. 털보는 뒤에 대고 간단하게 작업지시를 한 후 차트를 들고 그의 뒤를 따랐다.

"새로 들어온 놈들 중에 2사하의 내 방에 들어온 놈이 마음에 걸려."

"사령관 방에 직접 망원을 설치할 가능성이 가장 높은 것 아닙니까?"

사령관이라 지칭되는 사내와 애꾸가 중간 크기만한 바위돌을 하나씩 들고 이미 개설해 놓은 협로를 따라 오르며 대화를 주고받았다.

"당분간 작전을 중지하고 놈을 주시해야 되겠군요."

"아냐, 더 이상 연기할 시간이 없어. 그러다 정말 모든 일이 수포로 돌아가는 수가 있어."

"그렇다고 망원을 곁에 두고 작전을 진행시킬 수는 없지 않습니까?"

"방법을 찾아야지. 놈의 눈을 피하거나 탑의 의도를 꺾는 어떤 기발한 방법을 말야."

"그렇다면 놈을 아주 없애는 것이 좋겠군요. 사고로 위장해 극히 자연스럽게."

"역시 상사군. 그 일은 자네가 알아서 처리해. 되도록이면 신입들을 이용하는 것도 좋겠지."

"신입들을……?"

애꾸는 사령관이 무엇을 주문하고 있는지 알 것 같았다. 노련하고 차가운 성격을 모르는 것은 아니었으나 지금의 사령관의 모습은 너무도 냉정했다. 그러나 한편으론 그와 자신이 한 시기에 황간도에 같이 있다는 것이 한없이 다행으로 생각되었다.

그들은 이미 3년 전부터 의기 투합하여 황간도를 탈출할 방법을 찾고 있었던 것이다. 처음에는 다소 치기스런 발상에서 시작된 탈출 계획이 시간이 지나면서 좀더 구체적이고 현실성 있는 것으로 변하면서 이제는 제어할 수 없는 시점까지 이른 것이었다.

사령관과 애꾸의 주도 아래 털보와 2명의 핵심 멤버가 구성되어 탈출 방법과 장비 구입, 그리고 동조자 포섭 등을 면밀하게 펼쳐 왔던 것이다.

"저 두 놈을 철저하게 감시할 필요가 있소. 믿을 만한 정보에 의하면 놈들이 무슨 꿍꿍이를 꾸미고 있는 것 같단 말이오."

멀리 작전로 개설 현장이 내려다보이는 섬의 한 고지에서 황간도의 총책임자인 조소령이 수용소의 참모장격인 정작과장에게 쌍안경을 건네며 말했다.

"저들은 수용 인원들 중 최고참들로 생활도 모범적인데요?"

정작과장은 소장의 의견이 별대수롭지 않다는 듯 쌍안경을 돌려주었다.

그는 신임소장이 너무 신경과민을 일으키고 있다고 생각하고 있었다. 실제로 그의 지휘 방침에도 불만이 없지 않았다.

도대체 수용소에 갇힌 수인들이 무슨 일을 꾸밀 수 있다는 말인가. 벌써 3년째 황간도 수용소의 정보·작전 책임자로 누구보다 수용소에 대해 잘 알고 있다고 자부하는 그로서 소장의 과민한 행동이 마음에 안 들었던 것이다.

"과장의 판단은 아무런 이상이 없다는 말이오?"

"그렇습니다. 이미 잘 아시다시피 황간도에서 저들이 취할 수 있는 행동은 지극히 제한적입니다. 무조건 복종이냐 아니면 자살이냐, 그 두 가지 길밖에 없습니다."

"복종과 자살? 그것 재미있는 말이군요. 복종과 자살이라……."

소장은 빨간 장교모를 위로 조금 올려쓰며 다시 쌍안경을 눈으로 가져갔다.

멀리 천길 낭떠러지에 길을 내려고 안간힘을 쓰고 있는 죄수들의 모습이 개미떼같이 보였다. 모두 웃통을 벗고 구릿빛 몸뚱이를 드러낸 채 중노동을 견디고 있었다.

소장은 담배를 한 대 태워 입에 물고 계속 그들을 주시했다. 작전로는 자신이 지시했던 기한 안에 충분히 끝날 것 같았다. 처음엔 정작과나 교육과 행정반은 물론 교도경비대까지 무리라고 여기던 작업이 벌써 반 정도 진척을 보이고 있는 것이다.

"하여튼 과장은 사령관이라는 별명을 가진 놈과 애꾸에게 신경쓰고 새로운 망원을 구축해 보고하시오."

소장은 내뱉듯 말한 후 쌍안경을 과장에게 맡기고 자기 혼자서 고지를 내려갔다.

"저런 우라질! 꼬으면 소령을 달아야지!"

과장은 소장의 행동에 자존심이 상했다. 장교 임관의 출신이 서로 다른 처지와 자신보다 한참 후배뻘인 소장이 아니꼬왔던 것이다.

8

작전 새벽안개

여름이 시작되고 있었다.

해마다 이 기간이면 여지없이 찾아오는 우기(雨期)였다. 빗소리가 서글펐다.

작은 철창 밖으로 거세게 쏟아지는 빗줄기가 황간도의 죄수들에겐 그렇게 고맙고 정다울 수가 없었다.

참으로 오랫만의 휴식이었다. 그 동안 작전로 공사에 내몰렸던 그들의 심신의 피로를 장마비가 씻어주고 있었다.

"참말로 징하네 이——"

마득렬의 건너편에서 벽에 등을 대고 있던 죄수 하나가 감방 안의 침묵이 싫다는 듯 중얼거렸다.

"그래, 온몸이 쑤시고 노골노골하구만."

털보가 애꾸의 옆에 앉아 있다 말대꾸를 했다. 조식을 먹은 시간으로 추측하면 오전 10시를 조금 넘었을 때였으나 감방 안은 어둠침침했다.

연료를 아끼느라 작동시키지 않은 자가발전 관계로 전등도 켤 수 없었기 때문이다.

"참모장! 노가리의 무용담 좀 들어보죠?"

털보였다. 그는 손에 작은 물건을 하나 들고 무엇인가 연신 부딪치고 있었다. 그러나 그것이 무엇인지 구체적으로 식별할 수 없었다.

"이런 시간이 있을 때 편하게 쉬어. 언제 또 무슨 일이 있을지 모르니까."

애꾸의 말은 강요하는 것은 아니었다. 그는 벽을 바라보고 옆으로 누웠다. 그 바람에 털보의 두 손이 자연스럽게 가렸다.

"노가리! 일발 발사."

털보의 말에 가슴에 42번이란 번호를 달고 있던 사내가 얼굴에 웃음을 머금은 채 말했다.

계집애 같은 사내였다. 목소리나 행동, 심지어 몸뚱어리도 남자보다는 여자에 가까운 중성 인간이었다.

"호호! 아이, 아저씨 노가리라뇨? 정순이라 불러 달라고 했잖아요, 정순이라고……."

그는 탈영과 살인이란 두 개의 별이 붙어 무기징역을 선고받아 황간도에 들어온 지 3년째 되는 사내였다.

황간도에 수용되어 있는 죄수치고 살인죄 아닌 자는 드물었으나 마득렬이 볼 때도 그 사내는 도무지 사람을 죽일 위인이 아니었다.

사람은커녕 닭 모가지 하나 제대로 비틀지 못할 그런 사내가 상륙군에 자원한 것 자체가 미스터리였다.

"상륙군에 자원하기 반년 전쯤에 이태원의 파빕스란 외국인 클럽에

나가고 있었어요. G.I.들 중에 호모들이나 미여군 중에 레즈비언들이
많아 우리 같은 애들이 인기였거든요. 사람들은 게이라고 말하지만
나는 게이보다는 레즈비언이 더 마음에 들었지요.”

자칭 정순이라 불러 달라는 노가리란 별명을 가진 사내의 얘기 보따
리는 금방 감방 안을 휘어잡았다.

“호호, 그때 나를 정말로 여자인 줄 알고 쫓아다니던 바지씨가 하나
있었어요. 화장을 곱게 하고 브래지어와 똥꼬 팬티에 원피스를 입고
파빕스의 무대 위에 서면, 뭇남성들의 시선이 온몸에 느껴지죠. 그들
의 눈초리는 늑대의 눈동자처럼 인광을 흘리며 말이에요. 한 마디로
헛물켜는 거지요. 저것을 어떻게 하면 한 번 끌고 가 따먹을 것인가?
어떻게 하면, 아니 얼마 정도의 돈이면 거래가 될까 하고 지갑 속의
지폐를 가늠하며 말이죠.”

노가리는 자신의 열변에 스스로 도취되는지 두 손을 여자처럼 모으고
눈까지 지그시 감고 있었다.

‘게이······.’

마득렬은 그를 바라보며 혼자 중얼거렸다. 마득렬은 세상의 인간들
중 자신보다 더 버려지고 구겨진 인간이 있다면 바로 게이바라는 생각
을 갖고 있었다.

태어난 것 자체가 후회스런 인간, 에미의 성에서부터 천형(天荊)의
체벌을 받고 태어난 남자 아닌 남자, 마득렬은 그들의 구겨진 인생에
깊은 동정을 갖고 있었던 기억이 되살아났다.

겨울이었다.

청량리 들꽃들에게 작업환경이 가장 열악하고 고통스런 겨울, 588

의 한 허름한 골목에서 사내들에게 몰매를 맞는 여자가 있었다.

창녀 같았다. 아마도 손님들과 다툼을 벌이다 일어난 싸움이었나 보다.

마득렬은 사내들을 사정없이 다뤘다. 적어도 그 골목에서 여자들에게 주먹을 휘두르려면 법보다 마득렬 자신에게 허가를 받으라는 호기와 함께 처음 대항하려던 사내들이 꽁무니를 뺄 때까지 손을 보았었다.

그러나 그 여자는 그 골목에 터를 잡고 사는 여자가 아니었다.

얼굴이 고운 여자였다. 특히 상대를 뚫어지도록 바라보는 눈초리가 고혹스럽고 특이한 느낌을 주어 마득렬은 마음이 끌렸었다. 그날, 마득렬은 그녀와 밤을 새웠다.

아! 세상에는 이런 여자도 있었구나 하며 마득렬은 탄성을 질렀었다. 그녀의 혀 끝은 도마뱀의 그것처럼 강렬한 흡착력으로 육신의 곳곳을 세밀하게 빨아댔었다.

그것은 이성과의 단순한 성욕이나 서비스 차원의 것이 아니었다. 진심에서 우러나오는 행동이었다. 그녀는 마득렬 자신의 육신을 애무하며 여자로서의 행복을 느끼는 듯했다.

남성은 물론 항문에까지 스스럼없이 사랑의 입술을 대며 전율스런 보디페인팅을 하는 여자, 그런데 그녀가 여성이 아니고 남자라는 것을 알고 마득렬은 너무나 큰 충격을 받았었다.

얼굴, 피부, 목소리, 그리고 두 개의 아름다운 유방, 풍만한 엉덩이와 섹시한 다리의 각선미, 어느 것 하나 일급 창녀의 상품가치를 갖지 않은 것이 없는 그녀(?)가 퇴화된 남성을 갖고 있는 사내라니…….

그 순간 마득렬은 모든 신경세포가 하늘로 솟구치는 것을 느꼈었다.

환희와 쾌락, 창녀들의 그 빨간 전등빛이 던져주는 3류의 안식감에 무감각해져 있던 의식의 한쪽 구덩이가 뻥 하고 뚫리는 것 같았다.

그때의 그 당혹감, 놀라움은 사랑하는 여인 은혜의 죽음에 못지않은 것이었다.

퇴화된 남성의 왜소하고 초라한 모습은 중성화된 사내의 몰골만큼이나 비참한 것이었다.

"저는 남자도 아니고 여자도 아니에요. 그러나 저는 영원히 남자들의 사랑을 받는 여자이고 싶어요."

고개를 숙이고 울먹이며 자신의 처지를 한탄하던 사내를 동정하며 마득렬은 세상의 그 넓고 깊은 현실에 새삼 놀랐던 기억이 되살아났다.

그런데 지금 이 먼 상륙군의 사각지대 황간도의 감방 안에서 또 하나의 게이를 보며 마득렬은 호기심보다는 착참한 심정이었다.

"호호, 클럽에서 적당히 몸을 움직이다가 그중 가장 쇳가루가 많아 보이는 바지씨를 하나 물어 플로어에서 한참 멋지게 돌고 나면 으레 통관 절차가 남게 되죠. 고민은 이때에 있어요. 한사코 여관 공사를 해야겠다는 바지씨와 그럴 상황이 못 되는 나와의 실갱이 말이죠. 그러다 못 이기는 척 따라가 바지씨의 주접을 받아주는 거예요. 호호, 나중에 일어날 장면을 재미있어하면서 말이에요. 대개는 있는 주접 없는 주접 다 떨던 바지씨께서 가장 중요한 순간에 기겁을 하는 그 장면이란 정말로 저희 같은 게이가 아니면 모를 거예요."

노가리는 자신의 입술에 손을 가져다 대며 고소하다는 듯 작은 웃음을 지었다.

"하하! 계집의 암내 흘리는 삐조리빽을 걸터듬다가 웬놈의 쌍방울과 맥아리 없는 고깃덩어리가 손에 잡히니 놀랄 수밖에."

"글쎄 말입니다. 복상사를 면하는 게 다행이겠군요. 얼마나 놀랐겠습니까? 미치고 까무라칠 일이지."

털보와 그 앞쪽에 앉아 있는 죄수가 재미있다는 듯 큰 소리로 말을 주고받았다.

그러나 그들의 얼굴엔 이미 여러 번 들었던 스테레오 테이프를 다시 듣는 듯한 표정이 역력했다.

털보의 손은 부지런히 무엇인가를 만들고 있었다.

"그래서 노가리, 아니 정순이 너는 실제로 계집과는 그 짓을 안 해봤다는 거냐? 호머들에게 후장 대주는 일 말고 말야."

털보가 노가리의 대화의 맥을 끊지 않기 위해 또 하나의 질문을 던졌다.

"어머, 오빠는 무슨 소리를 하는 거예요? 내가 그렇게 지조 없는 애인 줄 아시나봐."

노가리는 무엇인가 치부를 들킨 사람처럼 얼굴에 홍조를 띄우며 호들갑을 떨었다. 그 모습을 지켜보던 감방 안의 다른 죄수들은 실소를 자아냈다.

"그럼, 여러 사내들의 유혹을 받으면서도 몸만은 깨끗하게 지켰다 그 말이냐?"

털보 옆에 앉아 있던 죄수가 재미있다는 표정을 지으며 말했다.

"그럼, 지켰지. 남자는 배짱, 여자는 지조. 그것도 모르시나봐."

"그럼, 노가리 네가 계집이란 말이냐?"

"어멋! 이 오빠 또 무슨 소리를 하고 있어."

"오빠! 아이고 간지러. 누구 나 등 좀 긁어줘 봐요."

죄수 하나가 노가리의 흉내를 냈다.

"어멋! 정말 오빠 맛 좀 볼래. 정말!"

노가리가 자리에서 일어나 자신을 자꾸 긁히는 죄수의 등짝을 때리며 작은 감방 안을 쫓아다녔다.

"오빠, 서지 못해!"

"하하, 내가 왜 서니. 미친년한테 걸리면 약도 없다더라."

"정말! 잡히기만 해봐라."

그들의 쫓고 쫓기는 장난은 보는 사람들로 하여금 저절로 웃음이 나오기에 충분했다.

"하하하! 이제 그만해라. 배꼽이 다 빠지겠다."

그들의 행동을 지켜보며 웃음을 참고 있던 애꾸까지 모처럼 마음을 열고 활짝 웃음을 터뜨렸다.

"어멋! 나 몰라. 오빠 책임져."

노가리가 감방 안을 돌다 털보의 손등을 발로 찼다. 그 바람에 털보의 손에 들려 있던 작은 조각이 바닥에 떨어져 굴렀다.

"……?"

그것은 놀랍게도 쇳조각이었다. 그것도 예리하게 끝이 갈려 날이 선 표창인 것이다.

감방 안의 시선이 일제히 그 표창에 꽂혔다. 그 시선은 놀라움과 함께 경탄이 깃들어 있었다.

털보는 당황함과 함께 멋적은 표정을 지으며 발끝으로 표창을 끌어당겨 엉덩이 밑에 숨겼다.

창살 밖에 음흉한 눈빛을 흘리며 교도병이 서 있었기 때문이다.

"뭔 재미난 일이라도 있나? 또 노가리의 썰인가? 그놈의 소리, 지겹지도 않나?"

교도병은 어깨에 멜빵으로 건 K1소총의 총구로 철창을 툭툭 치며 말했다. 한없이 무료하다는 투의 게으른 행동이었다.

24시간 근무 교대의 그 지겨운 시간을 또 어떻게 보내나 하는 표정이었다.

"조용히 있겠습니다. 모처럼 있는 휴식이라 아이들이 들떠서 그만, 헤헤……."

털보가 자리에서 일어나 철창 앞으로 가서 교도병에게 머리를 조아렸다. 그러자 애꾸가 털보의 자리 밑에 있던 표창을 감췄다. 순간적인 동작이었다.

"날도 구적거리는데 잠들이나 자둬라! 괜히 고참 피곤하게 왔다 갔다 하게 하지 말고. 알았나, 털보."

교도병은 거만하게 목을 쭉 펴고 털보를 내려다보았다.

"알겠습니다. 여부가 있겠습니까? 편히 쉬십시오. 전혀 신경 안 쓰게 제가 책임지겠습니다."

"말로만."

"아닙니다. 한 번만 기회를 더 줘 보십시오. 헤헤."

털보는 자기보다 열 살은 더 어려 보이는 교도병에게 최대한 허리를 굽혔다.

"좋아! 한 번 더 기회를 주지. 만약 이 고참을 한 번 더 이 앞에 오게 하는 일이 있을 때는 신나는 동태구이의 파티가 있을 줄 알도록!"

"아이고! 알겠습니다. 정말로 감사합니다."

교도병은 거만한 눈초리로 한 번 감방 안을 훑어보더니 뚜벅뚜벅 군화 소리를 내며 사라졌다.

"새끼! 말끝마다 고참이군! 내 군에 입대했을 때 저 새끼는 지 애비 ×속에나 있었을 새끼가 말야!"

털보가 교도병의 뒤에 대고 침을 뱉는 시늉을 하며 작은 소리로 악담을 했다.

"그만 떠들고 이쪽으로 모두 와!"

애꾸가 어수선한 감방 안을 정리하려는 듯 직접 나섰다. 그의 말에 털보는 물론 전인원이 머리를 한데 모으고 그를 바라보았다.

한동안 침묵이 흘렀다. 그들은 방금 전에 보았던 그 표창에 대한 설명을 이 감방뿐만이 아니라 황간도 전체 죄수들의 대부격인 애꾸에게 들으려 하는 것이다.

쇠붙이는 황간도의 3대 금기 사항의 하나였다. 반항, 자살, 그리고 쇠붙이 소지. 이 3대 금기 사항 중 하나만 어겨도 개인뿐만 아니라 수용소 전죄수들이 연대하여 엄청난 체벌을 감내해야 하는 것이다.

그로 인해 황간도의 죄수들 간에는 자살을 하려고 해도 그 책임을 지고 시달려야 할 동료들 때문에 못하겠다는 말까지 있을 정도였다.

"지금부터 내 말을 잘 듣기 바란다. 여기서 구차한 변명을 늘어놓고 싶지 않다. 또 눈치 하나로 징역살이를 해온 너희들을 속일 수도 없고……?"

"참모장! 아직 때가 아니잖습니까?"

털보가 애꾸의 말을 가로막았다.

"아냐, 지금이 적당한 때야. 다행히 우리 방에는 망원도 철수된 상태이니 기회도 괜찮은 때라 할 수 있어."

애꾸는 얼마 전까지 1호 방에 심어놓았던 탑(수용소 지휘부)의 망원(정보원)이 1개월마다 정례적으로 바뀌는 방 배치를 통해 옆방으로 간 것을 다행으로 생각하고 있었다.

탑에서는 각 사하별로 1명 정도씩의 망원을 설치하고 죄수들의 동태를 파악하고 있었다. 그러나 그 망원이 어느 시점에서 노출되면 새로운 망원을 침투시킬 기미가 엿보였다.

"우리는 오래 전부터 생사를 걸고 하나의 작전을 구상해 왔고, 이제 그 작전을 실행에 옮길 때라고 생각하고 있다."

"……?"

마득렬을 위시한 다섯 명의 죄수들이 애꾸의 말을 숨죽이며 경청했다. 어느새 털보는 철창 앞으로 가서 밖의 동태를 살폈다.

"여기 있는 모두는 최소한 15년 이상의 중형을 선고받은 자들로 살아서 이 곳 황간도를 나가기는 힘든 실정이다. 그리고 한 번 실수한 죄과로 인해 자랑스런 상륙군의 명예를 땅에 떨어뜨리고 사랑하는 부모형제들에게 씻을 수 없는 상처를 안겨준 인간말종들임에 틀림없다. 그러나 말이다, 우리도 사람이다. 우리들이 지은 죄값을 치르고 있는 이 곳 황간도 생활이 너무 가혹하다 그 말이다."

애꾸는 차분하고 냉정했다. 특히 죄수들을 설득하는 말에 논리와 타당성이 있었다.

"몇 개월이면 한두 명씩 우리의 동료들이 교도병들의 구타와 가혹행

위로 병신이 되거나 때로는 자살로 처리된 시체가 되어 육지로 돌아
갈 정도다. 그리고 지금 우리들이 생활하고 있는 이 곳이 사람이 사는
곳인가? 아니면 개, 돼지가 죽지 못해 살아가는 곳인가?"

애꾸는 수용소 생활의 비참함을 거듭 강조하며 자신이 앉아 있는
마룻바닥에서 작은 판자 하나를 뜯었다. 그리고 그 속에서 작은 경찰봉
만한 몽둥이를 하나 꺼냈다.

그 몽둥이 끝에는 날이 시퍼렇게 선 표창이 단단하게 꽂혀 마치 예리
한 나무창의 몸통을 잘라놓은 모습이었다.

"아!"

죄수들은 그것을 보고 모두들 입을 벌리고 다물 줄을 몰랐다.

"지금 많은 동지들이 오래 전부터 목숨을 걸고 이번 일에 참여하고
있고 또 여러 가지 준비를 끝마쳐 놓은 상태다. 이제 제1호 방의 모든
인원이 하나되어 도와야 할 차례다 그 말이다."

"……"

애꾸는 예리한 표창이 꽂힌 흉기를 원위치에 다시 넣고 감방 안 죄수
들의 얼굴을 일일이 살펴보았다.

그들의 표정은 갖가지였다. 놀라움과 경이로움, 그리고 또 한편으로는
커다란 불안이 함께 내재한 표정들이었다.

"참모장! 그렇다면 우리가 해야 할 일은 무엇입니까? 무엇을 어떻게
해야 잘하는 것이냐 그 말입니다."

노가리와 장난을 벌였던 그 사내였다. 그는 마른 침을 삼키고 있었
다.

"보안이다. 우리들 중에 침투해 있는 탑의 망원들에게 들키지 않는

일, 그러기 위해서는 오늘 이후 입밖에 내서는 안 된다. 무조건 우리 들이 내리는 지시에만 따르면 된다.”

“그렇다면 이제껏 준비해 온 일이 무엇을 위한 것입니까?”

마득렬의 질문이었다. 황간도에서 구할 수 없고 또 만들어서도 안 되는 흉기(?) 몇 개를 만들어 내놓고 서로 못 볼 것을 본 모습으로 머리 를 조아리고 숙의를 하고 있는 그들의 의표를 찌르는 것이었다.

“그렇지! 참모장께서는 무엇을 생각하고 일을 도모해 오셨습니까?”

마득렬의 말과 함께 한 죄수가 그렇다는 듯 맞장구를 치며 질문을 던졌다.

“탈출이다!”

“탈출요? 탈옥을 한다 그 말입니까? 이 황간도를 말이죠?”

“그렇다, 탈출!”

애꾸의 대답은 단호했다. 그의 대답 속에는 강인한 의지와 그리고 신념이 담겨 있었다.

“그게 가능할까요? 이 죽음의 황간도를 탈출한다는 것이⋯⋯?”

죄수들은 입을 모아 애꾸의 대답에 대한 반문을 내세웠다. 그것은 전혀 실현성 없는 꿈 같은 발상이란 생각이 들었기 때문이다.

“물론 쉬운 일이 아니다. 자칫 전원 개죽음을 당할지도 모르는 무모한 작전인지도 모른다. 그러나 나는 그렇게 생각하지 않는다. 황간도가 제 아무리 절해 고도의 철옹성 같은 수용소라 할지라도 이 곳도 인간 이 살고 인간들이 지키는 일개 섬이며 군교도소일 뿐이다. 자, 이쪽으 로 귀를 대봐라!”

참모장이란 직함으로 불리는 애꾸가 이제껏 은밀하게 준비해 왔던 탈출 계획과 준비 내용을 털어놓자, 죄수들은 고개를 끄덕이며 깊은 동료 의식을 느끼는 듯했다.

작전명은 새벽안개였다.

그들에게는 황간도의 제1사하 1호 감방이란 하나의 끈으로 연결되어진 운명의 굴레가 있었다. 싫다고 해서 빠져나갈 수도, 좋다고 해서 무조건 참여할 수도 없는 그야말로 선택의 여지가 없는 셈이었다.

그들 내부의 심저에 항상 자리잡고 싹트고 있으면서 밖으로 표현하지 못하고 있던 탈옥이라는 구체적 발상과 추진 방향은 그들을 하나의 공동체적 운명으로 만드는 데 기여를 하고 있었고, 작전을 꿈꾸어 온 참모장 애꾸나 사령관 또는 털보 등의 핵심 인물들이 처음부터 그것을 계산에 넣고 있었다.

비는 계속 내리고 있었다.

소장 조소령은 황간도 수용소의 중심부에 콘센트 막사로 지어진 행정반의 옆에 만들어진 자신의 집무실에 앉아 비디오를 보며 막소주를 마시고 있었다.

"흐흐! 비열한 새끼들, 그깟 일 하나로 나를 이 따위 섬으로 유배를 보내다니."

그는 병째 소주를 마시며 안주 대신 거친 욕설을 내뱉으며 불만을 터뜨렸다.

TV 화면에는 흑인 여자의 커다란 유방을 사정없이 물어뜯는 백인의 악랄한 모습이 나오고 있었다.

지독한 새디스트를 주제로 한 섹스 테이프인 듯했다.

"도대체 마음에 드는 게 하나도 없어. 섬도 시설도, 거기다가 밥맛 없는 과장놈들 하며, 군기가 쏙 빠진 행정반놈들까지."

소장은 자리에서 일어나 창가로 향했다. 밖은 거센 소나기가 끊임없이 내리고 있었다.

조금 열려 있는 창틈으로 해풍이 밀려들어 바닷내음을 맡을 수 있었다.

벽에 걸려 있는 대형 시계는 11시를 조금 넘고 있었다. 소장은 아무리 생각해도 자신이 이 곳 섬까지 유배를 온 것이 불쾌하기 그지없었다.

상륙군의 장교 중에 드문 학사장기장교로 상륙군의 핵심 부대의 하나인 수중 폭파대를 맡아 전투력 강화에 헌신을 다해 왔다고 자부하던 자신을 진급은 못 시켜줄망정, 말년 소령들의 보직인 이 곳 절해고도에 전출을 시킨 인사 담당이 앞에 있으면 당장 골통을 날리고 싶은 심정이었다.

더구나 황간도에 전출온 지 1개월도 안 돼 자신이 볼 때는 웃기지도 않는 죄수들의 움직임을 생각할 때 울화가 더 치밀어올랐다.

"이 새끼들의 움직임이 심상찮다고. 별 육갑을 다 떨고 있단 말야, 이 새끼들이."

소장은 출입구를 발로 걷어차고 행정반을 향해 소리를 버럭 질렀다.

"야! 정신 교육. 집합시켜, 전원. 빰빠라 지금 즉시 연병장으로 집합시켜."

"누구를 말입니까?"

"아니 이 새꺄! 몰라서 묻나? 이것들 하나부터 열까지 개판이군. 완전히 군기가 빠져 버렸어."

소장이 행정반의 한쪽에 설치해 놓은 상황대에 앉아 소리를 지르자 본토와 연결되어 있는 무선과, 소내의 각 내무반과 사하의 경비대와 연결된 유선을 맡고 있던 행정병이 자리에서 일어나 엉거주춤 섰다.

명백한 근무 시간인데도 거세게 쏟아지는 폭우에 상황병 하나만을 남겨 놓은 채 행정반을 구성하고 있는 정작과와 교육과의 간부는 물론, 행정요원들까지 모두 자리를 뜨고 없었다.

"다 어디 갔어? 근무 시간에 다들 어디 갔나 그 말이다."

"별로 할 일도 없다고 하시면서 두 과장님이 휴식을 지시하셨습니다."

"뭐야, 휴식을?"

"네, 그리고 과장님들은 BOQ에 계실 겁니다."

"전원 비상소집을 해! 긴급 상황으로 말야. 그리고 1사하, 2사하 수용 인원 1명도 열외없이 전원 빰빠라로 집합시켜, 빨리."

"네, 알겠습니다."

상황병은 소내에 알리는 유선망을 통해 비상 상황을 간부 숙소인 BOQ동과 교도대 내무반 등에 발령하는 한편, 각 사하에도 연병장 집합을 알렸다.

"전 부대원 정상 근무다. 이것은 소장의 명령이야."

소장은 웃통을 벗어던졌다. 아무리 생각해도 울화가 치밀어올랐다. 특히 수용소 안의 유일한 장교인 두 명의 과장들이 자신의 존재를 아랑곳하지 않고 기간병들의 휴식을 명령한 것은 참을 수 없는 일이었다. 그것은 자신을 완전히 껍데기 취급한 것이기 때문이다.

"이 돌대가리 새끼들이 날 계획적으로 갈군다 이거지?"

소장은 어금니를 갈며 행정반 문을 박차고 나섰다. 그의 손엔 야전 곡괭이 자루가 들려 있었다. 그는 출신이 다른 두 명의 과장들과 보이지 않는 알력을 겪고 있었다.

그것은 소장의 지휘 통제에 문제가 있는 것이 아니라 일방적인 학사 출신에 대한 거부감에서 오는 것이었다. 먹물이 들었다고 민(?)하게 노는 것이 아니꼽다는 2년제 간부 후보 출신들의 뿌리 깊은 불신이었다.

9

안 개 꽃

바람이 차다.

바다 쪽에서부터 거세게 불어오는 표풍은 일정한 방향 없이 연병장을 휘감고 돌았다.

어름 장마, 그리고 서해의 외로운 고도에 걸맞게 비는 청승맞게 쏟아지고 있었다.

"동작 봐라! 그렇게밖에 행동 못 취하겠나?"

소장이었다. 사열대 위에 웃통을 벗은 채 온몸에 비를 흠뻑 맞으며 서 있는 자는 놀랍게도 수용소소장 조소령이었다.

"저게 미쳤나?"

군복의 바지를 잘라 만들어 입은 반바지 차림의 전 죄수들이 연병장에 집합해 있었다.

37명, 총원은 그렇게 많지 않았다. 그들 중 몇몇이 소장의 행동에 불만을 토해 놓고 있었다.

그러나 그 소린 빗소리에 잠겨 앞에까지 전달되지 않았다.

"본관이 이 곳 황간도에 부임한 지도 3개월이 넘고 있다. 그런데 본관이 볼 적에 너무나 마음에 안 드는 것이 많다. 한 마디로 정신 상태가 썩었다 그 말이다. 그래서 오늘 제군들의 썩은 정신을 완전 개조한다는 의미에서 이 시원한 빗속에서 한 판 굿거리를 벌여 볼까 한다."

소장의 목소리가 뒤쪽에 서 있는 애꾸와 마득렬에게까지 들려오지 않았으나 그의 행동으로 보아 방금 전 감방 안의 회합에 대한 것은 아닌 듯했다.

"소장이 들고 있는 게 야전 곡괭이 자루 아냐. 냉정하고 침착한 성격에 가끔 광증도 부린다더니만 그 말이 틀리지 않군."

애꾸가 저쪽 옆에 서 있는 사령관에게 눈인사를 하며 중얼거렸다. 작업중 교도병들이 신임 소장에 대해 하는 말을 주의 깊게 들었기 때문이다.

"인공위성 3번, 준비 횟수는 38회, 반복 구호는 없다. 실시!"

"……."

"인공위성 3번 모르나? 이 새끼들, 반복 구호 없이 38회!"

소장은 거의 날다시피 사열대 위에서 뛰어 내려오며 들고 있던 야전 곡괭이 자루를 휘둘렀다.

"인공위성 3번!"

빗속에 웅크리고 서 있던 죄수들이 서둘러 복창을 하고 소장의 지시에 따랐다.

인공위성 3번은 머리를 땅에 박고 그 자리에서 몸을 360° 회전하는 동작이었다.

그 동작을 37회 구호를 붙이고 38회째 구호 없이 돈 후 끝내라는 것이었다. 그것은 죽으라는 것과 똑같은 것이었다.

이 얼차례는 실내용이었기 때문에 마룻바닥에서나 가능한 것이지 모래와 돌가루가 바닥에 깔린 연병장엔 맞지 않는 것이었다.

"똑바로 해라! 요령 피는 놈들은 그 즉시 밟히는 줄 알아라."

소장은 앞쪽에서부터 동작이 완만해 보이는 순으로 사정 없이 발길질을 퍼부었다.

"악!"

"악은 새꺄! 엄살 떨지 마. 겨우 그거 하나에 사내 새끼가 돼지는 소리야 !"

소장의 벗은 상체는 청동빛의 근육질로 용의 문신과 수중 폭파대의 이니셜인 영문자가 새겨져 있었다.

그의 얼굴엔 취기가 올라 있는 기색이 역력했다.

"대가리에서 피가 흘러야 정상이다. 암! 핏덩이가 뚝뚝 떨어져야 정상이고말고. 그렇지 못한 놈들은 모조리 요령 피운 것으로 간주, 인간 트랙터를 만들어 주겠다."

빗줄기가 바로 옆 사람을 구별하기 힘들 정도로 거세게 내렸다. 우박 같은 크기였다. 그 빗방울이 알몸에 떨어질 때마다 따가운 통증이 느껴졌다.

물이 흘렀다. 편평한 연병장 위에는 바람이 부는 방향으로 물살이 쏠렸던 것이다.

그 물 속에 시뻘건 핏물이 함께 쏠렸다. 마치 물감을 풀어 놓은 듯했다.

"열둘!"

악이 복받쳐 외치는 복창 소리와 함께 37명의 이마와 머리에서 핏물이 흐르기 시작했다.

"똑바로 못 해? 너희들 내가 누군지 아나? 상륙군의 최정예 수중 폭파팀의 지대장들 중에서 그 악명을 드날리던 조소령이다 그 말이다. 요령 피울 생각 말아라. 요령을 피웠다 하면 그 즉시 곡소리를 나게 해주겠다."

피를 본 소장은 완전히 이성을 상실한 듯했다. 머리를 떼어 놓은 곡괭이 자루를 좌우로 원을 그리며 흔들면서 물탕을 군화발로 철버덕거리며 죄수들 사이를 미친 듯 헤매고 다녔다.

"돌아! 돌아! 해골이 나와도 좋다. 돌아, 돌란 말야, 새끼들아! 아니, 이 새끼 너 뭐야?"

더 이상 죽어도 못 하겠다는 듯 한 사내가 바닥에 철버덕 쓰러지자 소장은 거침없이 그를 타고 눌렀다.

노가리였다. 가장 체격이 약하고 근성이 여린 그가 고통을 더 이상 이겨내지 못하고 쓰러진 것이다.

"아이고, 살려주세요! 소장님, 더 이상은 도저히 못 돌겠습니다."

노가리가 두 손을 들어 소장이 휘두르는 곡괭이 자루를 잡고 하소연했다.

"아니, 이거 돌았나? 손 놓지 못하겠나?"

"아이고, 예, 소장님, 아니 하느님, 제발 한 번만 봐주…… 억!"

소장은 앞발 끝으로 노가리의 가슴팍을 찍어 올렸다. 그러자 노가리가 뒤로 벌렁 넘어지고 말았다.

"이 호모 같은 새끼가 엄살은 그럴 듯하게 하는군! 너 새끼, 평소 밥맛 없이 보이더니 잘 걸렸다. 아주 시범 케이스로 마른 개구리를 만들어주지."

소장은 기다렸다는 듯 노가리의 가슴팍을 다시 밟으며 강력하게 대시했다.

"아악! 소장님!"

노가리는 순간적으로 몸을 굴려 소장의 사정거리를 벗어났다. 여자 같은 성격과 몸에 비해 동작은 매우 빨랐다.

"아니, 이 새끼가 너 정말 죽을래?"

소장은 미꾸라지같이 미끈하게 손아귀를 빠져나가는 노가리를 잡으려다 그만 바닥에 철벅 하고 구르고 말았다.

이미 온몸이 빗물에 젖은 뒤지만 땅바닥에 주저앉은 소장의 아랫도리는 진흙물이 들어 있었다.

"으으! 이 새끼, 너 죽이고 말겠어. 이리 못 와, 새꺄!"

소장은 땅바닥을 구른 자신의 모습에 심한 모욕감과 모멸감을 느꼈다. 한 마디로 스타일을 구겼던 것이다.

"이얍!"

소장은 바짝 겁을 먹고 서 있는 노가리의 얼굴을 향해 특공무술의 필살기의 하나인 두발모아차기를 시도했다. 그것은 자존심을 회복하기 위한 그의 치기였다. 날궂이 대용으로 마신 막소주의 취기가 오른 이유이기도 했지만.

"어멋!"

그러나 두 발을 공중으로 뛰어올리기엔 바닥의 상태가 너무 악조건이었고, 거기다 노가리의 약한 마음이 합세 끝내 일을 저질러 놓고 말았다.

"어이쿠!"

노가리는 물론 머리를 땅에 박고 눈치만 보고 있던 전 죄수들이 눈을 질끈 감고 소장의 처량한 모습을 외면했다.

마른 개구리처럼 만들어 놓겠다고 장담하던 소장 자신이 그 짝이 났기 때문이었다.

"호호호!"

웃음이 절로 나왔다. 개중에 한두 명이 터뜨린 웃음이 들렸다.

"으흐! 이 새끼들 다 죽인다!"

소장은 미치겠다는 표정을 지으며 자리에서 일어서려다 욱 하고 비명을 지르며 다시 주저앉았다.

넘어지면서 허리를 다친 모양이었다.

"박어, 새끼들아! 뭐하나? 욱! 허리가 어떻게 된 모양이야. 어억!"

소장은 자신을 멀거니 쳐다보는 죄수들에게 끝까지 적대감을 표시했다. 특히 노가리는 잡아죽여도 시원찮다는 듯이 이를 바드득 갈며 쳐다보았다.

"소장님, 행정반에 연락해야 되는 것 아닙니까?"

털보가 앞으로 나서 소장의 의중을 떠보았다. 아무래도 가볍게 다친 것이 아닌 듯했다.

"에이취!"

"아니 소장님, 감기까지 드신 모양이군요."

"감기라니? 내가 누군데 그깟 감기에 들리나, 앙! 윽, 빨리 행정반에
연락해."

소장은 더 이상 못 참겠다는 듯 털보의 부축을 받았다. 그의 강인한
상체 위로 털보의 이마에서 떨어진 피가 번졌다.

"기막히군! 이것이 황간도의 현실이야. 이 곳도 엄연히 군대고 또
교도소의 일종이라면 교도 지침이라는 것이 있을 텐데…… 이건 완전
무법천지니, 원!"

감방 안으로 다시 돌아온 죄수들은 상처난 이마를 씻고 비에 젖은
몸뚱이들을 마른 수건으로 닦으며 투덜거렸다.

"조용히 해라. 참모장께서도 한 말씀 안 하시잖아."

털보였다. 그는 언제나 애꾸의 의중을 헤아리며 행동하는 버릇이 있었
다. 사실 1사하의 최고참인 애꾸는 심기가 무척 상해 있었다.

아닌 밤중에 홍두깨 격으로 느닷없이 당했던 방금 전의 일에 어이가
없다기보다 비참한 생각이 들었던 것이다.

"마하사!"

애꾸의 눈은 충혈되어 있었다. 눈가엔 피눈물이 맺혀 있었다. 마득렬
은 그가 하고자 하는 소리를 알 수 있을 것 같았다.

"네, 말씀하십시오, 참모장!"

마득렬은 애꾸의 한쪽 눈뿐인 시선을 피하며 가라앉은 목소리로 말했
다.

"아니다. 할 말은……."

애꾸는 마득렬을 향했던 시선을 허공 쪽으로 돌리며 말끝을 흐렸다.

“그 새끼는 반드시 내가 씹고 말겠어!”

털보가 작은 환기통으로 사용되는 창살문에 기대어 울분을 토했다. 모든 인원의 이마와·머리가 벗겨져 피멍이 들어 있었다. 그러나 간단하게 처치할 최소한의 구급약도 없었다.

마득렬은 마른 헝겊을 길게 찢어 노가리의 이마를 싸매 주었다. 그의 상처가 가장 커 보였다.

“고마워, 오빠!”

“고맙기는……..”

“오빠! 나 그 새끼가 또 불러내면 어떡하지?”

노가리는 마득렬의 무릎을 베고 누워 소장의 또 다른 행패를 두려워하고 있었다.

“글쎄? 허리를 아파하던 것으로 보아 금방은 발작하지 않을 것 같은데.”

“그럴까? 그랬으면 좋겠는데.”

노가리는 18살에 자원입대한 소년병이나 마찬가지였다. 중성이라는 특수한 체질적 특성 때문에 주위의 따가운 시선을 받다가 용감하게 상륙군에 자원을 하고 말았던 것이다.

그리고 1년 만에 그는 첫휴가에서 그만 귀대하지 않았다. 이유는 사랑하던 한 사내가(?) 결혼을 하여 가정을 꾸렸던 탓이다.

이성보다는 동성에 사랑과 애착을 느껴오던 노가리가 진정으로 사랑하던 사내였던 만큼 충격이 컸던 것이다.

그날 그는 엄청나게 폭음을 했다. 그러다 술집에서 종업원과 시비를 벌였고, 그리고 정신을 차리고 보니 살인자가 되어 있었다.

그리고 황간도에 수용된 지 두 해, 계급은 물론 나이까지 마득렬의 아래였다.

감방 안엔 다시금 깊은 침묵이 감돌았다. 밖에는 찬 비가 아직도 내리고 있었고, 그 탓에 실내의 기온도 사정없이 내려가고 있었다.

"오빠는 창섭이 오빠하고 여러 가지 닮은 데가 있다."

"창섭이라는 사람이 애인이었다는 그 사내 말이냐?"

"응! 의리와 정이 많은 사내였어. 오빠처럼 가슴이 넓고 그리고 서글서글한 눈매를 갖고 있는……."

노가리는 얼굴을 돌리며 훌쩍거렸다. 가슴이 시린 모양이었다. 서러움과 외로움이 한꺼번에 몰려들었던 것이다.

마득렬은 쓸쓸했다. 여름인데도 바람과 비에 의해 기온이 내려가 살갗에 소름이 돋을 정도로 추웠으나 그것보다도 마음이 더 추웠다.

'은혜……'

마득렬은 작은 창살 너머로 쏟아지는 비를 바라보며 목젖 속에서 그녀를 불러 보았다.

"털보, 사령관에게 소통을 시도해라."

"알겠습니다."

노가리와 마득렬을 말없이 바라보고 있던 애꾸가 털보에게 지시했다. 그와 함께 죄수 하나가 감방 앞으로 가서 밖을 감시하는 자세를 취했다.

털보는 조심스럽게 모포 하나를 내려 실밥이 터진 속에 넣어 두었던 파란 천을 하나 꺼내 창살 너머로 흔들었다.

2사하는 애꾸와 그 동료들이 있는 1사하와 30 미터 정도 떨어진 별개동이었으나, 창살 너머로 서로의 얼굴을 확인할 수 있는 거리에 있었다.

비 때문에 시야를 가려 2사하의 사령관이 있는 감방과의 소통은 쉽지 않았다. 사령관의 감방과는 수시로 연락을 하고 있었으나 비와 방금 전 소장에게 당했던 푸닥거리로 인해 그쪽에서 이쪽 방향을 주시하지 않는 까닭이었다.

"사령관 방도 마음이 편치 않을 거야. 사람 같지 않은 놈한테, 아니 꼭 미친개 같더라고."

털보는 계속 파란 천을 흔들며 그리 크지 않은 목소리로 중얼거렸다. 활달하고 구김이 없는 성격의 소유자였다.

"전달!"

그 순간 밖의 교도병이 전달을 걸어왔다. 교도병들은 1호방과는 사각이 되는 곳에 의자를 놓고 앉아 잡지를 보든지, 아니면 꾸벅꾸벅 졸든지, 또는 간혹 죄수들을 괴롭히는 일로 국방부 시계의 초침을 죽이고 있었다.

"제1호방 전달 준비 끝!"

창살 앞에 앉아 밖을 감시하고 있던 죄수가 큰 소리로 전달 준비를 알렸다. 그와 함께 2호방, 3호방에서도 사하가 떠나갈 정도의 복창이 들렸다.

"각 방은 현 위치에서 취침을 실시하고, 1호실의 노가리, 6호실의 칠성이는 행정반으로 지금 즉시 출두 준비한다. 이상 전달 끝."

교도병의 전달 사항이 끝나자 각방은 찬 물을 끼얹은 듯 조용했다. 낮에 취침을 실시한다는 일은 이제껏 경험해 보지 못했던 일이고,

더구나 두 개동의 사하에서 1명씩을 호출하는 일도 드문 일이었기 때문
이다.

"참모장님, 저를 왜 부르죠? 혹시 아까 그 일로 소장이 분풀이를 하려
는 것 아닐까요?"

노가리는 사색이 되어 애꾸의 앞에 쭈그리고 앉았다. 다른 죄수들은
바닥에 모포를 깔면서 노가리를 주시했다.

"글쎄? 그리고 6호실의 칠성이라면 이번에 새로 들어온 신입이지,
아마."

애꾸가 전례에 없던 일에 잠시 당황한 표정을 보이더니 이내 본래의
표정으로 돌아왔다.

"네, 새로 설치된 망원으로 판단되는 놈입니다."

털보가 2사하와 시도하던 소통을 중지하고 애꾸의 질문에 답했다.

"알다가도 모를 일이군. 쟤들을 불러낸 이유가 뭘까? 심리전을
벌이자는 것도 아닐 테고 말야."

"심리전요?"

"그래, 어쨌든 노가리는 마음을 단단하게 먹고 나가봐. 겁먹을 필요는
없다. 별일은 없을 거야. 그리고 우리들은 너를 믿는다."

애꾸는 노가리의 손을 굳게 잡으며 따뜻한 격려의 말을 잊지 않았
다. 오랜 시간 고되고 외로운 황간도 생활을 통해 이루어진 뜨거운 동료
애가 그 손에 깃들어 있었다.

"갔다 올께요. 너무 걱정 마세요. 잘하고 오겠으니……."

노가리는 애꾸의 손을 놓고 감방의 출입구 앞에 섰다. 그때 교도병이
어슬렁거리며 와서 키로 창살문을 열었다.

타르릉!

방문이 닫히며 요란스럽게 비상벨이 울렸다. 교도병이 깜박 잊고 비상 장치를 해제하지 않았던 것이다.

"참모장! 사령관의 소통 신호입니다."

노가리가 나가자마자 2사하에서 소통을 걸어왔다.

"털보, 신호를 받아라. 그리고 나에게 넘겨."

"네, 참모장!"

모포를 길게 개어 배만 덮은 죄수들이 시선과 모든 감각까지 그쪽으로 쏟고 있었다. 눈치 빠른 죄수 하나는 창살에 다시 바짝 붙어 밖을 감시했다.

"옵니다. 탑에서 호출한 두 놈에 대해 신경을 써라. 특히 칠성이 문제를 매듭지어야 하겠다. 이상입니다."

털보는 2사하에서 보내오는 수신호를 해독해 애꾸에게 그대로 전달했다. 그들은 상륙군의 특수 작전시 사용하는 수신호와 무선통신의 모르스부호를 참작하여 하나의 암호를 만들어 소통 언어로 사용하고 있었다.

"알았다. 그리고 전해라! 칠성이 건은 즉각 시행을 하겠다. 그리고 작전 새벽안개를 빠른 시일 안에 시도해야겠다. 이상!"

애꾸는 전달 사항을 지시하고 마득렬의 옆자리로 와서 누웠다.

"……?"

평소의 애꾸다운 행동이 아니었다. 그는 항상 방의 맨 우측 벽 밑에 자리잡고 잠을 자 감방 안에선 그 자리는 참모장의 자리로 알고 있는 터였다.

"마하사, 자나?"

그 소리는 지극히 작았다. 마득렬 자신도 옆 사람의 숨소리로 알 정도였다.

"쉬이! 대답은 하지 마! 내일 작업장에서 칠성이를 갈어라. 그게 새벽안개의 첫번째 시작이다. 칠성이에겐 안됐지만, 그 방법밖에 없다. 놈을 사령관 옆에 두고는 아무 일도 할 수 없다. 무슨 뜻인지 알겠지? 완벽한 사고사로 위장하겠지만 조사 과정에 모진 고문이 뒤따를 것이다. 그 고문을 감당할 수 있는 자는 마하사밖에 없다는 판단이다."

애꾸의 말은 작업장에서 철저한 사고사로 위장하여 칠성이를 제거하자는 것이었고 그 총대를 마득렬이 메라는 것이었다. 칠성이는 이번 신입늘 중에 끼어 넣은 탑의 2등 망원(정보원)으로 신임 소장의 회심의 공작원으로 밝혀졌다는 것과 함께.

"……!"

마득렬은 선뜻 대답을 할 수가 없었다. 이미 한 달여가 넘는 황간도 생활을 통해 이 곳이 사람이 살 수 없는 땅이라는 것은 알고 있었으나, 애꾸와 그의 추종자들이 꾸미는 새벽안개에 대해서 어떤 확신을 갖는다는 것은 아직 시기상조였기 때문이다.

"더 이상 선택의 여지도 없다. 그리고 기분이 좋지 않아, 노가리가 불려나간 것이……."

애꾸는 더 이상 말문을 열지 않고 천정을 응시했다.

그의 한쪽뿐인 눈엔 깊은 우려와 함께 전의를 불태우는 시뻘건 독기가 한데 어우러져 있었다.

발전기의 전열을 아끼느라 사하에는 아직 전기가 들어오지 않은 탓으로 밤을 방불케 할 정도로 어두웠다.

모두들 말이 없었다.

아직 잠이 든 사람들은 없을 것이 분명한데도 그들 중 입을 떼는 사람은 없었다.

과거에 있지 않았던 낮시간의 취침 그리고 1사하는 물론 수용소에서 가장 심신이 허약한 노가리의 호출은 무엇을 말하는 것인가?

더구나, 애꾸와 사령관 등을 중심으로 은밀하게 추진해 오던 새벽안개를 조금이나마 알고 있는 노가리의 호출은 참으로 심상치 않은 것이었다.

탑의 호출.

그것은 황간도에 수용되어 있는 죄수들에게 있어 특별한 것이었다. 모든 잘잘못을 단체에 체벌을 가하는 수용소의 교도 방침상 개인을 불러내는 경우는 드물었기 때문이다.

노가리가 떨리는 가슴을 가라앉히며 행정반으로 들어서자, 새로 입소한 신입 칠성이가 먼저 와서 교육과 선임하사인 중사 앞에 앉아 있었다.

"반성! 1사하 28호, 행정반의 호출받고 왔습니다."

"그래! 인사는 안 해도 좋다. 이쪽으로 와서 앉도록!"

중사는 썩은 이빨을 드러내놓고 노가리에게 자리를 권했다.

"너는 됐어! BOQ로 소장님을 찾아가 봐. 여! 서상병, 애를 소장님 방으로 데리고 가."

중사는 자신의 책상 앞에 앉아 있던 칠성이를 행정반원에게 인계했다. 칠성이의 명찰에는 37번이란 번호가 붙어 있었다.

그는 노가리와 눈이 마주치자 슬그머니 시선을 피했다.

밖에는 아직도 비가 내리고 있었고 넓은 행정반에는 중사와 상황병 하나만이 남아 빈 집 같았다.

소장이 정상 근무를 명했는데도 부대 안에서 전달이 안 됐다는 핑계로 간부들은 자리를 비우고 있었다.

"노가리, 편히 앉아. 누가 잡아먹니? 별다른 게 아니고, 그냥 뭣 좀 몇 가지 묻고 싶어서 불렀으니까."

"……?"

중사는 연신 눈웃음을 흘리며 빈정거리는 말투였다. 노가리는 그의 행동에 찬 소름이 돋았다.

철저한 아부 근성을 갖고 있는 해바라기성의 대표적 인물이 그였다. 신임 소장의 환심을 사기 위해 험로를 개척하는 작전로 개설공사의 주책임을 맡아 그 악랄함을 유감없이 보여주고 있었다.

"노가리!"

"녜."

"너 황간도 온 지도 두서너 해 되지."

"녯, 횟수로 3년째 접어들고 있습니다."

"그래! 그 정도 됐을 거야. 내가 이 곳에 온 해도 그 정도 됐으니까."

중사는 부드러운 말씨로 잡담을 늘어놓으며 본론을 꺼내 놓지 않고 말을 돌렸다.

"강아지 한 대 태울래?"

"아닙니다. 됐습니다. 담배는요."

노가리는 두 손을 앞으로 뻗어 책상 위로 담배를 건네는 중사의 손을 막았다.

"아냐, 내가 한 대 그냥 주고 싶어서 그러니까 부담 갖지 말고 태워, 자."

"어멋! 됐다니까요. 누굴 잡으시려고 이러신데요."

노가리의 사양하는 모션이 컸던 탓인지 중사가 들고 있던 담배가 바닥에 떨어졌다.

"흐! 이 새끼 봐, 좋아, 강아지는 치우고 본론을 말하지."

중사는 기분이 상했는지 담배를 군화발로 짓이기고 노가리를 정면으로 주시했다.

그의 손 안엔 몇 개비 남은 담배갑이 으스러졌다.

"너희들 요새 꾸미고 있는 일이 하나 있지, 그게 뭐냐?"

"……!"

노가리는 숨을 쉬기가 힘들었다. 중사의 질문은 너무나 핵심을 찌르는 말이었기 때문이다.

"놀랄 것 없다니까. 나는 다 알고 있는 사항이야. 다만 그 사항을 한 번 확인하고 싶어 너를 불러낸 거야."

기껏해야 단체 뺨빠라(빗속알몸집합) 중 소장에 대한 불경죄 정도로 생각했었다. 그러나 노가리의 염려는 너무나 의외의 사태로 번져 있었다.

"무슨 말씀인지 저는 잘 알아들을 수가 없네요."

"이 새끼! 어디서 오리발을 내놓고 있어, 응!"

중사는 노가리의 멱살을 틀어쥐고 소리를 질렀다. 좀전의 행동과는 천지차이였다.

"어멋, 교육계장님……."

"어멋, 이 새끼 끝까지 민하게 노누만. 너 목욕을 시켜 줄까? 아니면 냉장고에 시야시를 해줄까? 원하는 게 뭐야? 아무거나 다 들어줄께."

중사는 두 손으로 노가리의 멱살을 잡고 벽 쪽으로 끌고 가서 사정없이 부딪쳤다.

"윽윽!"

"말해. 요즘 너희들 꾸미는 모사의 내용이 뭐야? 너 오늘 그것을 토해 놓지 않고는 살아 남을 수 없다는 것을 알아."

"모릅니다. 무엇을 말하라는 건지 그 까닭도 알지 못해요. 난……."

노가리는 눈을 질끈 감았다. 순간적으로 엄청난 현기증이 났기 때문이다.

아, 위기다. 이렇게 앞뒤가 막힌 사지에서 살아날 수 있는 길은 없는 것일까. 오전에 있었던 참모장의 지시가 한스러웠다.

차라리 아무것도 듣지 않고 보지 않았다면, 그랬다면 이런 상황에서 벗어날 수 있을 텐데……. 노가리는 자신이 없었다. 중사의 그 악마 같은 취조 속에 그 비밀을 끝까지 지킬 수 있을 것인가에.

"너는 알 거야. 나 상륙군 중사 서돌석이 할 수 있는 일을……. 흐흐, 목욕보다는 ×밑의 때를 벗겨주는 것이 낫겠지? 혹시 세상에 나가 퉁퉁한 계집들과의 그럴 듯한 합궁을 위해 그것도 괜찮을 거야. 아, 아니지. 네 놈은 호모였지. 그래, 그게 좋겠어. 항문에 안티프라민을 처넣어 주지. 그래 그거야, 맞았어."

중사는 노가리를 끌고 비어 있는 소장실로 들어가 안에서 문을 잠갔다.

"벗어!"

춥다. 싸늘한 바람이 한바탕 소장실 안을 감싸고 돌았다.

돌격정신!

상륙군의 부대혼이 자랑스런 태극기 밑에 붙어 있었다. 준장 예병설 방도기념이란 하얀색 글씨가 새겨진 벽시계가 오후 4시를 가리키고 있었다.

"자, 그 동안의 정을 생각해서 한 번 더 기회를 주지. 말해. 네놈들이 꾸미고 있는 것이 무엇인지?"

"계장님! 왜 이러십니까? 정말 무엇을 말하라는 것인지 도무지 모르겠습니다."

"흐흐, 끝까지 미련한 새끼군! 네놈은 불과 30분을 견디기 힘들 텐데."

중사는 소장의 집무실 책상 위에 놓여 있던 지휘봉을 갖고 와서 노가리의 양다리 밑에 끼었다.

"앉아!"

알몸의 노가리는 양무릎 밑에 지휘봉을 끼고 엉거주춤 무릎을 꿇었다.

"자, 잠시 동안만 몸을 풀어보자."

"어멋! 오빠, 아저씨!"

"오빠! 흐흐, 게이새끼라 역시 다르군. 젖통도 꼭 우리 마누라처럼 토실하고."

중사는 노가리의 한쪽 젖퉁을 잡아 비트는가 하면 한쪽 다리를 밟아 짓이겼다.

"으악!"

"자식, 시작도 하기 전에 엄살은…… 자, 어때? 맛이 괜찮지?"

"악! 살려……!"

"웃기는 짜장면일세. 살리기는 새끼야."

"으윽!"

중사의 손과 발은 노가리의 알몸을 아주 부드럽고 능숙한 동작으로 다루기 시작했다.

지휘봉을 다리 사이에서 빼어 사타구니에 넣고 돌리는가 하면 다리와 팔뚝 등 살이 붙어 있는 곳을 골라 마치 피아니스트가 건반을 만지듯 했다.

"말해, 네놈들이 꾸미는 일이 뭐야? 너는 알잖아. 그리고 어차피 너는 불지 않고는 못 배기게 되어 있어."

중사의 취조는 집요하고도 악랄했다. 그러나 초장의 고문은 그렇게 심한 방법은 사용하지 않고 적당히 주무르고 있었다.

그 정도만 갖고도 노가리 정도는 쉽게 제압할 수 있다는 생각을 하고 있는 듯했다.

"말해, 피차 시간 낭비하지 말고, 응. 우리 빨리 끝내고 화장실에라도 가서 딸딸이 칠 시간이라도 벌자, 응. 피차 기름기 없는 시간 보내지 말고."

폭력의 강도가 점점 거세지면서 중사의 입담은 거칠고 저속해졌다.

그의 이마와 얼굴 위엔 어느새 땀방울이 흘러내리고 있었다.

"나는 모르는 일입니다. 아악! 죽어도 나는 몰라요!"

"죽어도? 이 새끼가 조금 봐주려니까, 정말!"

중사는 군화발로 노가리의 안면을 차올렸다.

"으악!"

노가리의 몸이 그의 강인한 군화발에 허공으로 떠오르자 이내 그의 주먹이 꽂혔다.

"이 새끼! 완전히 패 죽여주마."

허리가 꺾인 채 쓰러져 있는 노가리의 몸에 중사의 주먹이 한동안 사정없이 날아들었다.

처음 몇 대는 고통에 겨운 노가리의 신음이 들렸으나 이내 쌀자루를 때리는 듯 퍽퍽 하는 소리만 들렸다.

"이것도 맷집이라고. 이런 놈이 뭘 믿고 까불지?"

중사는 소장의 집무실 한쪽에 놓여 있는 야전침대 밑에 있던 물주전자를 들고 와서 노가리의 얼굴 위에 쏟았다.

"음! 어푸!"

"졸도하면 뱃속이 편켔지. 그러나 그렇게는 안 되겠다. 왜냐하면 졸도는 몸에 좋은 것이 아니거든. 노가리, 그렇게 하지 말고 털어놓지. 너희들 요즘 무슨 일을 꾸미고 있지, 그렇지?"

"오빠, 나는 모르는 일예요. 정말이에요."

"끝까지……."

놀랄 만한 의지였다. 몸과 마음이 여리고 약한 중성인 노가리가 이제까지 중사의 고문과 구타를 견뎌냈다는 것은 그로서는 거의 초인적인 힘이었던 것이다.

"그래! 그럼 이것 하나만 묻자. 노가리, 이게 뭐냐? 너희들 무엇 때문에 탐조등 망루에서 이런 쇳조각을 뜯어냈지?"

"……."

중사가 내놓은 것은 10센티미터 정도 되는 쇳조각이었다. 그것은 감방 안에서 털보가 만들던 표창의 재료가 된 것임을 한눈에 식별할 수 있었다.

"이것도 모른다고는 하지 않겠지?"

노가리는 경악스러웠다. 중사는 막무가내가 아니었던 것이다. 이미 하나의 증거와 여러 가지 정보를 토대로 가장 허술해 보이는 자신을 선택 심문하는 그가 가증스럽기까지 했다.

"모릅니다. 나는 뭐가 뭔지 정밀 몰라요."

노가리는 입술을 깨물었다. 여기서 무너져서는 안 된다. 그렇게 되면 자신뿐만이 아닌 수많은 동료들이 다친다. 아니, 그들이 꿈꾸어 온 희망을 자신의 세 치 혀 끝으로 녹일 수는 없다는 생각을 했다.

"그래! 보기보다는 제법 의리가 있군. 좋아, 네 놈도 뭔가 있으니까 상륙군의 병사였지. 끝까지 오리발이라면 나도 생각이 있어. 정말로 여러 가지 맛을 보여 주지. 황간도의 특급 스페셜 코너로 말야. 먼저 목욕부터 해야겠지. 그리고 양념을 몇 가지 치고 전기구이를 만든 후 쓰레질을 하는 거야. 그래도 네 놈이 숨이 붙어 있다면 나도 깨끗이 손을 떼겠어."

중사는 웃통을 벗으며 포승줄을 한 가닥 들고 왔다. 지옥의 고문이라는 물 · 고춧가루 · 항문 · 강제 자위 · 전기 고문과 사대관절을 풀어놓는 분해공사로 완성되는 일명 황간도 스페셜 코너를 펼치려 하는 것이다.

'오! 하느님, 저에게 힘을 주십시오. 저 악마의 손에서 벗어날 수 있는, 아니 이겨낼 수 있는 힘을 주십시오.'

노가리는 입술을 조금씩 움직이며 독백을 토했다.

소장의 집무실 한쪽에 놓여 있는 작은 꽃병 속에 한 송이 소담스런 안개꽃이 꽂혀 있었다. 그것은 노가리가 가장 좋아하는 꽃이었다.

아! 나는 살 수 있다. 세상에서 제일 좋아하는 안개꽃이 저기 나를 바라보고 있잖니. 저 꽃만 생각하자. 저 하얀 꽃과 연관된 지난날의 아름답던 추억만을 말야.

노가리는 두 주먹을 불끈 쥐고 호흡을 가다듬었다. 은은하게 꽃향기가 나는 듯했다.

10

밤의 색소폰

밤이 참으로 길었다.

비몽사몽간에 마득렬은 하나의 꿈을 꾼다. 황녀였다. 육덕 흐벅진 그녀가 커다란 유방을 출렁거리며 바다를 단숨에 날아와 감방 안으로 들어왔다.

그녀가 웃는다.

날씨가 덥다. 그러자 낡은 선풍기가 달달거리며 돌아간다. 장소가 다시 바뀐다. 어디선가 낯이 익은 방, 588의 황녀 방이었다.

"벗어?"

황녀가 껌을 질겅거리며 말했다. 마득렬 자신을 전혀 모르는 태도였다.

"황녀, 나야, 나라고……."

마득렬이 그녀의 기억을 일깨우려 말했지만 그녀는 전혀 알아듣지 못했다.

"뭐해요? 빨리 올라오지 않고."

황녀는 무릎을 세운 채 마득렬을 재촉했다. 옆방의 손님이 기다리고 있다는 듯.

"아참! 징하네. 하루면 열다섯 번씩이나 이 짓을 하니 한 달이면 4백50번, 1년이면, 어메 징한 거. 아, 뭐하쇼, 펄떡 하지 않고."

황녀가 전라도 사투리를 흉내내며 사내의 배설을 재촉했다. 그녀의 배꼽 아래에 커다란 칼자국이 보였다. 그 동안 나를 잊은 건가? 그럴지도 모르겠다. 내가 누군데, 잠시 맺었던 기둥서방도 한 해면 수백 명의 사내를 태우고 지나가는 그녀의 배 위의 손님일 뿐. 그래서 얼굴을 잊은 것인가?

아래가 묵직하다. 무엇인가를 토해 놓지 않고는 못 배길 정도로 마득렬은 황녀의 몸 위에 자신의 남성을 가져간다.

"아!"

그러나 남성을 그녀의 몸에 대기도 전에 허망한 꼴을 당하고 만다. 무엇인가 끈적끈적한 느낌이 하체에 느껴지는 순간, 황녀의 육덕이 우유빛의 한 마리 작은 새로 변한다.

"꿍!"

마득렬은 꿈에서 깨어나 자신의 하체에 손을 대보았다. 몽정이었다.

몇 시나 됐는지 시간을 알 수 없었다. 작은 창살 너머로 내리던 비는 멎어 있었다.

태풍이 다 지나갔는지, 창살 너머로 조금 보이는 하늘에 별이 보였다. 밖은 어두웠다. 어림잡아서 새벽 3시 정도 되었을까.

그때 사하의 쇠창살이 열리는 소리가 들렸다. 그것은 고막을 찢는 듯한 소리였다. 주변이 너무도 고요했기 때문이다.

"들어가."

교도병의 잠긴 목소리가 들렸다. 마득렬은 노가리가 돌아온 것을 금방 알 수 있었다.

"노가리다."

마득렬은 반가운 나머지 소리를 치며 감방의 창살 쪽으로 향했다. 어느새 잠들은 줄 알았던 동료들도 모두 자리에서 일어나 앉아 있었다.

"덜컹!"

감방문이 열리고 노가리의 구겨진 몸뚱어리가 쓰레기더미가 버려지듯 쓰러졌다.

"노가리!"

마득렬은 노가리의 몸을 끌어안았다. 정신을 잃고 있었다. 그의 몸이 차갑게 식은 것 같았다.

"소란 떨지 말고 이거나 발라 줘."

교도병은 마득렬에게 말한 후 작은 종이갑에 담긴 약을 던져 놓고 갔다. 그것은 안티프라민이었다. 병이나 양철갑은 원칙적으로 감방 안에 차입이 금지된 까닭에 종이갑을 특별히 제작한 것이었다.

"이런, 죽일 놈들!"

애꾸는 노가리의 손을 잡으며 심장에 귀를 갖다 댔다. 다행히 심장은 뛰고 있었다.

"이쪽으로 뉘고 맛사지를 해!"

애꾸가 말하자 동료들이 달려들어 노가리를 한쪽으로 뉘고 모포를 몇 장 포개 덮고는 주무르기 시작했다.

그의 옷은 찢겨져 있었고 온몸엔 피멍이 들어 있었다.

"음! 오빠……."

"오, 그래, 노가리, 정신이 드냐?"

털보가 그의 손을 주무르다 그의 입에 귀를 갖다 댔다.

"나, 끝까지 버텼다. 계장 그 새끼는 인간도 아냐."

"노가리……!"

털보가 그의 가슴에 얼굴을 묻고 눈물을 터뜨렸다. 그뿐만이 아니라 전 동료들도 마찬가지였다.

노가리는 감방 안의 모든 걱정과 근심을 한꺼번에 해소시켜 줄 것이다. 그들을 지켜주기 위해 노가리가 얼마나 커다란 고통을 겪었는지는 그들이 너무나 잘 아는 것이었다.

"노가리 장하다. 너는 누가 뭐래도 용감한 사나이다."

애꾸가 노가리의 손을 한 번 굳게 잡아주고는 자기 자리로 돌아갔다.

가슴이 뭉클했다. 마득렬은 무엇인가 뜨거운 것이 가슴 한 곳에서 끓어오르는 것을 느꼈다.

새벽 05시.

기상 시간에 맞춰 1·2사하에 빰빠라 집합이 하달되었다. 열외없는 완전 알몸집합이었다.

마침 비는 개어 있었다. 멀리 바다의 수평선 쪽에서부터 밀려온 새벽이 여린 색감의 여명을 풀어놓은 듯했다.

"별명 있을 때까지 연병장을 돈다. 군가가 끊긴다면 각오해라."

K1소총을 어깨에 멘 교도병의 지시에 그들은 연병장을 뛰기 시작했다. 열외자는 노가리 하나 외 37명 전원이었다.

군가는 상륙군의 노래부터 시작하여 벌써 10여 개째 계속되고 있었다.

"염려 없겠지"

"참모장, 걱정 마십시오. 제놈들이 귀신이 아닌 이상 어림없을 겁니다."

"좋아! 최후의 발악이 될 것이다. 새끼들, 그 본때를 보여주고 말겠어."

마득렬의 옆에서 나란히 뛰고 있는 애꾸가 털보와 작은 소리로 대화를 한 후 이를 으드득 하고 갈았다.

감방 검색.

불시에 행정반의 요원들이 동원되어 감방 검색을 하고 있는 중이었다. 노가리에게서 무엇인가를 찾아내려 시도하다 실패한 탑의 신경질적인 반응이기도 했다.

"저러다 죽는 것은 아닐까?"

마득렬은 맨발바닥에 돌이 박히는 듯 아픈 것을 참으며 감방 안에 남겨 놓고 온 노가리를 생각했다.

"미친 개새끼, 무슨 스트립쇼 할 일 있나."

마득렬의 앞쪽에서 터져나온 말이었다. 연병장을 돌고 있는 일단의 알몸 위로 강력한 탐조등의 불빛이 스포트라이트처럼 비쳤기 때문이다.

30만 촉광의 강력한 서치라이트 빛은 새벽의 여명 속에서도 앞 사람 등짝의 실핏줄까지 확인시킬 정도였다.

"마하사, 생각해 봤나?"

애꾸가 마득렬의 허리를 찌르며 말했다. 2사하의 사령관 방에 설치된 망원을 깨뜨리라는 얘기에 대한 질문이었다.

"그게 꼭 필요한 것이라면 하겠습니다."

"그래! 그럴 줄 알았어. 최대한 빠른 시기에 일을 만들겠다. 그렇게 알고 틈나는 대로 체력을 기르도록."

망원을 제거하는 것은 주도면밀하게 안전사고를 가장해 실시해야 하고, 그것은 또 탑의 의심을 벗어나기 위해서 소내 사정에 어두운 신입이 필요했던 것이다.

그리고 무엇보다 필히 뒤따를 조사 과정의 각종 고문을 이겨내야 하는 담력과 체력이 뛰어난 적임자가 마득렬이었다.

시원했다. 황간도의 새벽 그리고 청정한 공기, 어느새 먼 수평선 끝에 붉은 태양이 솟아오르고 있었다. 일출과 일몰을 함께 구경할 수 있는 황간도의 자연만큼은 아름답기 그지없었다.

몇 바퀴째인지 숨이 찼다. 군가의 레퍼토리도 벌써 바닥을 드러내 반복을 하고 있었다.

"동작 그만!"

대열이 사열대 앞에 다가오자 교도병이 동작 그만을 외쳤다. 대열은 기계처럼 사열대 앞에 멈췄다.

"체조대형으로 벌려!"

"하나, 둘, 얏!"

새벽 공기를 일깨우는 외마디 기합과 함께 대열이 일정한 간격을 유지한 채 좌우로 대칭선을 이루어 섰다.

긴장된 순간이었다.

밤새껏 노가리를 닥달하던 중사가 사하 쪽에서 뱁새눈을 뜬 채 다가와 사열대 위에 올라가 섰다.

"오늘부터 다시 작전로 개설에 임한다. 어제의 비로 인해 기껏 닦아놓은 길이 많이 손상을 입었다. 그것은 지지리 재수없는 네놈들 소관이다. 금일 점호는 짧게 취하고 조식 후 즉각 작업에 임한다. 이상!"

중사는 군화발로 시멘트로 만들어놓은 사열대를 한 번 구른 후 행정반 쪽으로 사라졌다.

"흐흐! 어떻습니까? 참모장, 제깟놈이 눈을 비벼가도 별수 없지 않습니까?"

"쉬이! 조용히 해."

애꾸가 자랑스럽다는 투의 모션을 취하는 털보를 제지했다. 털보 뒤에 칠성이가 따라오고 있었기 때문이다.

그는 사령관의 주위에서 어슬렁거리고 있었다.

"이봐, 칠성이!"

애꾸였다. 그들은 대열을 조금 흐트려 사하로 향하면서 작은 소리로 잡담을 하고 있었다.

"네! 부르셨습니까?"

칠성이는 애꾸의 질문에 건성으로 대답하고 사령관 쪽을 다시 살폈다. 어느 정도 노골적인 감시였다.

"자네 특기가 뭔가?"

"특기라뇨?"

"뭐, 특별히 잘하는 게 뭐냐 그 말이야. 보직은 뭐였나?"

"보직을 새삼스럽게 왜 묻습니까?"

당돌한 말대꾸였다. 황간도는 기간병들의 횡포보다도 같은 동료들이 더 무섭고 두려운 곳이었다. 그런데도 칠성이의 행동은 전혀 그런 기색이 없었다.

"이 새끼! 겁대가리를 상실했군."

"억! 왜 이래, 이거."

"왜 이러기는, 새끼야!"

애꾸의 주변에 따라오고 있던 털보가 칠성이의 팔을 잡아 꺾었다. 도저히 참을 수 없었던 것이다.

"으악! 이것 놓지 못해."

상륙군의 태권교관이었던 털보의 팔꺾기에 이어 일격이 칠성이의 목줄기에 떨어졌다.

"아이쿠!"

그와 함께 다시 일격이 그의 관자놀이를 찍으려 했다. 그러나 털보의 손은 애꾸에 의해 제지당했다.

"무슨 짓이야. 지금 이러고 있을 때인가? 빨리 작업 준비 하지 않고."

애꾸는 멀찌감치 뒤에서 따라오고 있는 교도병들이 눈치챌까 무섭게 상황을 종료시켰다.

"저 싸가지 없는 프락치 새끼!"

털보는 분이 안 풀리는 듯 애꾸에게 등을 떠밀려 사하로 향하면서도 투덜거렸다.

"마하사, 힘들지?"

칠성이는 목줄기를 손으로 만지며 마득렬의 허리를 다른 손으로 꾹하고 찔렀다. 그들은 황간도에 함께 입소한 동기였다.

"힘들기는, 그냥 그렇지."

"요령껏 해. 여기는 사람이 죽어도 모르는 곳이야. 군단 영창하고는 차원이 틀리다 그 말야."

"……?"

칠성이는 무엇인가 여유가 있어 보였다. 군단 영창에 있을 때부터 눈치가 빠르고 어딘가 야비한 구석이 있던 인간이었다. 그가 어느새 소장의 첩자가 되어 새벽안개를 염탐하고 있다는 애꾸의 작전 판단은 충분히 가능성이 있는 일이었다.

아니, 그는 그렇게 하고도 남을 위인이었다. 군단 영창에서도 헌병들과 내통하며 자신의 감방 생활을 돌보던 놈이었으니까.

"마하사, 이따 작업장에서 좀 보자. 너한테 할 말이 있어."

"할 말?"

"그래, 자식아! 이따 보자."

칠성이가 마득렬의 등을 살짝 치고 사령관 팀을 따라 2사하로 향했다. 그는 가면서도 뒤를 향해 손짓을 했다.

"마하사, 칠성이에게 어느 정도 호응을 해주면서 기회를 보는 거야."

애꾸였다. 그는 조금 추운지 몸을 웅크리고 있었다. 주름진 볼품없는 그의 남성이 보였다. 마득렬은 못 볼 것을 보았다는 듯 시선을 피했다.

"호응이라면……?"

"그래, 마하사를 끌어들이려는 계획인 것 같아."

"저를 말입니까?"

"그렇지. 동기니까 쉽지 않겠어?"

애꾸는 하나의 미세한 징표를 갖고도 분석하고 다시 해석하는 데 탁월한 능력이 있었다. 어쩌면 자연스런 행동일 수 있는 칠성이의 행동을 간파해 내는가 하면 역으로 이용하려는 작전을 세우는 그의 대처 능력에, 마득렬은 감탄을 하지 않을 수 없었다.

작전로 개설 작업은 처음부터 다시 시작해야 했다. 8부능선까지 사투를 벌여가며 해놓았던 길이 지난밤의 비바람에 의해 상당히 파손되어 있었기 때문이다.

"사람 죽이는군."

"도대체 하느님이 계시는 건가? 우리가 어떻게 만들어 놓은 길인데 그것을 저렇게 망가뜨리지."

"시끄러워! 그런다고 망가진 길이 다시 보수가 되나? 잔말 말고 일이나 시작해. 어차피 이 작업이 끝나면 또 다른 작업이 있을 텐데."

사령관은 중년의 희끗희끗한 머리를 바람에 날리며 독려했다. 작업은 다시 시작되었다.

우선 망가진 도로보다 그 위에 굴러떨어진 바위덩이를 치우는 일이 급했다.

모든 것을 손과 발 그리고 사람의 신체만으로 감당해야 하는 도로 개설 작업은 그야말로 난공사 중의 난공사였다.

그들은 말없이 수십 킬로씩 나가는 바위들을 들어 치우기 시작했다. 밑으로 굴리거나 던질 수도 없었다. 자칫 아래에서 작업하는 동료들이

다칠지도 모르는 위험이 있었다.

끙끙거리며 그들은 바위돌을 등에 지고 적당한 장소를 찾아 버리는, 지극히 비경제적이고 무모한 작업을 계속했다.

"중식 때까지는 잡석들을 치우라는 명령이다. 빨리빨리 움직여라."

교도병들이 중사의 지시를 받아 작업을 재촉했다. 그러나 다그친다고 해서 될 일도 아니었다.

바위 틈과 바위 틈 사이로 최초로 개설하기 시작한 길의 폭이 사람 하나가 간신히 다닐 수 있는 작은 폭인 만큼 잡석을 치우는 일의 속도를 내는 것은 한계가 있었기 때문이다.

"마하사."

"칠성이?"

"그래, 체력이 있는 만큼 노가다도 잘하는구나. 체질이다 체질이야."

칠성이가 마득렬의 뒤를 따라오면서 말을 걸었다. 그는 병장 출신으로 병영 안에서 일등병을 가혹 행위로 죽이고 징역 15년을 선고받은 것으로 돼 있었다.

하사와 병장의 갈등은 상륙군만이 안고 있는 문제가 아니었다. 그것은 직업군인에 지원하는 기본 사병들이 절대 부족한 상황에서 골육책으로 각군에서 시행하는 단기 하사들과 짬밥수의 밥그릇을 따지는 사병들간의 뿌리 깊은 갈등이 전군에 퍼져 있는 것이다. 그런 까닭으로 칠성이와는 군단 영창에서부터 좋은 사이가 아니었다.

"그래, 하고 싶은 말이 뭐냐?"

마득렬은 계속 등짐을 지고 앞으로 올라가며 말했다. 이마 위에 굵은 땀방울이 뚝뚝 흘러내렸다. 목이 탔다.

"요즘, 너희 방에 무슨 일 있지? 애꾸와 털보 등이 무엇인가 일을 꾸미는 것 같지 않던?"

칠성이의 질문은 너무도 직설적이었다. 수용소에 입소한 지 1개월을 조금 넘는 신입의 입에서 흘러나올 성질의 질문이 아니었다.

"칠성이, 너 많이 변했구나. 언제부터 네가 황간도의 교도병이 되었냐?"

"쓸데없는 얘기는 집어치우고 묻는 말에나 대답해. 1방에서 꾸미고 있는 작당이 뭐야?"

"꾸미고 있는 일?"

"그래, 마하사, 이건 누이 좋고 매부 좋은 일이야. 그리고 너와 나는 동기 아니냐? 말해 봐. 그 새끼들 요즘 뭔 작당을 하던?"

"그런 걸 묻는 저의가 뭐냐? 나는 너의 질문 자체가 무엇인지 가늠이 안 되는데."

마득렬은 좁은 통로를 따라 지고 올라온 바위돌을 7부능선쯤에 커다랗게 나 있는 평지에 내려놓았다.

"마하사, 어차피 우리는 영원한 빵잼이 신세야. 고된 징역살이를 조금이라도 편하게 지내기 위해서는 머리가 필요한 거야. 그래서 나는 탑과 하나의 선을 대는 데 성공했어."

"선? 망원 노릇을 아주 노골적으로 드러내는군."

"망원? 흐흐, 아무렇게나 생각해. 다만 마하사 너는 협조만 하면 돼. 나는 그까짓 시선 같은 것은 신경 안 쓰니까."

"역시 너다운 발상이군. 그러나 나를 너와 같은 인간의 부류에 넣지 마라. 그리고 나는 아는 것도 없고……."

마득렬은 다시 밑으로 내려가기 시작했다. 올라올 때보다 바닷바람이 시원했다.

"흐흐! 잘 생각해서 처신해. 그리고 정보가 있으면 언제라도 말해주고. 네 놈도 나의 덕을 톡톡이 보는 수가 있을 테니."

마득렬은 땅바닥에 침을 뱉으며 칠성이의 말을 귓전으로 흘려보냈다. 두 주먹이 저절로 쥐어졌다.

'칠성이, 나를 원망하지 마라. 네 놈은 갈 만한 곳으로 가는 것이다.'

마득렬은 속으로 칠성이에 대한 거부감을 삭이며 멀리 바다를 내려다보았다.

푸르른 물살, 선요한 바람, 그리고 무엇보다도 햇살이 눈에 부셨다. 어지러웠다. 천길 낭떠러지의 단애에 부딪히는 파도의 출렁거림, 수없이 원무를 그리며 날고 있는 이름 모를 바다새들의 날개짓이 현란했다.

여름이 깊어갔다.

사역과 얼차례로 시작해 얼차례로 끝나는 황간도 생활의 A · B · C인 기초를 습득하면서도 마득렬은 칠성이를 잠재우는 일에 대한 고민을 하고 있었다.

사고를 위장한 자연사여야 한다는 대전제를 놓고 사령관과 참모장 그리고 시행자인 마득렬이 수많은 방법과 기회를 엿보면서 어느덧 한 달여의 시간을 끌고 있었다.

작전로 보수 공사는 80퍼센트 정도의 공정을 보이고 있었고, 그간 2사하의 동료 하나가 다리가 부러지는 사고를 제외하면 별다른 사건 없는 평범한 날들인 셈이었다.

어떻게 보면 반복적이고 기계적이며 수동적이기만한 황간도의 징역살이에 그러나 너무도 뜻밖의 일이 생겨 작은 파문을 일으키고 있었다.

그것은 1개월에 한 번 있는 보급품 수송이 있는 날이었다.

"여자를 보았다."

"뭐라꼬? 계집을, 니 참말이가? 참말로 삐조리뽁을 찬 가시나를 보았다 말이가?"

"그렇다니까. 스무살 안팎의 곱상한 계집아이더라. 꼬박 3년만에 여자를 보니 실감이 안 나는 것 있지."

작전로 개설장에서 보급품 사역 쪽으로 끌려갔다 돌아온 자들의 말은 확실히 화제거리였다.

황간도는 여자가 없는 섬이었다. 심지어 소장이나 간부들까지 6개월에 1주일 휴가를 얻어 육지의 가정을 방문할 지경이었다.

그런데 보급선 편으로 여자가 섬에 상륙했다는 것이다. 마득렬은 시멘트를 개서 신설 도로를 원활하게 오르기 위한 나무 말뚝을 박고 그 옆 공간을 채우다가 면회라는 전갈을 들었다.

"면회라고요?"

"그래, ○사단에서 사람이 온 모양이야. 아가씨를 하나 데리고."

"○사단? 아가씨……?"

"그래, 빨리 따라와. 보급선과 함께 돌아가야 하니까."

행정반에서 뛰어온 요원이 교도병들에게 무엇인가를 설명한 후 마득렬을 앞장 세웠다.

"……?"

마득렬은 감을 잡을 수 없었다. 자신의 출신 사단인 ○사단에서 면회

를 올 사람이나 더구나 이 먼 절해고도까지 찾아올 여자는 더더욱 없었
던 것이다. 은혜가 살아 돌아오지 않는 이상 또는 588의 13호집의 황녀
가 소녀 시절의 감성으로 돌아가지 않는 이상 이 세상에서 자신을 찾을
여자들은…….

면회자는 ○사단 헌병대의 노준위였다. 그는 놀랍게도 은혜의 여동생
민희를 대동하고 있었다.

"오래간만일세. 그간 고생이 많았지."

"……?"

"자네에게 할 말이 꼭 있어 이 곳까지 찾아왔어. 참 서로 안면이 있는
사이지?"

마득렬은 다리가 풀렸다. 민희를 보는 순간 은혜가 환생한 듯한 느낌
을 받았기 때문이다.

"어떻게……?"

"오빠, 오래간만예요."

그녀는 마득렬을 오빠라고 불렀었다. 은혜와는 4살 차이로 지방 전문
대학에 다니던 활달하고 발랄하던 여자였다. 언니 은혜가 가을 호수가에
피어 있는 한 송이 꽃이라면 그녀는 푸른 잔디밭을 뛰노는 한 마리 사슴
이라고 할까.

"저쪽으로 좀 가지. 경치 하나는 정말 아름다운 곳이군."

노준위는 두 사람의 앞에 서서 수용소의 탐조등과 중기관총이 설치되
어 있는 감시탑을 지나 바다 쪽으로 향했다.

그쪽은 황간도의 지형상 남쪽이었다. 천길 단애가 조금 완만한 선을
이뤄 형성된 그 곳은 각종 기암괴석과 파도가 어우러져 기묘한 경치를

갖고 있는 곳이었다.

"어멋! 저것 좀 봐."

민희의 감탄이 없어도 남쪽 바다는 아름다웠다.

노을이었다.

벼랑 끝에서 멀리 남서쪽 하늘에 짙게 드리운 구름 속을 뚫고 수평선 너머로 떨어지는 석양이 뿌리는 잔상의 스펙트럼이었다.

파노라마. 그것은 환상과 실제가 교차하며 연출하는 하나의 대형화면이었다.

바다, 그리고 하늘, 황간도와 각종 암초는 물론 노준위와 민희의 얼굴까지 짙은 진홍의 색감이 서려 있었다.

"앉지. 자, 담배 한 대 태우게. 속이 받지 않으면 참고."

노준위가 바닥에 주저앉아 담배를 꺼내 권했다.

"욱!"

노준위가 태워 물은 담배연기에 마득렬은 속이 뒤틀렸다. 2개월 여간의 황간도 생활이 담배까지도 자연스럽게 끊게 만들었던 것이다.

"마하사, 나와 민희씨가 이 곳까지 온 것은 중요하다면 중요한 일일세. 어쩌면 자네 인생을 좌우할지도 모르는 일이니까."

"그렇다면 이미 지난 일을 재거론하기 위해 예까지 오셨단 말입니까?"

"왜, 짚이는 게 있는가?"

마득렬은 노준위에게서 얼굴을 돌린 채 바다를 응시했다.

"오빠, 자학하지 마세요. 언니의 유품을 정리하다가 이것을 발견했어요. 득렬 오빠에게 써놓은 언니의 마지막 편지예요."

민희가 마득렬의 옆에 다소곳이 서 있다가 작은 손가방 속에서 한 통의 편지를 내놓았다.

"아마, 언니가 오빠의 전화를 받고 나가기 직전 써놓은 것 같아요. 언니의 일기장 속에 있었어요."

편지는 하얀 빛깔에 우유빛이 가미된 모조지 위에 깨알 같은 글씨로 써 있었다. 한눈에 봐도 은혜 특유의 글씨체임을 알 수 있었다.

손이 떨렸다. 잊을 수 없는 여자, 죽어서도 항상 의식 한쪽에 자리잡고 자신의 죽음을 붙잡고 있던 여자, 살아야 해 득렬, 살아야 해 하면서 벌써 썩어 없어질 육신을 지켜오게 하던 여자, 그 은혜의 육필이 눈앞에 있었다.

마득렬은 곱게 접은 편지를 폈다. 사르락사르락 종이 퍼지는 소리가 그녀의 옷을 벗기던 날 나던 소리 같았다.

'그러지 마, 아이 참. 득렬씨, 그러지 말라니까. 어멋 나 몰라……'

수줍어하던 하얀 얼굴과 교차하던 미소, 적극적이지 못하던 손의 제지, 그리고 가슴에 한줌으로 안기던 조가비 같은 몸뚱이.

마득렬은 가슴이 뛰었다. 글자 하나하나가 종이 속에서 뛰어나와 자신의 품속으로 달려드는 듯했다.

┌득렬씨……

사람들이 많이 왔어. 서울에서도, 멀리 부산에서도, 그리고 어젯밤에는 함을 판다고 동리가 시끄러웠고.

시간이 별로 없다.

그때는, 그때는 말이야, 득렬씨와 함께 기다림이란 강을 사이에 놓고 있을 때는 한 시간이 몇 년 같더니 말야, 그러나 지금은 한 시간이 1분처럼 지나가고 있어.

득렬씨, 나는 어떡하면 좋지. 지금 득렬씨가 할 수 있는 길은 무엇이지. 어제는 예식장에 가서 하얀 드레스를 입어 보았다. 거울 속에 서 있는 하얀 예비 신부가 나 은혜는 분명 아니었는데, 그런데도 너무나 아름답더라.

언젠가 득렬씨가 말한 적이 있었지. 은혜 너는 우유빛이 감도는 드레스를 입으면 천사보다도 아름다울 것이라고. 그런데 나는 우유빛 감도는 드레스를 입어 보았는데 정작 옆에 있어야 할 득렬씨는 왜 없지.

대답해 봐. 그래, 나는 누구보다 더 득렬씨를 알아. 그런데도 조금은 야속하다.

득렬씨는 좋겠더라. 서해에 지는 석양과 매일 함께 하니 말야. 철산리 맞지. 지난번 강화도에서 득렬씨를 면회했을 때 그 작은 포구를 온통 불바다로 만들 것 같던 그 낙조의 아름다움이라니.

그때 은혜는 어떤 생각을 했었는지 알아? 나를 잊어. 못난 은혜를 잊고 새로운 삶을 시작하라고 말하면서도 마음 속으론 득렬씨를 얼싸안고 그 붉던 핏덩이 같은 바닷속에 뛰어들고 싶은 심정이 굴뚝 같았어.

조금 우습지. 내가 무슨 논개라고. 득렬씨, 참으로 여러 가지로 갈등했다. 멀리 있는 득렬씨를 생각하며 밤새껏 또 밤새껏. 그러나 생각의 끝이란 허망뿐이더라.

아! 불쌍한 득렬씨, 이제 곁에서 나마저 떠나면 무엇이 남겠니.

득렬씨는 왜 그렇게 가난하고 작기만 하니.

　빗님이 조금씩 오시나 봐. 저승가는 길로 날 보내 줄 약을 먹은 지도 몇 시간은 지난 것 같은데……. 아, 비내리는 겨울밤 피할 곳 없는 몸을 어느 낯선 집의 처마 밑에 깃들어 날개를 퍼덕이는 한 마리 철새 같은, 은혜의 사랑 득렬씨.

　잘 있어.

　우리 나중에, 나중에 다시 만나게 된다면 저 서해 바다의 핏빛 노을이 되어서나 만날 수 있을까.」

마득렬은 편지를 가슴에 끌어안고 복받치는 설움에 울분을 토했다.
"아! 은혜……."
그것은 가슴 속이 메어지는 고통이었다. 그리고 한꺼번에 엄청난 그리움이 몰려들었다. 그렇다고 소리를 내어 통곡을 할 수는 없었다.
"마하사, 그만 진정하지. 그리고 이 말을 하나 묻고 싶다. 사실 이 질문 때문에 이 곳까지 자네를 찾아온 것이고."
노준위가 마득렬의 흥분을 조금 가라앉히고 질문을 던졌다.
"이 편지는 조은혜라는 아가씨가 마하사 자네를 만나러 가기 전 극약을 먹은 상태나 또는 먹기 직전 쓴 것이 분명하다. 말하자면 조은혜 자신의 유서라고도 볼 수 있다는 말이지. 이것만으로도 마하사 자신이 조은혜와 동반 자살을 유도했다는 혐의를 벗어날 수 있는 좋은 증거 자료다. 그래서 법집행, 특히 한 인생의 삶 전체를 좌우하는 마하사 사건을 담당했던 수사관으로서 그 잘못을 바로잡을 책임이 있어 온 것이다. 자, 다시 한번 묻겠다. 자네는 조은혜를 죽인 것이 아니다.

더구나 동반 자살을 유도하여 자네 혼자만 살아 남은 그런 파렴치한
죄를 진 것이 아니지?"

"……."

"말해! 내 말이 맞지?"

"계장님, 이미 모두 지나간 일입니다. 다시는 돌이킬 수 없는 그리고
저는 이 곳 생활에 만족하고 있습니다. 또 다시 이런 일로 아픈 상처
를 다시 건드리고 싶지 않습니다."

"이미 지나간 일이 아니다. 지고한 군법의 확정 판결을 받은 이후지만
전혀 방법이 없는 것은 아니다. 재정 신청 절차를 통해 자네에게 적용
된 법조항을 바로잡을 수 있다."

"바로잡아서 무엇을 어떻게 하란 말입니까? 그까짓 것이 무슨 의미가
있다고……."

"마득렬, 자네는 젊은 친구야. 왜 세상을 비관하나. 그리고 자신에게
주어진 소중한 인생 자체를 왜 포기하나. 그것은 가장 비겁한 인간들
이 보이는 공통된 행태다. 죽은 사람은 죽은 것이고 산 사람은 살아야
할 게 아닌가? 왜 자신을 사지로 몰아넣지 못해서 안달인가?"

"됐습니다. 나는 이대로가 좋습니다. 그리고 은혜는 내가 죽였습니
다. 세상 누가 뭐래도, 아니 하늘이 내게 물어도 은혜는 내가, 나 마득
렬이 죽였다 그 말입니다. 으흐흐!"

마득렬은 노준위의 손을 뿌리치고 저만큼 거북 모양을 하고 있는
커다란 바위 곁으로 가 얼굴을 묻고 울었다.

"오빠! 저는 오빠의 심정 알고도 남아요. 그러나 이것은 아니에요.
이것은 은혜 언니도 바라는 것이 아닐 거예요."

민희가 다가와 손수건을 꺼내 마득렬에게 내놓았다. 분홍색이었다. 라일락꽃 향내가 코를 간지럽히는 그것은 잊고 있던 은혜의 내음이었다.

"언니는 가고 없지만 언니의 사랑은 여기 이렇게 먼 곳에서 그리운 가슴을 안고 날마다 언니를 생각하고 계셨군요! 아, 언니는 그래도 행복한 여자예요."

민희는 바다 쪽을 응시하며 눈가에 맺힌 눈물을 훔쳐냈다.

"민희."

"네, 오빠."

"미안하다. 그리고 이 먼 곳까지 찾아주다니……."

"미안은요? 민희가 언니 대신 아닌가요? 면회를 왔어도 몇 번은 왔어야 했는데. 이렇게 늦게 찾아온 것은 제 잘못이에요."

그 언니에 그 동생인가. 어리고 철부지만 같던 작은 소녀가 그새 이렇게 자라 어른스런 말과 행동으로 마득렬을 감동시켰다.

"민희, 이제 돌아가야지?"

"오빠!"

"그래, 말해 봐."

민희는 마득렬을 오빠라 불렀었다. 그것은 촌수에 어긋나는 것이었으나 그들은 그렇게 서로를 부르고 불리는 것을 싫어하지 않았다.

"부탁이 하나 있어요."

"부탁?"

"네, 계장님 말대로 하세요. 탈영죄만으로는 얼마 안 가서 사회로 돌아올 수 있대요. 그리고 다시 시작하는 거예요. 은혜 언니 대신

나 민희가 기다리고 있을께요.”

“……?”

“그렇게 하는 거죠. 그래서 멀지 않은 시기에 그 옛날의 마득렬 오빠가 되어 다시 돌아오는 거죠, 그렇죠?”

민희는 마득렬의 손을 꼭 잡고 다짐하듯 말했다. 그녀의 손엔 땀방울이 맺혀 있었다.

활달하고 생기발랄하던 소녀 민희가 어느새 어른이 되어 있었다. 잿빛 블라우스 위로 융기된 여성의 미가 풍만한 어엿한 숙녀였다.

“민희, 돌아가라. 그리고 건강하길 빌겠다. 다시 만날 약속은 우리 하지 말자꾸나. 속절없을 뿐이니까. 그러나 민희야, 나 득렬 오빠는 진정으로 행복하다. 오늘 민희가 찾아줬다는 그 사실 하나만으로도 나는 행복한 놈이란다. 암, 행복한 놈이지…….”

“오빠, 부탁이에요. 헌병대 계장님의 말을 따르는 거죠? 그렇죠? 네, 오빠!”

마득렬은 민희의 말에 대한 대답 대신 시선을 바다로 향했다. 어느새 황혼의 색감은 더욱 짙어가고 있었다. 그러나 붉은색은 어느 정도 탈색이 되어 진한 잿빛으로 변해 있었다. 그 속에 황간도를 점점이 이뤄놓은 암초들이 섬처럼 하나 둘 보이고 그 사이로 외로운 갈매기들이 잠자리를 준비하는 듯 분주하게 날았다.

시원한 저녁바람이 바다내음을 몰아와 콧전을 간지럽혔다.

푸우──웅.

뱃고동 소리였다.

그것은 뭍에서 실어온 손님인 노준위와 민희를 재촉하는 보급선에서

울리는 소리였다.

"마하사, 어떻게 할 테냐? 재정 신청서를 꾸미는 서류는 내가 수용소 정작과장에게 부탁을 하겠다. 작성이 되면 다음 보급선편으로 보내길 바란다."

노준위는 마득렬에게 새삼 다짐하듯 못을 박고 자리를 떴다.

"오빠, 꼭 그렇게 하는 거야. 그리고 이거."

"아니, 이건?"

마득렬은 민희가 내미는 물건을 재빠른 동작으로 받아 손으로 감쌌다. 그것은 놀랍게도 작고 넓이가 가느다란 라이터였다. 아마도 사내들의 세계를 생각한 민희가 준비한 선물인 듯했다.

"갈께, 그럼 안녕!"

"그래, 몸조심하고……."

민희는 쏟아지는 눈물을 두 손으로 감추고 앞으로 뛰어나갔다. 그녀의 발걸음은 한없이 무거워 보였다.

저녁 황혼. 그것은 황간도의 숨김없는 나신이었다. 그 아름다운 나체를 밟고 온 보급선이 다시 적막한 기적을 토해내는 모습은 밀레의 저녁 만종이란 유화 속의 고즈넉함 바로 그것이었다.

"잘 가거라. 내 사랑하는 은혜의 모든 환영들아!"

마득렬은 수용소의 행정반으로 걸어오며 비교적 큰 소리로 외쳐 보았다. 그렇게 하면 답답한 속이 조금이라도 풀어질까 해서였다. 다시 뱃고동 소리, 그것은 마치 한밤에 동산 위에서 부는 색소폰 소리 같았다.

11

황간도 탈출

"이것은?"

"네, 라이터입니다, 참모장."

"이것을 어떻게 구했나?"

"새가 물어왔습니다."

"새가?"

"네, 한 마리 작은 새가 물어왔습니다. 그리고는 저 멀리 사라졌죠."

"아, 그 아가씨가 갖고 온 거군. 이것은 정말 행운이다. 우리들 작전에 정말 긴요하게 쓰일 물건이야."

애꾸는 마득렬이 건네주는 라이터를 받아 모포 속에 감추고는 기뻐 어쩔 줄을 몰라했다.

애꾸와 마득렬 외엔 모두 잠들어 있었다. 털보도, 극심한 고문에 건강을 해친 노가리도 아직 회복되지 않은 몸을 모포 속에 묻고 깊은 잠에 빠져 있었다.

"참모장, 내일쯤 놈을 없애겠습니다. 더 이상의 완벽한 기회를 찾다가는 시간 다 보내고 말겠습니다."

마득렬은 모포를 배 위로 끌어 덮으며 애꾸의 귀에 대고 속삭이듯 말했다.

"그래 마하사, 너를 믿겠다."

애꾸는 손을 뻗어 마득렬의 손을 굳게 잡았다. 그 손은 뜨거웠다.

'지금쯤 민희는 서천의 집에 도착했을까? 아니면 아직도 함정을 타고 바다를 항해하고 있을까?'

마득렬은 민희의 방문으로 야기된 은혜를 새삼 떠올리며 배 위에 덮었던 모포를 끌어다 얼굴 위까지 덮어썼다.

'은혜! 네 곁에 간다. 네 곁으로 말이다.'

잠이 오지 않는다. 밤새껏 마득렬은 뜬눈으로 날을 샜다. 눈꺼풀이 아프다. 그러다 어설프게 잠이 든 순간 또 시덥잖은 꿈을 꾼다.

주제가 없다. 상여가 나가고, 평소에 반갑지 않던 사람들이 보이고, 장송곡마저 경건스럽지 못하더니, 그 놈 수용소의 악귀 용하사가 나타나 술을 권하기도 한다.

식은땀이 났다. 그리고 잠을 다시 깬 시간은 아침 점호 시간이 거의 다 되었을 때다.

빗소리다.

찬 비였다. 잠자리에 든 모든 동료들이 모포를 끌어 덮은 것으로 보아 어느덧 황간도의 여름이 가고 가을이 다가온 것을 알 수 있었다.

비가 계속 내렸다.

황간도는 비가 한 번 내리면 그 기세가 자못 거센 기후적 · 지형적 특성을 갖고 있었다. 한국의 지형적 영향보다는 중국의 황하에 형성되는 기단의 영향을 받기 때문이었다.

비가 오면 거의 완성 단계에 들어가 있는 작전로 개설 작업은 일단 중지되는 것이 상례였다.

작업 도중 안전 사고에 문제가 있었고, 무엇보다 행정반의 요원들이 비오는 날은 휴식날이라는 관행을 갖고 있었기 때문이다.

오전중 교육과에서 실시하는 정신 교육 시간이 형식적으로 끝난 후 단잠과 같이 달콤한 휴식 시간이 주어졌다.

"한 마리 잡았습니다."

"그래, 조심해서 다뤄."

"조심조심, 제법 실한 놈인데요."

털보와 동료 하나가 창살 밖을 기웃거리며 기다란 줄을 잡아당겼다. 밖이 잠시 소란스러웠다. 새가 우짖는 소리, 그리고 날개를 심하게 치는 소리가 들렸다.

"이놈, 조용히 못하간."

털보가 창살로 손을 집어넣어 비둘기 한 마리를 잡아들었다. 하얀 새털이 감방 안에 날렸고 죄수들은 그 새털을 조심스럽게 손으로 잡아 깨끗이 치웠다.

비둘기는 칡넝쿨에서 벗겨내 꼬아 만든 가는 실을 이용하여 창살 밑에 먹이를 뿌려 놓고 발목을 채는 방법으로 잡은 것이다.

원래 삭막하고 거친 황간도의 분위기를 조금이나마 바꿔 보라는 사령부의 인사 검열단이 방문했을 때 몇 쌍 갖고 온 것이 몇 년 지나고 나서 기하급수적으로 증가되어 섬을 뒤덮을(?) 정도였다.

"흐흐! 실한 것이 암놈이군요. 털을 벗겨 놓으니 꼭 계집을 벗겨 놓은 것 같아요."

"실없는 소리 말고 빨리 탁(불씨)이나 준비해, 새끼야."

"알았습니다. 이것 한 마리만 더 먹으면 노가리도 거뜬히 일어나겠군요."

털보의 옆에서 거들던 죄수가 몸을 빠르게 움직여 작은 나무 두 개를 감방 안에 비밀스럽게 만들어놓은 은신처에서 꺼내왔다.

20센티미터 정도 크기의 손가락 굵기만한 나무토막이었다. 그는 몸을 감방 벽 쪽을 바라보고 앉아 비둘기의 날개 밑에서 뽑아 모아둔 가는 깃털들을 나무 끝에 놓고 마찰을 시작했다.

지극히 원시적인 방법의 불씨 얻기 작업이었다. 그 틈에 털보는 내장을 모두 긁어내 배를 벌려 놓은 비둘기를 마른 수건으로 물기와 피를 깨끗이 닦아내고 노가리의 상처 치료용으로 행정반에서 반입해 준 안티프라민과 소독용 알콜을 골고루 발랐다. 그리고 비둘기의 뱃속엔 그놈에게서 뜯어낸 털을 밀어넣었다.

"불입니다."

"그래, 간다."

순간적이었다. 두 개의 막대기가 끊임없는 마찰을 통해 이뤄낸 작은 불씨가 새털에 점화됐고 그와 동시에 비둘기의 몸에 옮겨 붙은 것이다.

"비켜! 어 뜨거!"

털보는 순식간에 지글거리며 불꽃이 온몸에 옮겨 붙는 비둘기의 발목을 잡아 작은 창살 너머의 턱에 올려 놓고 수건으로 바람을 일으켰다.

원래 기름기로 만들어진 안티프라민은 연기가 나지 않을 뿐 아니라 고기 타는 냄새를 방지하기 위해서였다.

그들 모습을 바라보면서도 애꾸는 마득렬에게서 받은 라이터를 내놓지 않고 작은 성경책을 이따금씩 펼치고 있었다.

"됐다! 제대로 바베큐가 됐어. 자, 마하사!"

털보는 새까맣게 그슬린 비둘기를 마득렬에게 넘겨 주었다. 1주일씩 번갈아 가며 돌보는 노가리의 간호 당번이 그였던 것이다.

비둘기는 작은 주먹만 했다. 말이 바베큐지 제대로 익지 않은 곳도 눈에 띈다. 그러나 고기 구경한 지가 언제인 줄 모르는 황간도에서 특히 환자들의 몸을 돌보는 데는 이만한 것도 드물다는 것을 마득렬은 알고 있었다.

"노가리! 이거 먹자."

"오빠들은 싫다는데도 자꾸 이러더라, 정말!"

"노가리, 또 그러기냐? 아무 소리 말고 먹어둬. 그래야 너 일어날 수 있어."

노가리는 고문을 당한 지 며칠 지나서 조금씩 거동을 하다 요즘 다시 악화되어 발걸음을 옮기지 못할 정도가 되어 있었다.

"득렬 오빠! 나 일어날 수 있을까? 이러다 영영 죽는 것은 아닐까?"

"무슨 소릴? 자, 마음 약하게 먹지 말고……."

마득렬은 노가리를 부축해 자리에 앉히고 비둘기 다리를 찢어 그의 입에 물려주었다.

통닭집에서 먹는 고기 한 점만 했다. 그래도 고소한 냄새가 코를 찔렀다. 침이 넘어갔다. 마득렬은 먹을 것을 보고 자연스럽게 침샘이 발동하는 것을 보고 스스로 놀랐다.

아직도 나의 몸은 살아 있구나. 희노애락과 모든 감각적인 것을 잊어버린 줄 알았던 자신의 신체적 반응이 치사스럽다는 생각을 했다.

노가리는 맛있게 그것을 뜯었다. 뼈다귀까지 버릴 것이 없었다. 너무도 작고 부드러웠기 때문이다.

"그래, 물도 함께 먹어라. 그렇게 식욕만 회복해도 너는 금방 일어날 수 있어."

"그렇지! 나도 많이 좋아졌어. 그걸 느끼겠거든. 조금만 있으면 걸을 수도 있을 거야."

"그럼! 걸을 수 있고말고……."

마득렬은 그렇게 말하면서도 내심으로는 뜨끔했다. 자신이 생각할 때 노가리는 허리의 신경을 다친 듯했다. 그래서 하체에 감각이 없는 것 같았기 때문이다.

자칫하면 영원히 하체를 쓰지 못하는 불구가 될지도, 아니 이미 불구가 되어 버렸는지도 모를 일이었다.

그것을 애꾸는 눈치채고 있는 것 같으면서도 방 안의 사기를 고려해 입을 다물고 있는 듯했다.

"2사하의 통방입니다. 칠성이가 탑으로 불려 갔답니다. 그리고 2사하의 감시용 카메라가 매시간 또는 불규칙적으로 각 방을 감시하기 시작했다. 그리고 어떤 정보 있으면 보고하라. 이상입니다."

털보가 2사하에서 보내온 수신호를 해독하여 작은 소리로 애꾸에게 보고했다. 그 소리는 감방 안에 찬 물을 뿌려놓은 듯했다.

"털보, 전해라. 시간이 자꾸 경과해서는 안 되겠다. 곧바로 작전 개시

일을 잡아야겠다. 그리고 자동탁을 하나 입수했다. 다른 정보는 없다. 이상!"

애꾸가 한 말을 털보는 수신호로 변형시켜 2사하로 전달했다. 그쪽에서도 잘 알았다는 표시를 해왔다.

그 사이 비가 조금 그쳐 하늘 위로 태양빛이 보이기도 했다.

"호랑이 장가가는 날이군."

누군가의 불만 섞인 말이 끝나기도 전에 사역집합을 알리는 행정반의 전갈이 교도병의 입을 통해서 들렸다.

"중식은 현장에서 한다. 각 방 1명씩 식당으로 가고 나머지는 작업현장으로 집합할 것. 이상!"

"징그럽군! 그놈의 작업 언제나 끝나려는지."

"아마, 네놈은 저승길에서도 길 닦는 일에 동원될 것이다."

"뭐야?"

"왜, 내 말이 틀렸냐?"

"아니, 이 새끼가 죽을라고 환장을 했나."

서로 말을 주고받던 죄수 둘이 서로 엉켜 싸움을 벌이려 한다. 잘하면 치고받고 할 조짐이다.

"이 새끼들, 그만두지 못해? 지금이 어느 때인데 싸움질이야, 새끼들아."

"이 문딩이 새끼가 악담을 하잖아요."

"뭐라고, 저 W백이 뭐라고 지껄이능교."

그들은 경상도와 전라도를 각각 거론하여 지역 감정까지 내세우려 했다.

"시껏! 그리고 너 취사장으로 뛰어! 빨리 새끼야."

털보는 W백을 운운한 사내의 정강이를 발로 걸어찼다.

"흐흐 새끼들, 그 동안 작업 도중이라 황간도의 간판인 나 용출호의 교육을 피할 수 있어 살 맛 났겠지들? 흐흐, 그러나 오늘부터는 너희들 작업을 본관이 직접 통제하게 됐다."

"끙……!"

대열을 지어 모여 있던 죄수들 중 신음을 토하는 자도 있었다.

"아! 그렇다고 너무 실망들은 말도록. 시키는 대로만 열심히 하면 본관은 이 세상에서 여러분들을 가장 편안하게 해줄 것이니까 말야."

기압골이 최지로 내려가는 새벽녘을 통해 한동안 내리던 비가 언제 그랬냐는 듯 멈추고 나자, 햇빛은 머리가죽을 벗겨낼 정도로 뜨거웠다. 더구나 인간이기를 스스로 포기했다고 선포한 용하사를 바라보는 죄수들의 마음은 햇빛보다 더 뜨겁고 넌더리가 났다.

그들은 빈정거리는 투의 용하사의 주제없는 연설을 들으면서도 그에게 지적을 받지 않기 위해 눈꺼풀도 움직이지 않고 차렷 자세로 서 있었다.

"오늘 작업은 저 끝까지다. 저 끝까지 끝내지 못하면……, 옳지, 너, 너 컴온."

"……!"

용하사의 손 끝에 지목된 자들은 황간도에 입소한 지 얼마 안 되는 신입들이었다. 지극히 유도적으로 가리킨 그의 손 끝이 지시하는 방향을 무심코 바라본 것이다.

"컴온 베이비! 셔브더비치! 흐흐."

어디서 주워 들은 영어를 내뱉으며 용하사는 썩은 이를 드러내고 있었다.

"대가리 사선으로!"

제법 커다란 바위를 연단삼아 올라서 있던 그는 신입들의 머리를 자신의 발 밑으로 내밀게 했다.

"똑바로 해라! 알았나? 쌍!"

"어이쿠!"

신입 하나가 앞으로 고꾸라졌다. 군화 뒤축이 머리 뒤쪽을 내리찍었기 때문이다.

"윽!"

동료의 모습에 겁을 잔뜩 먹은 신입이 몸을 조금 피하자 용하사의 사정없는 발길이 쏟아졌다. 가슴, 얼굴, 다리, 도무지 그의 발길은 사정을 두는 부위가 없었다.

"아이구! 용하사님, 살려주십시오. "

"뭐라고, 용하사? 이 새끼 용하사라니, 새끼야, 너 부르라고 내가 달고 다니는 계급장인 줄 알아, 앙!"

"아이고, 윽!"

용하사는 직업 군인으로서 벌써 떼어 버려야 할 하사계급을 아직도 달고 있는 것을 누가 거론하는 것을 지극히 자존심 상해하는 성격이 있었다.

"어메, 나 죽어!"

신입은 쏜살같이 용하사의 폭력을 피해 뛰기 시작했다. 그것은 너무나 뜻밖의 행동이었다.

"어! 이 새끼 봐라. 너 거기 못 서, 새끼야, 앙!"

용하사는 머리 끝까지 울화가 치민 듯 탄띠에 차고 있던 3·8구경식 권총을 빼들었다.

그러나 신입은 벼랑 밑으로 정신없이 내달렸다. 자칫 넘어지기라도 하면 크게 다칠 위험이 있어 보였다.

"저 새끼 죽여 버리겠다."

용하사는 권총을 겨눠 신입을 향했다. 그러나 발사를 하지는 않았다. 주변엔 서너 명의 교도병들이 K1소총을 메고 근무를 서고 있었으나 그들도 신입을 바라보고 웃음만 지을 뿐 쫓아갈 생각을 하지 않았다.

뛰어봐야 벼룩이란 생각이었다. 더구나 많은 눈들 속에 구타를 건디다 못해 생긴 해프닝일 뿐이니까.

"애꾸, 뭐하나? 쫓아가서 저 새끼 잡아와. 봐주겠다고 그래. 멍청한 새끼가 바닷속에라도 다이빙하면 안 되니까. 그리고 나머지는 작업 실시. 요령 피우는 새끼는 국물도 없다."

용하사는 권총을 다시 집어넣으며 작업을 독려했다. 이제 서쪽 해안으로의 작전로 공사는 거의 완공 단계에 와 있었다. 도로 옆의 급경사에 사람을 보호하기 위해 나무 말뚝과 칡넝쿨을 엮어서 굵게 꼰 줄을 연결하는 작업만 끝나면 되는 것이다.

애꾸가 신입을 잡으러 내려간 길에 전 인원이 어느 정도 간격을 두고 늘어서서 작업을 시작했다. 일부분은 온섬에 지천으로 널려 있는 칡넝쿨을 캐는 작업조에 편성되었다. 인원 편성은 용하사가 결정하는 대로였다.

마득렬은 다른 동료 다섯과 함께 그 작업조에 끼었다. 그 조에는 공교롭게도 칠성이도 함께 편성되었다.

"마하사, 잘 됐다. 우리 얘기 좀 하자고."

칠성이는 발을 건드렁거리며 마득렬을 바라보았다.

'그래, 너는 오늘이 제삿날이다.'

마득렬은 코웃음을 치며 그간 별러온 기회라는 생각을 했다.

누가 보더라도 완벽하게 놈을 없애야 한다. 그것이 작전 새벽안개의 성공의 열쇠였다. 작전의 총지휘를 맡고 있는 사령관을 24시간 감시하는 망원을 깨지 않고는 작전은 구상과 설계 단계에서 한 발도 전진하지 못할 정도였다.

작업조는 한 명의 교도병을 뒤에 놓고 바위 틈에 각종 나무들이 밀집한 섬의 북쪽으로 향했다. 그쪽은 황간도의 사면 중 가장 험하고 위험스런 반면 나무와 특히 칡넝쿨이 무성하게 번져 있는 곳이었다.

"각자 작업 개시! 대신 나의 눈을 벗어나는 곳까지는 가지 말고 근처에서 칡넝쿨을 수집하도록!"

교도병의 주의 사항을 간단히 듣고 그들은 각자 흩어져 나무 사이에 번져 있는 칡넝쿨들을 손으로 잡아당기며 적당한 거리에서 돌과 돌로 찍어 다발을 만들어 갔다.

"마하사!"

"말해라, 듣고 있다."

"요즘 애꾸가 수상해. 2 사하의 사령관이 봉쇄를 당하니까. 그 새끼가 바삐 움직이는 모양인데 너 혹시 아는 거 없니?"

"뭘?"

"짜식, 고지식하긴……. 하긴 알아도 네 놈은 주둥일 놀릴 놈이 아니지. 그런데 마하사!"

"그만 잔소리하고 일이나 하지. 작업량을 채우지 못하면 안 되니까."

"작업량? 흐흐, 새끼. 하나 궁금한 게 있어. 너 어제 어떤 가시나가 면회왔다면서 얼마 동안 대화도 나눴다던데, 혹시 작승이 목욕 좀 시켰나 해서?"

"미친 자식, 그래 오래간만에 목욕 좀 했지. 십 년 묵은 체증이 풀리는 것 같더라."

"호, 그래! 그 얘기 좀 자세히 해봐, 자."

칠성이가 간격을 바짝 좁혀 왔다. 마득렬은 의도적으로 몸을 바다 쪽으로 돌렸다. 그 바람에 칠성이의 몸이 교도병의 시야에서 기려졌다.

그들이 서 있는 바로 뒤는 천길 벼랑이었다. 마득렬은 의외로 기회가 빨리 왔다는 생각을 했다.

"앗, 조심해, 칠성이!"

마득렬은 의도적으로 크게 외쳤다. 교도병이 들으라는 제스처였다. 그러나 그의 한쪽 발은 칠성이의 발을 걸어 기술적으로 넘어뜨렸다. 교도병의 눈엔 마득렬의 발이 작은 수풀에 가려 보일 리 없었다.

"아니, 너 왜 그래?"

"흐흐, 왜 그러긴……."

칠성이가 넘어져 작은 나뭇가지를 필사적으로 잡는 순간 마득렬의 발이 또 다시 걸어찼다. 그와 함께 칠성이의 몸이 미끄러지듯 뒤로 멀어지며 외마디 비명을 토해냈다.

아아악!

그때 마득렬의 외침을 듣고 위험을 감지하고 뛰어내려온 교도병의 눈엔 자연스럽게 칠성이의 실족 장면이 보였다.

"아악! 칠성이, 칠성이! 빨리 밑으로, 빨리 아악, 이 일을 어떡하지?"

마득렬은 정신이 나간 행동과 표정을 지었다. 자신이 생각해도 기가 막힌 연기였다.

"저 새끼 죽었겠는데……."

교도병은 그렇게 중얼거리고는 작업 인원들을 철수시켰다. 돌아가 사고사를 보고하고 후속 조치를 밟기 위해서였다.

칠성이의 실족사는 황간도를 발칵 뒤집어놓고도 남았다. 그것은 보통 사고가 아니었기 때문이다.

물론 황간도에서 이와 유사한 사고는 종종 발생하는 것이었으나 이번 사건은 좀 특별한 데가 있었던 것이다.

사고의 발생엔 언제나 원인이 있게 마련이었다. 그것이 완전한 사고사든, 아니면 가혹 행위에 의한 살인이든 간에 황간도 내에서는 명확한 확인이 되는 것이 상례였으나 이번 사건은 그렇지 못했던 것이다.

우선 교도병이 실수에 의한 실족사임을 증언했고 현장 상황이나 기타 여러 정황들이 그것을 뒷받침했다. 그러나 소장 조소령만은 다른 생각을 갖고 있었다.

"이 새끼! 어떻게 했길래 칠성이를 그쪽 조에 편입한 거야. 내가 사전에 얘기 않던가. 너 새끼 그 따위니 하사를 5년씩 달고 있지."

조소령은 지휘봉으로 작업반을 감독하던 용하사의 목을 갈기면서 흥분했다. 이미 전 죄수들은 각 사하에서 정위치 대기하고 있고, 마득렬과 교도병이 행정반에 불려와 앉아 있었다.

"이런 병신 새끼들을 내가 믿고 일을 하다니 뭐가 되는 것이 있나?"

조소장은 다시 용하사의 배를 봉으로 거칠게 찔렀다. 엉뚱한 화풀이였다.

"소장님! 해안에서 보고입니다. 시체를 건져냈답니다."

"그래! 즉각 이 곳으로 옮겨 오도록. 아니지, 의무실을 임시 영안실로 삼는다."

"알겠습니다. 즉각 그렇게 지시하겠습니다."

상황병이 정작과장과 교육과장의 합동으로 조직한 시체 수색대에 P-77 무전기로 소장의 지시 사항을 타전했다.

"그리고 이봐, 중사!"

"넷, 소장님."

행정반에 앉아 육지의 상급 부대에 보낼 사고 처리 보고서를 작성하던 교육계 선임하사가 긴장하면서 소장을 주시했다.

"중사는 책임지고 이 새끼를 족쳐. 틀림없이 뭔가 나올 거야. 그리고 너 용하사는 지난번에 족친 바 있는 노가리란 새끼를 잡아다 다시 한 번 당겨봐. 요즘 이 새끼들이 뭔가 꾸미는 게 있어."

"뭘 꾸민다는 말씀입니까?"

"이 병신 새끼, 그것을 나한테 물으면 어떻게 하나?"

"아이쿠! 그렇군요."

용하사는 머리를 조아리며 소장의 질책을 피했다. 거친 성격과는 달리 지극히 저자세를 취하는 것이 중사와도 비슷한 데가 있었다.

약자에는 한없이 강하고 조금이라도 강한 자에게는 한없이 약해지는 전형적인 인간성의 소유자들이었다.

"두 놈 다 배가 터져도 좋다. 밤을 새워서라도 확실하게 다져 놓도록."

"넷, 알겠습니다, 소장님!"

소장이 문을 박차고 밖으로 나가는 뒤통수에 대고 중사와 하사는 사무실이 떠나가도록 경례를 했다.

소장은 완벽하게 실족사로 밝혀진 사건을 그냥 덮고 말기엔 어딘가 미심쩍은 곳이 있는 듯 생각했다. 그래서 증언이 되는 위치에 있었던 마득렬에게 진실을 토로하도록 공사(고문)를 벌이라는 주문을 한 것이었다.

"음!"

마득렬은 아랫입술을 깨물었다. 각오와 다짐은 이미 하고 있었던 일이지만, 중사와 용하사의 그 잔인성을 생각하면 겁나는 점도 있었던 것이다.

"햐! 상륙하사, 용하사 정말 스타일 구기는군."

용하사는 손가락을 우드득 하고 꺾으며 마득렬을 응시했다. 그의 눈초리는 마치 토끼를 낚아채려는 맹수의 눈, 그것이었다.

칠성이의 시체는 의무실의 응급실에 놓여 있었다. 거친 파도와 물살에 그의 시체는 얼굴을 확인하기도 힘들 정도로 상해 있었다.

몸도 마찬가지였다. 바위와 암석에 부딪혀 찢기고 부서져 있었기 때문이다.

"이 작업복의 번호가 아니라면 칠성이의 시체인 줄도 모르겠군."

소장이 모자 채양을 지휘봉으로 밀어올리며 말했다.

"그래도 시체라도 찾았기에 큰 다행입니다."

정작과장이 물에 젖은 군화를 시멘트 바닥에 탁탁 치며 소장을 올려다보았다. 임관 연도로 따지면 그가 2년이나 앞서는 고참(?)인 셈이었다.

"이봐, 정작과장!"

"……?"

소장은 그런 정작과장의 태도가 영 마음에 안 들었다. 상사 앞에서의 자세나 말투가 삐딱했기 때문이다.

"안 들리나?"

소장은 정작과장을 잡아먹을 듯이 쏘아보며 다그쳤다.

"뭘 말입니까?"

과장도 반말짓거리를 내갈기는 소장에 대해 기분이 좋을 턱이 없었다. 다분히 반항적으로 맞서자 응급실 안의 분위기는 삭막해졌다.

"아니, 당신 지금 항명하는 건가?"

"항명? 잘하면 반역죄로 몰게 생기셨군."

"끝까지 과장, 당신 군법에 회부되고 싶은가?"

"군법? 내가 왜 군법에 회부됩니까? 군복무 규율과 수용소 지침에 1백 퍼센트 충실히 따르고 있는 나인데……."

"오늘 이 사건만 해도 정작과장 당신의 책임인 것을 모르나?"

"내 책임요? 무슨 소리입니까? 작업중 발생한 사고가? 그것도 소장의 강압적인 지시를 따라 교육과가 선도해서 한 일인데."

"어랍쇼. 이 친구 하나만 알고 둘은 모르는 친구군. 완전 깡통이라더니 역시 그렇군."

소장은 비웃음을 한 번 짓고는 더 이상 말하기 싫다는 듯 칠성이의 시체를 다시 면밀하게 살폈다.

"깡통이라고? 이봐요, 말 다했소? 깡통이라니, 먹물 좀 먹었으면 다요?"

정작과장은 깡통 운운하는 소장의 언사에 이성을 상실하고 있었다. 전적으로 인격을 무시당한 느낌이었던 것이다.

"이봐! 왜 그래? 우리 밖으로 나가자고 송장 건져내느라 갖은 수고 다해 놓고 이게 뭔 짓이야."

옆에서 그들의 말싸움(?)을 아슬아슬한 마음으로 지켜보고 있던 교육과장이 정작과장의 손을 끌고 밖으로 나갔다.

"내 참, 더러워서도 옷을 벗어야지 말야."

응급실 밖에서 씩씩거리는 정작과장의 말에 소장은 또 다시 비웃는 듯한 언어를 던졌다.

"꼬우면 소령 달아. 누가……."

소장의 말꼬리가 더 들리기 전 교육과장은 정작과장의 등을 밀고 의무실을 한참 벗어났다. 그 모습을 한심스럽게 지켜보던 교도병들은 제각기 한 마디씩 했다.

상급부대의 직접 통솔이나 검열 등에서 벗어나 완전하게 사각지대에 놓인 황간도에는 언제부터인가 간부들이나 하사관, 심지어 사병들에 이르기까지 안일무사와 적당주의가 만연해 있었다.

더구나 깐깐한 신임 소장과 성격적으로 서로 맞지 않는 간부들과의 보이지 않는 알력은 황간도를 더욱 느슨하게 만드는 요인이 되고 있었다.

어느새 어둠이 짙게 깔린 밤이었다.

그믐 밤, 늦게서야 끝난 수색 작업과 기타 잡무 등으로 인해 각 사하의 대기 상태가 풀린 것은 밤 11시가 다 되어서였다.

그 동안 동료가 하나 사망했다는 착잡한 심정과 부주의에 의한 실족사라는 연대 책임 의식과 함께 각 방에서 차려 자세로 앉아 숨도 크게 쉬지 못하고 있었던 것이다.

애꾸는 마득렬이 멋지게 해치웠다는 생각을 하면서도 가슴 한쪽으로는 일말의 불안감을 느끼고 있었다.

이미 새벽안개를 위한 만반의 준비는 끝난 상태였고, 칠성이의 제거로 사령관방의 마루 밑에 있는 여러 가지 준비물들까지 자연스럽게 사용할 수 있게 된 상황까지 조성된 것이다.

그러나 일말의 불안은 어디서 오는 것일까? 애꾸는 천장을 바라보며 두근거리는 마음을 진정시켰다.

"노가리, 행정반 호출!"

그때 감시대에 앉아 있던 교도병이 1방에 전달사항을 지시했다.

"……?"

그 소리에 애꾸는 물론 1방 안의 전죄수들의 얼굴색이 노랗게 변했다.

"안 갈래요. 아악! 나는 싫어요. 참모장 오빠, 나는 안 갈 거예요. 어떻게 좀 해주세요, 네?"

노가리는 손을 저으며 행정반의 호출을 거부하려 했다.

"참모장!"

털보가 당황하는 기색을 보이며 애꾸를 바라보았다. 탑에서 노가리를 다시 불러낸다는 것은 심각한 사안이 아닐 수 없었다.

그것은 무엇인가 낌새를 챈 탑이 노가리를 다시 취조하겠다는 의사였던 것이다. 그렇게 되면 지난번의 무자비한 고문을 용케도 이겨냈던 노가리지만 그 후유증으로 거동도 제대로 못하는 몸으로 다시 고문을 받는다는 것은 말이 안 되는 소리였다.

노가리의 생명이 위독할뿐더러 그들의 고문을 한 시간도 못 이겨낼 것이 너무도 자명했기 때문이다.

"나는 안 갈래! 어떻게 좀 말해줘 봐. 나는 정말 가기 싫어."

노가리는 두 팔을 저으며 필사적이었다.

"노가리는 몸이 좋지 않지?"

감방 안의 소란스러움에 다가왔던 교도병이 고개를 갸웃거리며 말했다.

"그렇습니다. 노가리는 하반신이 완전히 마비된 상태입니다. 행정반에 잘 좀 말씀드려 주십시오."

털보가 재빠르게 그에게 가 사정을 했다. 일단 그렇게 사정이라도 하며 시간을 벌 참이었다.

"잠깐 있어 봐. 내가 전화 한번 해 보지."

"고맙습니다. 전화 좀 해 주십시오. 그리고 노가리는 들것이나 수송 장비가 없으면 움직일 수 없을 정도라는 것도 말씀 좀 하시고……."

"알았어! 짜샤, 앉아 있어."

교도병이 귀찮다는 표정을 지으며 저쪽으로 어슬렁거리며 걸어갔다.

"털보, 사령관에게 보고해라. 그리고 노가리!"

애꾸는 털보에게 한 가지를 지시한 후 노가리에게 다가와 손을 잡았다.

"진정해라! 시간을 조금 번 후 너는 행정반에 못 이기는 척 끌려가거라. 그리고 조금이라도 시간을 끌어라. 기회를 봐서 마하사에게도 전해라. 지금쯤 심하게 당하고 있을 거야. 새벽 여명과 함께 너희들을 구하러 가겠다."

"……!"

"노가리! 이제는 정말 죽기 아니면 까물어치기다. 넌 알지? 그리고 날 믿지?"

"어엉! 참모장 오빠!"

노가리는 애꾸의 목을 두 손으로 굳게 껴안고 울음을 터뜨렸다. 서러움과 통한의 울음이었다. 10년이 넘는 황간도 생활을 헤쳐 오면서 언제나 의연하고 당당했던 사나이 애꾸의 한 마디 격려가 온통 자신을 누르고 있던 공포를 떨쳐냈던 것이다.

"참모장, 사령관의 지침입니다. 새벽안개는 여명과 함께 시작한다. 노가리를 믿는다. 이상."

"…… !"

감방 안은 일순 뜨거운 긴장감이 감돌고 있었다. 사령관과 애꾸를 정점으로 그 동안 은밀하게 꾸며 왔던 황간도 탈출의 카운트다운이 시작된 것이다.

"안 되겠다. 노가리, 나와! 너를 직접 업어 모시겠다고 행정반에서 사람을 보낸데."

교도병은 빵키를 들고 와서 시건장치를 풀었다.

"오빠들 잘해야 돼. 나는 누가 제일 용감한지 보겠어."

"노가리……."

"누가 나 좀 부축해 줄래요. 조금만 노력하면 걸을 수도 있을 것 같은 데……."

노가리는 아까와는 달리 얼굴에 미소까지 머금으며 말했다. 그러나 그 웃음은 한없이 쓸쓸하고 공허한 그 어떤 것이 배어 있었다.

노가리는 행정반의 소장실로 끌려왔다. 그 곳엔 이미 마득렬이 알몸이 된 채 갖은 고문을 당하고 있었다.

"아……."

노가리는 저절로 신음을 토하며 먼저 벽시계부터 살폈다. 시간은 자정을 조금 넘어서고 있었다.

"흐흐, 어서 와라. 이 새끼는 찔겨서 씹기가 곤란하더니, 이것은 조금 나긋나긋하게 생겼군."

용하사였다. 그는 웃통을 벗고 문신을 전등 불빛에 자랑스럽게 드러내고 있었다.

"야, 용하사! 그 새끼도 꽤나 질겨. 보기보다는 악종이라고."

중사가 의자에 앉아 휴식을 취하고 있었다. 한참 동안 둘이 합작해서 마득렬을 다뤘던 모양이다.

그가 내뿜는 담배연기가 한 줌의 무리를 이루어 실내를 부드럽게 돌고 있었다. 습도가 최저로 내려가 있었고 바람은 한 점 불지 않았다.

"그래요? 한 번 맛을 보면 알겠지요. 이리 와 저쪽에 가 뭉쳐 있어, 새끼야."

용하사는 다리가 불편한 노가리를 마득렬 앞으로 밀어 쓰러뜨렸다.

"어멋! 악."

노가리는 힘없이 마득렬의 몸 위로 쓰러졌다. 그 때문에 잠시 정신을 잃고 있던 마득렬이 깨어났다.

"아니, 이럴 수가!"

노가리는 마득렬의 한쪽 손을 보고 기겁을 했다. 그의 손톱 두 개가 빠져 피를 흘리고 있었기 때문이다. 이미 얼굴은 떡이 되어 있었다.

"왜? 그렇게 놀랄 필요까지는 없어. 손톱 밑 좀 청소해 줬을 뿐이니까. 원한다면 너도 해줄 수 있어. 암, 눈알의 뒤편에 낀 먼지도 털어줄 수 있으니까."

"너무해요. 정말 인간들이 어떻게 이렇게까지 잔인할 수가, 흑흑."

"흐흐! 저 새끼, 여전히 웃기는 짜장이군. 그래, 그렇게 열심히 밑구멍 닦고 상륙하사 용하사 강아지 한 마리 잡을 시간만 기다려라."

용하사는 게걸스럽게 웃음을 터뜨리더니 중사에게서 담배를 한 대 얻어 태웠다.

"노가리……."

노가리는 마득렬을 부축이는 척하며 그의 귀에다 작은 소리로 말했다.

"여명과 함께 우리를 구하러 온데. 참모장 오빠가 말했어."

"……!"

마득렬은 알아들었다는 듯 노가리의 손을 힘주어 잡았다. 그의 손힘이

의외로 거셌다.

그때서야 노가리는 마득렬이 엄살(?)을 피우고 있다는 것을 눈치챘다.

"자, 슬슬 시작해 볼까? 새로 들어오셨으니 ×통수부터 불어야지"

용하사는 자리에서 일어나며 꽁초까지 타들어간 담배를 질끈 물고 노가리의 상의를 벗겼다.

"하! 이거 완전 계집이잖아! 중성인 줄은 알았지만 이 정도까지인 줄은 몰랐는데……."

용하사는 노가리의 상체를 바라보며 음흉한 미소를 잔뜩 지었다.

"야! 용하사, 살살 다뤄. 젖통이 터지는 수가 있으니까."

중사가 의자에 앉아 있다가 소주병을 들어 한 모금 마셨다. 바닥에는 빈 병 하나가 뒹굴고 있었다.

"이건 완전히 계집인데요. 젖통이 하며 어디……."

"어멋, 왜 이러세요!"

"왜 이러긴. 한번 밑구멍도 있나 보려는 거지."

용하사는 노가리의 바지를 잡아당겨 벗겼다. 허리 벨트를 빼앗기고 대신 고무줄을 넣은 바지는 너무도 쉽게 벗겨졌다.

"고쟁이까지 벗어야지. 이왕에 주려면 사촌오빠까지 주라는 말처럼 화끈하게 말야. 흐흐."

용하사는 자신의 본분을 잊고 있었다. 이미 몇 잔 들어간 알콜 탓도 있지만 타고난 그의 변태성이 발동을 한 것이다.

하체를 잘 못 쓰는 노가리의 알몸은 여자의 그것과 다를 것이 없었다. 고운 피부와 돌기한 가슴, 거기다 풍만한 엉덩판은 여자 구경을 한참 동안 못 하던 사내들의 눈을 잠시 혼동시키기에 충분했다.

"이리 와! 내 한번 품어줄 테니. "

용하사는 노가리의 알몸을 끌어다 집무실 한쪽에 있는 야전침대 위에 상체를 걸쳐 놓았다. 그 바람에 노가리의 엉덩이가 하늘을 향했고 그 모습은 영락없는 창녀의 몸뚱이 그것이었다.

"흐흐, 새끼. 연장 맛과 소주병 맛을 번갈아 보여주지."

용하사는 자신의 바지춤을 내리더니 거대한 남성을 드러냈다. 검은 색감의 반들거리는 근육질이 고개를 바짝 세우고 정면을 응시했다.

"좋아! 멋진 쇼야. 술맛 끝내주는군. 그리고 너 마득렬, 이 황홀한 쇼가 끝나면 나머지 손톱 밑도 깨끗히 청소해야지. 하하하!"

중사는 용하사의 행동을 흥미있게 바라보더니 빈 소주병을 마득렬을 향해 던졌다.

"챙강!"

병은 다행히 마득렬의 머리 위를 비행하여 벽에 맞고 산산조각이 났다.

"……?"

그 조각난 소주병의 목부분이 또르르 굴러 마득렬의 옆에 와 멈췄다. 그는 중사의 눈을 피해 그것을 자신의 가슴 밑에 감추고 죽은 듯 누워 있었다.

"호, 이거 완전 수렁이군."

용하사는 노가리의 하체를 붙잡고 탄성을 질렀다. 그의 표정은 일그러졌고 강인한 몸은 쏠리는 피로 붉게 흥분되어 있었다.

12

황색 바다

밤이 깊은 만큼 습도는 더욱 내려가 감방 안을 한증막으로 만들고 있었다. 바람 한 점 없는 그런 후덥지근한 날씨였다.

"신호다!"

누군가 작은 철창 너머를 살피고 있던 자가 작은 소리로 말했다. 그러자 애꾸와 털보가 거의 동시에 자리에서 일어나 매트리스를 걷고 마룻바닥을 뜯어냈다.

작전 개시를 알리는 신호를, 탁(불씨)을 이용하여 2사하의 사령관 방에서 보내 오기가 무섭게 행동을 개시한 것이었다.

"자! 자!"

털보가 꺼낸 나무창은 모두 여섯 개였다. 그것을 애꾸가 받아 방 안에 있는 인원들에게 배정하고, 남은 하나는 옆방에 신호를 보내 건네줬다.

이미 다른 두 개 방의 고참급에는 새벽안개가 통보되어 있었다.

"자, 애꾸, 시작해!"

애꾸가 나무창을 모포 속에 숨기고 자는 시늉을 하자, 나머지 인원도 뒤따랐다. 그들은 모두 작업복 차림이었다. 무더위 때문에 알몸으로 잠을 자기도 어려울 정도였으나 작전을 위해 입고 있었던 것이다.

"아이고 배야! 아이고 배야! 나 죽어."

털보가 배를 움켜잡고 밖의 교도병이 알아듣도록 소리쳤다.(사하의 3 개 감방을 지키는 교도병은 2 명이었다.)

"뭐야? 새끼야, 자빠져 자지 않고 주접이야."

교도병 하나가 감방 앞에 와서 투사등을 켰다

눈이 부셨다. 그 등은 감방의 철창 끝부분에서 방 안을 투사하도록 설계되어 있었다.

"아이고 배야. 배가 아파 죽겠다 그 말입니다."

털보는 교도병의 얼굴을 올려다보며 계속 엄살을 떨었다.

"하! 이 늙은이 누굴 놀리나? 세상에 배아픈 것도 아픈 거라고. 닥치고 잠이나 자, 새끼야. 괜히 피알아이 코스 한 번 타지 말고."

교도병은 별 싱거운 놈 다 봤다는 듯 제자리로 돌아가려 했다.

"아이고 더러워. 아들 같은 놈한테도 저런 소릴 듣고……."

"뭐야? 너 방금 뭐랬어? 다시 한 번 반복한다. 실시!"

"더러워서 못살겠네."

"뭐? 이 새끼, 너 나와."

교도병은 감시대로 뛰어가 빵키를 갖고 와서 감방문을 열었다. 사각에 위치한 감시대 쪽에서 손 좀 봐줘 어쩌구 하는 소리가 들려왔다.

"너 턱수염을 다 뽑아 주겠다."

교도병이 군화발을 들어 털보의 면상을 내리찍으려 했다. 그러나 뒤에서 애꾸가 더 빠르게 몸을 일으켰다.

"읍!"

어느새 애꾸의 한 손이 교도병의 목을 감고 입을 막는 사이 털보가 숨기고 있던 나무창을 아랫배에 힘껏 찔러 박았다.

교도병은 더 이상의 비명도 지르지 못한 채 눈을 부릅뜨고 쓰러졌다. 그와 함께 애꾸는 그의 허리춤에서 권총을 빼들고 약실을 점검했다.

8연발 3·8구경의 탄창 안엔 황금빛 실탄이 누렇게 들어 있었다.

철커덕!

탄알 일발이 약실에 장전되는 소리가 경쾌하게 들렸다. 평소에 수입 정비 상태가 지극히 양호했다는 증거다.

"여! 그렇다고 쏴 죽이겠다는 거야, 뭐야?"

권총을 조작하는 소리를 듣고 다른 교도병이 염려스럽다는 듯 다가왔다.

"꼼짝 마! 움직이면 머리통이 박살난다."

"응, 뭐야?"

애꾸는 감방문을 뛰어나가 정면으로 걸어오는 교도병의 얼굴에 권총을 겨눴다. 그와의 거리는 불과 지척간이었다.

"뭐긴, 자식아!"

털보가 빠르게 달려와 뭐가 뭔지 정신이 없어 하는 교도병을 바닥에 무릎을 꿇렸다. 그의 손엔 어느새 교도병이 메고 있던 K1 소총이 들려 있었다.

"빨리 각 방의 문 따고 지시대로 움직여."

“넷, 참모장!”

뒤에 서 있던 자 중의 하나가 빵키를 들고 두 개의 방문을 열었다. 그리고 안에 있던 죄수들이 손을 흔들며 통로로 나왔다.

“쉬이! 모두 조용히……. 이제 시작이다. 털보는 출입구를 그리고 너는 2사하의 동정을 살피고, 나머지는 내 말을 잘 들어라.”

애꾸는 무릎을 꿇린 교도병을 감시대로 끌고 가 앉혀 놓고 통로에 나와 선 죄수들에게 말했다.

“우리는 지금 이 시간부터 죄수가 아니다. 비록 모두가 한때의 과오로 인해 이 곳에 수용된 것은 사실이나 이 곳은 인간이 살 곳이 못 된다. 린치와 인격 모독…… 그 지긋지긋한 학대와 탄압은 우리를 너무도 비참하게 했다 그 말이다. 그렇다고 우리들이 국가와 우리들의 자랑이며 긍지였던 상륙군에 반란을 꾀하자는 것은 절대 아니다. 나와 2사하의 사령관은 자유를 선언했다. 폭력과 탄압, 그 대책 없는 전제의 사슬에서 자유를 선언한다 그 말이다. 지금쯤 2사하에서도 1사하와 똑같은 일이 벌어지고 있다. 1사하와 한 가지 다른 것이 있다면, 사령관 방의 마룻바닥 속에 있던 쇠톱이 2사하의 출입문을 뚫고 있을 거란 사실 그거 하나다.”

“야!”

새벽안개의 개념을 제대로 파악하지 못하고 있던 자들이 탄성을 질렀다. 잔뜩 겁에 질려 있는 교도병의 어이없다는 표정과는 지극히 대조적인 표정들이었다.

“그렇다고 아직 승리한 것은 아니다. 우리는 수용소의 전인원들과 전쟁을 벌여야 한다. 수용소 전기간병 33 분에 3, 즉 장교 3명과 하사관을 비롯한 사병을 포함하여 총 36명을 완전 제압하지 않고는 안 되는 것이다. 그 방법은 이렇다."

애꾸가 통로의 인원들에게 앞으로의 임무를 세밀하게 지시했다. 그들은 비장한 각오를 보였다.

"참모장, 왔습니다."

출입구 앞에 붙어 있던 털보가 반가운 표정을 지으며 말했다. 2사하의 출입문을 격파한 인원들이 1사하로 달려온 것이었다.

그리고 털보와 정해진 암호를 교환하고 밖에서 쇠톱으로 자물쇠를 자르는 소리가 들려왔다.

그것은 강철 쇠톱이었다. 3년 전 애꾸와 참모장이 탐조등 감시탑 설치 공사 때 동료 하나가 신경마비가 될 정도의 값비싼 댓가를 치르며 숨겨 놓았던 강철 톱이었다.

그 동안 그 톱이 2사하의 사령관 방에 있었던 관계로 망원 칠성이의 제거가 필수적이었던 것이다.

"탐조등을 조심해야 할 텐데."

누군가 쇠톱 소리가 너무나 크게 들리는 것 같아 겁에 질린 목소리로 밖의 감시탑을 염려했다.

"그 새끼들은 세상 모르고 자고 있을 거야. 취침 시간에는 항상 근무 상태가 엉망인 놈들이니까."

"그래도 떨리는데……."

서로 작은 소리로 주고받는 죄수들은 한편으로는 바쁘게 몸을 움직여 모포와 매트리스, 기타 인화성이 강한 물건들을 한쪽에 모아놓았다. 여차하면 불을 붙이겠다는 작전인 듯했다.

　죄수들이 수용되어 있는 두 개의 사하동이 완전히 그들의 손에 장악당한 시간, 황간도의 중추신경인 행정반의 소장실에서는 잔혹한 고문이 계속되고 있었다.

　"말해! 네가 칠성이를 죽였지? 그 이유가 뭐야?"

　중사는 마득렬의 머리채를 잡아 깨진 유리조각 위에 비벼댔다.

　"아악!"

　"말해! 병신이 되기 전에 말하란 말야."

　중사의 옆에서는 용하사가 노가리의 항문 속에 2홉들이 소주병을 비벼넣으며 고통을 가했다.

　그들은 이성이나 어떤 인간적 감정을 반납한 냉혈한들이었다. 기필코 두 사람의 입에서 진술을 얻어내고 말겠다는 신념에 거의 미쳐 있었다.

　"이 새끼, 정말 죽여버리겠어."

　중사가 두 손으로 마득렬의 머리를 눌렀다. 자칫 실명을 할 우려도 있었으나 그는 그런 것에는 개의치 않았다.

　그때 마득렬은 사타구니 속에 감춰 놓았던 병모가지로 중사의 무릎을 찍었다.

　"아악!"

　비명 소리는 너무나 크게 실내에 울려퍼졌다. 중사는 무릎을 감싸안으며 몸을 숙였다. 그때 그의 안면에 이탄이 꽂혔다.

　"끄흑, 내 눈! 내 눈!"

　중사의 얼굴에선 시뻘건 선혈이 터져나왔다. 그때서야 노가리를 잡는데 정신이 없던 용하사가 사태를 직감했다.

그러나 그가 마득렬을 제지하기에는 이미 시간을 놓친 뒤였다.

"억!"

마득렬은 필사의 힘을 가해 용하사의 등에 깨진 병모가지를 박아넣고 좌우로 비틀었다.

"어헉!"

용하사는 두 손을 허공에 대고 한두 번 허우적거리다 앞으로 넘어졌다. 척추신경에 치명상을 입었던 것이다.

"노가리!"

"음……."

마득렬은 의식을 잃어버린 노가리의 몸을 부축였다. 바닥에는 그가 쏟아놓은 하혈이 흥건했다.

"이 새끼들!"

마득렬은 자리를 박차고 일어나 안으로 잠가 놓았던 문고리를 잡으려는 중사의 등에 일격을 가한 후 목줄에 무릎을 내리찍었다.

"커억!"

너무나 싱거웠다. 그토록 악독하던 중사와 용하사의 최후는 그에 걸맞지 않게 너무나 싱거웠던 것이다.

"무슨 일이 났습니까? 선임하사님, 무슨 일입니까?"

소장실 안의 행정반 상황대에 앉아 있던 교도병이 지나친 소란스러움에 걱정이 되는지 문을 두드리며 말했다.

행정반의 상황병은 행정반의 경비 겸 육지와 섬의 각 분대를 연결하는 통신까지 책임지고 있는 중요한 임무를 띠고 있었다.

마득렬은 문 옆으로 기대며 문을 열었다. 그의 손엔 중사가 차고 있던 권총이 들려 있었다.

"아니? 억!"

상황병은 소장실 안에 벌어져 있는 광경에 입을 다물지 못했다. 더구나 마득렬이 들이민 권총을 허리에 느꼈을 때는.

"엎드려, 앞으로 엎드리란 말야, 새끼야!"

"네? 그러죠. 그러겠습니다."

인간이 궁지에 몰리면 얼마나 비겁하고 비굴해질 수 있는지 그는 보여주고 있었다.

기라면 기고 핥으라면 핥을 그런 약한 인간의 심성을 가진 그들이 보여주는 또 다른 악마성은 무엇이란 말인가.

"잠시만 쉬고 있어!"

마득렬은 앞으로 엎드려 있는 상황병의 뒷머리를 권총 손잡이로 내리쳐 잠시 정신을 잃게 했다. 그런 다음 그의 손과 발을 탄띠와 혁대를 풀어 묶었다.

"득렬, 오……."

"오! 노가리. 정신이 드냐. 정신이 들어?"

노가리가 고통스럽게 몸을 움직여 마득렬의 품에 안기려 했다. 그의 입에 검붉은 핏덩이가 한 입 가득 차 있었다.

"너 혹시……?"

"으버……으버……."

고통에 시달리다 새벽안개를 토설하느니 차라리 혀를 깨물고 말을 하지 않겠다는 그의 비장한 결심의 실현이었다.

"이런 미련한 놈이 있나, 으흐흐!"

마득렬은 노가리의 상체를 힘껏 끌어안았다. 바로 뒤에 참모장과 털보가 와 있는 것도 모른 채.

"마하사! 흥분을 가라앉혀라. 역시 내 눈은 정확했어. 마하사는 상황대의 무선을 사수해라. 일단 고장은 내봤으니 금방 보수를 하기는 힘들 거야. 나와 털보는 탐조등을 깨부수겠다. 전면 전쟁이다."

참모장은 마득렬과 노가리를 구출하러 달려왔다가 벌어진 상황을 파악하고 다음 조치를 강구하고 있었다.

"자, 이것으로 해라! 그럼……."

애꾸가 행정반에서 탈취한 K1 소총과 탄창 몇 개를 마득렬에게 주었다. 털보의 손엔 K1 소총이 세 정이나 들려 있었다.

"참모장! 어서 가십시오. 이 곳은 제가 책임지겠습니다."

"OK! 건투를 빈다."

애꾸와 털보가 행정반을 쏜살같이 빠져나갔다. 그들은 뛰어가면서도 각 사하에서 제압한 4명과 마득렬이 해치운 3명 등 도합 7명을 상대의 수에서 제했다. 잠시 후면 끝날 탐조등의 인원 2명까지도 새롭게 포함시키며.

갑자기 엄청난 침묵이 밀려왔다. 마득렬은 K1 소총에 유선형 탄창을 삽입하고 약실을 개방했다.

60발들이 탄창이 깊은 신뢰감을 주었다. 시간은 새벽 05시였다. 행정반에 걸려 있는 괘종시계가 다섯 번의 둔탁한 소리를 냈다.

죽음을 부르는 소리 같았다. 마득렬은 행정반의 창문에 무엇인가 어른거리는 것을 느꼈다.

'은혜…….'

그것은 놀랍게도 은혜의 모습이었다. 화사한 그녀의 얼굴 대신 무엇인가 번민에 싸여 있는 듯한 쓸쓸한 얼굴, 바람에 날리는 머릿결……. 그러나 그것은 환시였다.

노란색의 커튼이 여명의 작은 빛에 의해 잠시 착각을 일으키게 했던 것이다. 마득렬은 커튼 쪽으로 걸어가 보드라운 천을 살며시 쓰다듬었다.

무엇인가 울컥 하는 것이 가슴 속에서 일어났다. 아팠다. 참을 수 없는 그리움……. 그것은 손으로 잡을 수 없는 어떤 꿈과 같은 것이었다.

'아! 은혜…….'

마득렬은 뜨거운 눈물을 얼굴에 느끼며 커튼을 힘껏 보듬었다. 그 순간 빨간 불꽃이 1사하 쪽에서 솟아올랐다.

연기와 함께 솟아오른 불꽃은 금세 1사하의 건물 전체를 휩쓸고 있었다.

"불이다, 불이야. 비상, 비상!"

"뭐야? 뭔놈의 불이야?"

"1사하다. 저 안에 있는 놈들 어떻게 되는 거야?"

황간도 수용소 기간병들의 숙소가 있는 방향에서 하얀 내의와 팬티 차림의 교도병들이 몰려 나오며 소란을 떨었다.

사하는 시계가 사방으로 트인 위치에 있었던 만큼 몰려든 교도병들의 모습이 선명하게 보였다. 사령관과 애꾸가 노린 것이 그 점인 듯했다.

타르——타르 륵.

몰살, 그것은 유인 전술의 하나인 덫 설치였다. 전혀 무방비 상태에 맨몸으로 달려오다시피 한 교도병들이 통나무 쓰러지듯 나자빠졌다. 총탄은 두 방향에서 교도병들에게 사정없이 쏟아졌다. 그리고 탐조등이 그들을 집중조명하더니 M60 경기관총의 경쾌한 발사음이 시작됐다.

드르륵……드륵……드르륵.

새벽 청정을 깨치는 저 깊은 오대산의 월정사에서나 들을 수 있는 목어(木魚)를 두드리는 소리 같았다.

얼마간 집중 포화를 쏟아붓던 기관총이 총구를 기간병과 하사관급 이상이 사용하는 BOQ를 향해 돌리면서 불을 토했다.

조금 늦게 나오던 인원들과 그 속에서도 사태에 대응하려고 권총을 난사하는 자들이 있었기 때문이다.

화약 내음이 행정반까지 풍겼다. 그리고 탄흔이 기간병 숙소의 콘센트 막사를 상처내는 소리도 요란스러웠다.

"비상 사태다. 적의 침입 같다. 빨리 사령부에 무선 보고하지 않고 뭘 하나!"

권총을 빼든 교육과장이 몸을 낮추고 행정반을 향해 달려오며 소리쳤다. 그는 행정반은 아직 이상 없는 줄 알았던 모양이다. 그의 뒤에 두 명의 교도병이 소총을 들고 따라오고 있었다.

"가거라! 부디 날 원망하지 말고."

마득렬은 창문을 깨며 K1 소총을 자동으로 난사했다. 총구의 가느다란 떨림이 무엇보다도 자신을 흥분하게 했다. 그것은 창녀들을 상대로 한 성적 배설보다도 더 짜릿하고 통쾌한 것이었다.

죽기 아니면 까물어치기라는 사내들의 오기와 의지가 저지른, 다시는 돌이킬 수 없는 분노의 총탄이었다.

마득렬은 창문을 깨고 밖으로 뛰어나갔다. 다가오던 세 명의 사내는 물에 젖은 짚단이 되어 있었다.

"끝이다. 모든 것이 끝이야!"

마득렬은 실탄이 다 떨어진 빈 총을 버리고 시체 옆에 구르는 총을 들어 기간병 숙소를 향해 난사했다.

"총공격, 한 놈도 남김 없이 쓸어버려라!"

누군가의 명령이 없이도 사태는 그렇게 진행되고 있었다. 누구랄 것도 없이 그들 모두는 하나가 되어 일사분란하게 싸웠고 기간병들은 졸지에 파죽지세로 당하고 있었다.

이미 황간도는 해방된 것이나 마찬가지였다. 미세하게나마 총을 들고 대항하던 기간병들마저 어디론가 도주했고 그들의 숙소도 완전 점령이 되면서 1차 전쟁은 끝났다.

"사령관, 성공입니다."

"상사! 그래, 성공이다."

작전을 진두지휘했던 사령관과 애꾸는 서로 뜨겁게 포옹하고 서로를 격려하며 기쁨을 나눴다.

"만세! 만세! 우리가 이겼다."

"그래, 해방이다. 이제는 자유다. 작업도 기합도 구타도 이제는 끝이다 그 말이야."

그들은 어느새 시뻘겋게 떠오르는 태양을 바라보며 마음껏 승리의 순간을 만끽했다. 십 년 묵은 체증이 뚫려도 이것보다 더 시원할까. 지난 날 죽지 못해 살았다고 해도 과언이 아닌 시절의 고통을 생각하면 지금의 이 기쁨은 말로 설명할 수가 없을 정도였다.

"인원을 파악해 보고해라!"

애꾸가 사령관 옆에 서서 큰 소리로 지시했다. 그의 모습은 대전투를 지휘하는 장군의 모습 그것이었다.

"동료들 중 사망하거나 다친 사람은 없습니다. 그런데 노가리가 그만……."

털보였다. 그는 바삐 전투 현장을 다니며 피아간의 사상자수를 파악하고 와서 보고했다.

"노가리가……."

애꾸는 마득렬과 함께 있던 노가리의 상태가 좋지 않은 것은 알고 있었으나 쉽게 죽을 것이란 생각은 안 하고 있었다.

"혀를 깨물었더군요. 고문을 이겨내기 위한 방편이었던 모양입니다."

털보는 고개를 숙였다. 그의 눈에 닭똥 같은 눈물이 뚝뚝 떨어졌다.

"장렬한 죽음이구나. 노가리는 이 곳 황간도의 그 어떤 사내보다도 용감했다. 우리는 그의 죽음을 더럽히지 않기 위해 빠른 시간 안에 섬을 장악한 후 육지로 도주할 길을 찾아야 할……."

한 감방 안에서 생사고락을 같이 했던 애꾸가 말을 잇지 못하자, 사령관인 서대위가 말했다.

"저쪽의 피해 상황은?"

"네, 사살 18명, 생포 12명, 포로 중 부상자 3명입니다."

"그 중 장교는?"

"네, 마득렬이 사살한 교육과장 한 명입니다."

"그렇다면 소장놈과 정작과장 외 4명이 도피중이란 말이군."

“그렇습니다. 그 쥐새끼 같은 놈들이 어디론가 새버렸습니다.”

“그래! 제깟놈들이 손바닥만한 섬 안에서 뛰어야 벼룩이지. 일단 포로들을 한 곳에 모으고 나머지 놈들을 찾는 데 진력한다. 대항하면 무조건 사살해라.”

사령관은 권총를 빼들고 독려했다. 황간도의 37 명의 수인 중 유일한 장교 출신답게 그의 명령은 힘과 믿음이 들어 있었다.

간헐적인 총소리가 들려왔다. 남은 잔당(?)들과의 교전이 거의 끝나가는 듯했다.

태양이 중천을 넘어가고 있었다. 붉게 타오르는 태양열은 30도는 능히 될 것 같았다. 양지 바른 곳에 노가리를 묻었다.

그의 무덤은 작고도 볼품 없었다. 거친 흙과 발육 상태가 좋지 못한 잔디로 엉성하게 만들어졌기 때문이다.

“노가리, 편히 쉬거라!”

마득렬은 그의 묘 앞에 엎드려 한참 동안 있었다. 눈물도 나지 않았다. 다만 생전의 얼마 되지 않은 만남의 시간을 통하여 깃들었던 노가리에 대한 아픈 기억들이 영상처럼 떠올랐기 때문이다. 그것은 아프고 시린 기억들이었지만 그 보잘것없는 것들마저 다시는 재현할 수 없다는 것이 절통했다.

득렬 오빠! 나는 어려서부터 여자들이 좋았어. 엄마의 젖가슴이 좋았고, 엄마의 화장품이 좋았고, 남자들의 속옷보다는 누나들의 앙증맞은 작은 팬티가 좋았어. 지분 냄새 나는 여급들의 알몸이 좋았고, 그 모든 여자들의 여자다움과 아름다움이 미치도록 좋았던 거야. 앉아서 소변을 보았고 빨래하고 밥하고 아기에게 우유 주고, 그런 여자들의 일이…….

아, 그러나 나는 끝내는 여자일 수 없었어. 남자를 만나고 아기를 낳고 그렇게 평범하게 살 수 있는 여자가 아니었던 거야. 그렇다고 사내다운 사나이로서의 기백과 패기를 가진 사내도 아니었고, 사내도 여자도 아닌 그런 중간인이었던 거야.

마득렬은 자리에서 일어나 들고 있던 연장을 벼랑 아래로 던졌다. 연장이 바위에 몇 번 부딪치며 곡예 비행하듯 떨어지는 소리가 들렸다.

"마하사! 그만 내려가자. 노가리도 이 곳에서 고향 쪽을 바라보며 편안한 안식을 얻겠지……."

"참모장님!"

"그래, 아까부터 와 있었다. 혹시 숨어 다니는 놈들의 위험도 있고 해서."

애꾸가 소총을 든 채 마득렬의 뒤에 서 있었다. 대격전을 치른 지휘관답게 그의 표정은 온화했다.

"잔당들은 어떻게 됐습니까?"

"응, 정작과장이 한 명을 데리고 투항해 왔고, 한 놈은 대항하다 사살, 소장놈만이 나머지 두 놈을 데리고 어디론가 잠적해 버렸어."

"잠적이라뇨? 이 곳에서 피할 곳이 어디 있다고."

"글쎄 말야. 요행히 암석이나 벼랑 등에 숨어 있다 해도 밤에는 안 나올 수 없을 거야. 굶주림과 추위에 버틸 수 없을 테니까."

"이제는 어떡할 겁니까?"

"그게 걱정인가. 그것까지는 나도 생각 안 해 보았다. 이제 서로들

상의해 보자. 아니, 상의할 성질의 것도 아니지."

황간도를 점령하고 난 후의 일에 대해서 그들은 구체적으로 생각해둔 바 없었다.

다만, 배를 한 척 수발(?)해서 육지로 숨어든다는 것, 그리고 각자 흩어진다는 것, 그래서 한 번 고향땅의 흙을 밟아보고, 단 한번만이라도 여자의 몸뚱어리를 품어보고자 했던 자는 여자를 사고, 그리고 혹시 고무신을 거꾸로 신은 여자로 인해 황간도 신세가 되었던 자는 그 장본인을 찾아 문안 인사를 하고, 소주가 죽도록 마시고 싶던 자는 짝으로 퍼마시다가, 고향의 그립던 어머니 무덤 앞이나 어느 이름 모를 도시의 낡고 우중충한 창녀집에서, 어느 쓰레기 뒹구는 골목길에서 한 구의 송장으로 남을 수밖에 그 외엔 다른 대안이 없었다.

"차라리 노가리가 행복하군요. 모든 잡동사니를 잊고 저렇게 마음 편히 누워 있으니."

"그렇게 생각하나?"

"네, 그것이 솔직한 심정입니다."

마득렬은 애꾸 앞에서 걸으며 자신의 손을 살펴보았다. 이제는 정말로 씻어낼 수 없는 피의 꽃이 피어 있었다.

붉은 꽃.

노가리의 무덤 주변의 잡목 사이엔 낮은 포복 자세로 바싹 붙어 피어 있는 해당화보다도 더 붉은 꽃이 피어 있었다.

가고 싶은 저 바다 건너 서천땅, 어느 한적한 해안 해당화 만발한 백사장하며 시원한 바람, 살랑거리는 방풍림, 그 사이를 안개처럼 소리 없이 걸어오던 은혜…… 그리고 그녀와의 정겹던 그 아름다운 추억의 순간들.

바다가 유난히 푸르렀다. 따가운 햇살을 반사한 수면은 완전히 쪽빛이었다. 날씨가 화창할수록 수평선의 끝은 멀었다. 그들이 노가리의 무덤을 내려오자 작은 소동이 벌어져 있었다.

섬의 북쪽 벼랑에 숨어 있던 소장이 수색조에 의해 사살된 것이다. K1 소총을 들고 끝까지 저항하던 소장에 의해 투항을 하려던 교도병도 총살을 당하며 끝나는 처절한 종말이었다.

마득렬과 애꾸가 임시 본부로 사용하고 있는 행정반 앞에 도착하자, 수색조는 두 구의 시체를 끌어다 놓고 있었다.

"그토록 악랄하게 굴더니 꼴 좋다!"

"글쎄 말야. 제놈 인생에 이런 일이 있을 것이라고는 꿈에라도 생각 못 했을 거야."

"그러니까 인간만사 새옹지마라는 말이 나온 거야."

주변에 모여 있던 죄수들이 한 마디씩 했다. 개중에는 시체에 침을 뱉는 자도 있었다. 그만큼 울분이 가득 찼다는 증거였다.

"자, 장내를 정리한다. 시체들을 한 곳에 모아 매장하고, 생포한 자들은 그 사하에 수용하고 감시조를 배치한다. 그리고 부상자들은 약품이 있는 대로 치료를 해준다. 그리고 오늘 밤 전체 비상회의를 소집한다."

사령관의 지침에 모든 인원들이 일사분란하게 움직였다. 그들은 징역 생활로 단절되었던 지난 시간을 뛰어넘어 완벽한 군인으로 돌아와 있었던 것이다.

밤이 왔다.

한바탕 대규모 살인 게임을 치르고 난 죄수들이 웃통을 벗어붙인 채 춤을 추고 있었다.

연병장 한복판에는 오늘 격전에서 북망산으로 간 노가리와 교도병들의 개인 사물이 타고 있었다.

불꽃이 하늘 높이 올랐다. 한 여름밤 캠프파이어를 벌이는 기묘한 장면이 벌어지고 있었다.

소주병이 그들의 손에서 춤을 추었다. 황간도의 전 막사를 뒤져 찾아낸 선물이었다.

죄수 하나가 바지까지 벗고 스트립쇼를 연출하고 있었다. 그 주변에 사내들이 모여 웃고 떠들고 장내가 떠나갈 것 같았다.

마득렬은 그들 무리들의 군무(群舞) 속을 벗어나 감시탑 쪽으로 향했다. 걷고 싶었다.

죄수들이 미친 듯 울분을 토해 놓으며 춤추고 노래하는 모습에서 마득렬은 은혜를 떠올렸다. 언제인가 그녀가 말했던 말이 표창처럼 뇌리를 찔러왔던 것이다.

'매미를 알지? 저 성하의 여름 한철을 미친 듯 울어보다가 자신의 생명을 다하는 그 매미 말야. 한여름 성대가 터지도록 노래를 하기 위해 7년여 간의 긴 세월을 땅 속 깊은 곳에서 유충으로 살아야 하는……. 득렬씨의 인생은 어떤 거지?'

마득렬은 감시탑에 등을 대고 하늘을 바라보았다. 그 곳엔 무수히 많은 별들이 떠 있었다.

현기증이 일었다. 하늘이 좌우로 빙빙 돌았다. 그 속에 군무를 추고 있는 죄수들의 얼굴이 보였다.

그 얼굴은 사람의 모습이 아니었다. 설원에서 거대한 곰 한 마리를 잡아놓고 주변을 돌며 즐거워하는 이리들의 모습 그것이었다.

'아! 나는 지금 무슨 짓을 했는가? 나는 진정 자신을 포기할 수 있는가? 여기는 어디인가? 나는 또 누구인가?'

마득렬은 자신을 주체하기가 힘들었다. 답답했다. 그것은 지난 밤을 새워 고문을 당하던 고통하고는 또 다른 아픔이었다.

중사, 용하사, 교육과장 그 옆을 따르던 두 명의 교도병, 그리고 무수히 갈겨댄 소총 세례에 당했을지도 모를 그 누구……. 그들의 얼굴이 떠오르기도 했다.

양심과 그것을 애써 외면하고 합리화하려는 갈등이 서로 엉켜 돌았던 것이다. 마득렬은 연병장을 뛰기 시작했다. 그렇게 하는 것이 차라리 마음을 정리하는 데 도움이 될 것 같았다.

13

눈물의 감령 (感嶺)

황간도의 이리들이 벌인 한판 놀이굿이 끝나고, 아침은 여지없이 밝았다. 떠오르는 태양, 그 태양의 이글거리는 열기와 함께 비싱 구조 신호로 사용되는 모닥불이 올랐다.

마침 바람이 잠잠한 관계로 모닥불에서 피어오른 연기는 하늘 높이 솟아올랐다.

구조를 알리는 SOS 신호였다.

황간도에 설치되어 있는 무선으로 인근을 항해하는 배들을 불러낼 수도 있었으나 그렇게 했다가는 해군의 무선감청반에 체크될 위험성이 있었다.

이미 매일 세 번씩 사령부에 보고하게 되어 있는 이상 유무는 생포한 행정반 요원들을 위협해 아직까지는 별다른 이상이 없는 상태였다. 그러나 3일마다 한 번씩 있는 소장의 직접 보고가 문제였다.

사령부 법무참모에게 소장이 직접 하는 보고였던 것이다. 그것은 멀리 떨어져 있는 섬을 관리하기 위한 골육책이었으나 오랜 섬생활에 나태하기 쉬운 지휘관의 통제에는 효과가 있는 제도였다.

더구나 신임 소장은 법무참모와 학사장교 선후배로, 통하는 데가 있는 사이였다. 그런 관계로 수용소에 들어오는 신입들 중 칠성이와 같은 망원자(?)를 추천받을 수도 있었던 것이다.

그 보고가 다음날 아침이니, 앞으로 24시간 안에 황간도를 떠나야 한다는 결론이 나온 것이다.

탈출 인원은 34명이었다. 2명은 과거 망원으로 이용되었던 전력을 들어 2사하에 교도병들과 함께 수용시키고, 사하별로 황간도를 떠나기로 결정했다.

동전던지기였다.

앞면은 1사하, 뒷면은 2사하, 먼저 구조 신호를 발견하고 접근하는 배를 탈취하는 순서를 정한 것이었다.

그 방법으로 애꾸의 1사하가 우선순위로 섬을 떠나게 되었다. 황간도 근해를 지나가는 배는 그 규모가 작은 어선이나 농수산부 소속의 어업지도선 정도여서 20명 이상이 한번에 승선하기가 어렵다는 판단이었다.

"배다, 우리를 봤어! 이쪽으로 선수를 틀었다."

바다를 관측하기 용이한 지점에서 쌍안경을 응시하고 있던 자가 큰 소리로 외쳤다.

"이리 줘봐."

사령관이 쌍안경을 빼앗아 들고 그쪽을 바라보았다. 그의 얼굴에 미소가 떠올랐다.

“참모장에겐 역시 행운이 뒤따라! 지도선이야. 50 톤급은 족히 되겠어. 빨리 준비하게.”

사령관은 쌍안경을 감시자에게 돌려주고 애꾸와 그의 동료들을 일일이 돌아가며 포옹을 했다.

“상사! 행운을 빌겠다.”

“사령관, 아니 서대위님…….”

그들의 포옹은 뜨거웠다. 황간도의 최고참인 서대위와 상사는 10 여년 가까운 세월을 동료이자 동지로 깊은 신뢰와 우정을 맺어온 만큼 이별 장면도 아쉬움이 클 수밖에 없었다.

“다시 만날 수 있을까요?”

“새삼스럽게……. 죽어서라도 상사와 다시 만날 수 있다면 그 곳이 설령 저승 세계의 지옥이라 해도 다시 잘해 볼 수 있을 것 같아.”

“하하, 대위님도…….”

애꾸는 서대위의 손을 다시 한 번 굳게 잡았다 놓고는 1 사하의 동료들을 재촉했다.

“자, 내려가자!”

애꾸가 눈물이 흐르는지 동료들의 맨앞에 서서 뒤도 돌아보지 않고 섬을 내려갔다.

“잘 가게!”

“자네들도 행운을 빌겠어.”

“몸조심해요. 혹시 젖퉁이가 큰 계집을 만나거든 연락하는 것 잊지 말고.”

“안녕!”

그들은 서로 시덥잖은 인사말을 건네 울적한 마음들을 달래며 헤어졌다. 이미 지난 밤의 대책회의에서 마지막 이별은 섬의 정상에서 하자는 약속이 있었기에 선착장까지 배웅을 하는 2사하의 인원들은 없었다.

마득렬은 2사하의 인원들 중 비교적 정이 들었던 입소 동기들에게 손을 흔들며 몸조심과 행운을 빌고는 애꾸의 뒤를 바짝 따랐다.

깎아지른 섬의 단애 사이로 만든 좁은 길을 내려오면서 마득렬은 사령관 서대위의 마지막 말이 귓전을 맴돌았다.

"우리는 누가 뭐라 해도 자랑스런 상륙군의 아들이다. 무기는 육지에 상륙하는 순간까지만 소지하고 죽어도 민간인을 해쳐선 안 된다. 그렇게 되면 이 곳 황간도에서 있었던 일이 도적이나 강도짓이 되어 버리고 만다. 그리고 훗날까지 살아 남는 자가 있다면 오늘의 우리 34명의 동지들의 슬픈 얘기들을 증언하라."

인간 서대위, 그는 끝까지 상륙군의 장교임을 잊지 않고 있었다. 앞으로의 진로를 모색하는 대책회의에서 바다를 건너자는 의견을 내세웠던 동료의 팔에 권총을 발사하며 분노하던 그의 모습이 마득렬에게는 인상적이었다.

특히 포로로 잡아 2사하에 감금시켜 놓은 기간병들에 대한 보복 행위가 없는 것은 물론, 며칠간 육지에서 수습대가 올 동안 먹고 마실 식량과 물까지 배려할 때는 존경스럽기까지 했었다.

어업 지도선은 마스트에 선명한 태극기를 휘날리며 섬에 가까이 접근했다. 50톤급의 철선으로 소형 레이다까지 갖춘 최신형임을 알 수 있었다.

"어이! 무슨 일입니까? 통신까지 두절되다니 군인 아저씨들 고생 많습니다."

갑판에서 배를 임시 선착장에 접안시키면서 선원 하나가 호들갑을 떨었다.

"전에도 한 번 이런 일이 있어 배를 댄 적이 있었지요. 그때는 응급환자가 생겨 육지까지 후송했습니다. 그런데 이번에도 급한 환자가 발생했습니까?"

선원은 튼튼하고 굵은 로프를 선착장의 군인(?)들에게 던져 주면서도 연신 입을 벌렸다. 상당히 시끄러운 사내였다.

"배 안에 몇 명이나 타고 있나?"

동료들이 로프를 잡아 조심스럽게 잡아당기는 순간 털보가 선원에게 큰 소리로 말했다.

"뭐요, 뭐라고요?"

선원은 털보의 무례한 말투에 자신의 귀를 의심하며 반문했다.

"배 안에 몇 놈이나 타고 있는지 물었다."

"몇 놈?"

"그래 짜식아, 웬 말이 이렇게 많노? 너 간첩 아니가?"

"뭐라고요? 간첩이라고요? 나는 대한민국의 공무원입니다."

"시껏, 새끼!"

털보는 배가 접안지에 접근하자 번개같이 뛰어올라 사내에게 K1 소총을 겨눴다. 그와 함께 일단의 인원들이 배로 난입하여 선실을 장악했다. 순식간의 일이었다.

"꼼짝 마라! 반항만 하지 않으면 해치지 않겠다."

"당신들은?"

"그것까지는 알 것 없고, 선장과 항해사만 남고 나머지는 모두 내려!"

무장한 군인(?)들의 강력한 대시에 지도선의 선원들은 완전 무방비일 수밖에 없었다.

그들은 손도 한 번 써보지 못하고 배에서 끌어내려졌다. 그리고 1 사하의 인원들은 선실에 들어와 자리를 잡았다.

"미안하지만 이 곳에서 한 2, 3일 고생을 좀 하셔야겠습니다. 사정이 그렇게 되었어요. 어떻게 보면 경치도 그만인 섬이니 피서 왔다 생각하고, 누가 해칠 사람들은 없을 것입니다."

"아니, 이런 낭패가……?"

애꾸는 선상에서 선착장에 내려진 대여섯 명의 지도선 선원들에게 정중하게 양해를 구했다.

그들은 너무나도 뜻밖의 사태에 상황 판단이 안 되는 모양이었다.

"배를 후진시켜 진로를 서쪽으로 잡으시오. 당신이 할 일은 배를 서해안 어디에 갖다 대는 일이오."

애꾸는 선실로 들어와 키를 잡고 있는 사내에게 말했다. 그가 선장인 모양이었다.

"서해안 어디쯤에 댄다는 말입니까?"

"아무데나, 비교적 서울이 가까운 곳이 좋겠지."

"그럼 경기, 인천 쪽이 좋겠네요?"

"좋도록 하시오. 최대한 빠른 속력으로 갑시다."

선장은 노련했다. 당황하거나 커다랗게 놀라는 기색을 보이지 않았다. 무장 군인(?)들의 행동이 그렇게 거칠지만은 않았기 때문이다.

　지도선을 움직이는 데 최소한의 인원만 남기고 나머지 인원들을 섬에 내려놓고 별다른 해를 가하지 않았기 때문이다.

　속도는 시속 35노트, 지도선이 낼 수 있는 최대한의 속력이었다. 바다는 잔잔했다. 해풍은 서해에서 동쪽으로 기분 좋게 불고 있었다. 최상의 날씨였다.

　지금 속도라면 앞으로 여섯 시간이면 인천 앞바다에 닿을 수 있을 것이다.

　애꾸는 선장 옆에서 해도상으로 시간과 거리를 측정하며 뜻하지 않은 사태에 대비하고 있었다.

　"연기다. 섬에서 연기가 오르고 있다."

　선상에 나가 있던 동료들의 소리가 들렸다. 마득렬은 선실에 앉아 있다가 창으로 황간도 쪽을 바라보았다.

　정상에서 짙은 연기가 하늘 높이 오르고 있었다. 그 연기 밑에 사람의 형상이 눈에 보였다.

　2사하의 동료들이 섬을 벗어나는 지도선에 손을 흔드는 것 같았다.

　"우리 먼저 가겠다. 곧 뒤따라 와!"

　"우리 먼저 가겠습니다."

　선상에 서 있던 동료들이 손을 흔들며 큰 소리로 외쳤다. 아마도 쌍안경으로 뱃전의 인물들을 확인하고 있겠지. 마득렬은 멀어져 가는 섬을 바라보며 한없이 침묵에 빠졌다.

　그때 애꾸의 옆에 있는 레이다스코프를 주시하고 있던 죄수 하나가 항해사의 얼굴을 주먹으로 때렸다.

　"이 새끼, 누굴 바지저고리로 아나? 이게 뭐야?"

“아이쿠, 왜 그러십니까?”

“비켜, 이 새꺄.”

그는 2방의 고참으로 상륙군이 보유하고 있는 소형 함정의 기관사 출신으로 배에 대해서 어느 정도 알고 있는 자였다.

“참모장! 서남쪽 40마일 근방에 소형 전투정입니다. 시속 40노트의 속력으로 북서 43도 방향으로 항해중입니다. 좌표상 황간도 방향입니다.”

그는 레이다스코프상에 U자형으로 나타난 푸른 점을 뚫어지도록 주시하며 숨막히는 목소리로 말했다.

“뭐야? 전투함이 확실한가?”

애꾸가 놀란 표정을 지으며 그쪽으로 다가갔다.

“전투함이 아니고서는 이토록 빠른 속력을 낼 수는 없습니다.”

“유람선 아닐까? 카페리호나 그런 쾌속함 말야.”

“아닙니다. 이건 단연코 전투함이에요. 여객선이라면 스코프상에 이런 식으로 나타나지 않습니다.”

스코프의 파란색 원형판 위에는 원형 레이다의 전파가 360도 방향으로 퍼지는 것이 명확하게 나타났다.

잔상이었다.

그 360도의 서남쪽 160도 방향에 작은 U자 형태로 나타났다 사라지기를 반복하는 잔상은 빠른 속도로 움직이고 있었다.

상륙 소해정의 기관 경험이 있는 사내는 전투함이 그런 형태로 나타나는 것 정도는 알고 있었던 것이다.

일반 목선은 막대기 형태를, 정치망 같은 어선은 T자 형태를 나타내는 레이다 식별 상식을 알고 있었던 것이다.

"그렇다면 우리의 거사를 벌써 눈치챘다는 말인가?"

"글쎄요? 그것까지는……."

"아냐, 아직은 그렇지! 이봐 선장!"

애꾸는 무엇인가를 깨달은 듯 선장을 불렀다. 그가 키를 잡은 채로 돌아다보았다.

"당신 똑바로 말해! 황간도에서 올린 구조 신호를 보고 뭘 했어? 똑바로 말해! 그렇지 않으면 바닷속에 수장되는 수가 있어."

애꾸의 다짐이 끝나기가 무섭게 무엇인가 낌새를 눈치채고 들어온 털보가 총구를 선장의 머리에 박았다.

"저……사실은……."

"빨리 말해, 새끼야!"

"저……!"

"털보, 그 총을 치워. 빨리 말해 보시오. 사실은 뭐요?"

"황간도에서 비상 구조를 나타내는 연기를 발견하고 우선 무선으로 내륙에 보고했습니다."

"내륙 어디에?"

"우리가 발사하는 무선을 접수한 곳은 군산해운항만청 소속의 통신소입니다."

"통신소?"

"네."

"그렇다면 그들이 군계통을 통해 알렸다는 말인가?"

"그렇겠죠. 아마 저 경비정은 해군 계통의 지시를 받고 출동하고 있을 겁니다."

"이런 제기랄!"

애꾸는 주먹으로 선실의 벽을 강하게 쳤다.

"이제 어떻게 해야죠?"

털보가 심각한 표정이 되어 애꾸를 바라보았다. 접근해 오는 전투함의 속도로 보아 황간도에 도착하는 시간은 불과 3시간 거리쯤이었다.

더구나 전투함의 고성능 레이다는 지도선이 황간도에 접근했다 떠나는 상황을 파악하고 있었을 터였다.

그때 24시간 항시 개방하고 있는 지도선의 무전기에서 발신음이 났다. 전투함에서 호출하는 것이었다. 지도선은 계속 최고 속도를 유지하며 서북쪽 방향으로 나가고 있었다. 전투함과는 서로 멀어지는 현상이었다.

"여긴 해군소속 돌고래 17함이다. 지도선 81호 감잡으면 나와라, 이상! 여긴 돌고래 17함……."

감도는 맑았다. 바로 옆에서 말하는 소리 같았다.

"선장! 받으시오. 그리고 별다른 이상 없이……, 아니 급한 환자가 하나 있어 싣고 가는 것으로 하시오. 침착하게."

애꾸가 무전기기에서 수신기를 들어 선장에게 넘겨주며 말했다. 그는 어느새 냉정을 찾고 있었다.

"여긴 지도선 18호. 귀국감도 세 개, 세 개. 본국 감도. 이상!"

"아, 귀국감도 다섯, 다섯. 황간도 상황에 대해 말해 주기 바란다. 이상."

"별다른 이상 없음……. 사병 한 명이 중태, 지금 싣고 육지로 가는 중이다. 이상.”

“병아리 중태라면, 섬 상황은 지금 어떤가? 이상!”

“별다른 이상 없다. 지난 폭풍에도 별다른 피해 없었던 모양이다.
이상!”

“귀국의 보고 잘 접수했다. 계속 수고하기 바라며, 본국 들어가겠다.
이상.”

무선이 아웃되자 애꾸는 레이다스코프로 달려왔다.

“전투정의 방향은?”

“네, 그대로입니다. 오히려 속도를 더 내는 것 같은데요.”

“속도를?”

“네, 이거 보십시오. 이 정도면 최고 속도에 해당합니다.”

“큰일이군! 어떻게 황간도의 사령관에게 연락을 취할 수 있는 방법이
없을까?”

애꾸가 선실을 나와 지도선의 후미로 가서 섬을 바라보았다. 이미
황간도는 그 흔적이 작은 점으로 보일 정도로 멀어져 있었다.

“큰일이군요. 함정이 다가오는 줄은 꿈에도 모르고 있을 테니. 아
참, 참모장, 이렇게 해보면 어떨까요?”

애꾸가 따라 나와 있었다. 배의 후미로 하얀 물살이 좌우로 흩어져
배가 지나온 자국이 선명했다.

“어떤 방법을?”

“무선으로 연락을 하는 겁니다.”

“그건 안 돼. 지금 황간도 주변의 무선은 전투함에서 완전히 감청하고
있을 텐데, 어떻게 무선 연락을 하나?”

"그렇게 하자는 것이 아니고 통방 신호로 하는 것입니다."

"통방 신호?"

"네, 여기를 밝히지 않은 채 신호만 보내는 것입니다."

"오! 그렇지. 왜 그 생각을 못 했을까?"

애꾸는 쏜살같이 선실로 돌아와 선장에게 무선을 개방시키도록 했다.

"좀전까지도 황간도의 무선은 완전 아웃되어 있었습니다. 구조 신호를 보고 계속 호출해 보았으나 헛수고였죠."

"그렇지, 사령부에 보고할 때 외엔 무선을 꺼놓았을 거야. 그렇다면 큰일이군."

애꾸는 황간도의 사정을 깨닫고 어쩔 줄 몰라했다. 전투함이 황간도에 도착한 후 발생할 사건은 불을 보듯 뻔했기 때문이다.

"모든 것은 신의 뜻이다. 사령관에게 주어진 운명이 이것이었다면 그렇게 되는 수밖에……. 그러나 사령관은 그렇게 쉽게 당하지는 않을 거야."

애꾸는 불안과 안타까움에서 자포자기하는 심정을 갖지 않을 수 없었다.

지도선은 중심 바다까지 나와 있었다. 황간도와는 세 시간 거리. 레이다상에서 섬과 전투함이 희미해지는 대신 전방 수십 마일에 새로운 물체들이 잡히고 있었다.

"배다. 외항선이다."

누군가가 선상에서 외치는 소리가 들렸다. 애꾸는 선장의 목에 걸려 있는 기다란 망원경을 빼앗아 그쪽을 살펴보았다. 외항 콘테이너 선이었다. 그 뒤로 또 하나의 화물선이 가물거렸다.

인천항으로 향하는 것들이었다. 지도선은 화물선들이 이용하는 항로에 접어든 것이었다.

그때 선실의 뒤편에서는 하나의 작은 소동이 벌어지고 있었다.

"이대로 개죽음을 당할 수는 없잖습니까? 지금쯤 황간도의 동료들은 전멸을 당했을지도 모릅니다. 더구나 우리들이 타고 있는 지도선에 대한 경계령이 내렸을지도…….."

"그렇습니다. 이대로 사지로 들어갈 수는 없습니다. 참모장에게 권유를 하십시오. 무엇인가 새로운 대책을 세워야 합니다."

선상에 나가 있는 몇 명의 인원을 제외하고 선실의 뒤쪽에 편협하게 앉아 있던 죄수들이 털보를 닥달하고 있었다.

털보는 애꾸와 죄수들의 중간 다리 역할을 히고 있었다.

그들이 건의한 의견은 어처구니 없는 것이었다. 그들 집단의 대표자격인 애꾸는 예상 외의 건의 사항에 아연실색했다. 그러나 다수의 힘으로 대시해 오는 데는 함부로 묵살할 수도 없었다.

죄수들의 얼굴이 모두 제정신이 아닌 것 같았다. 초조와 불안, 그리고 몇 시간 후에 있을지도 모를 도살(?) 파티에 이성을 상실하고 있는 듯했다.

자칫 선상반란이라도 발생할지 모를 그런 상황이었다.

"나도 누구보다도 여러분들의 마음을 안다. 그러나 우리는 자랑스런 조국의 방패, 상륙군의 전사들이었다. 그런 우리가 우리들 스스로 사내들의 이름을 걸고 맹세했던 약속을 파기할 수는 없다. 그러나 여러분 모두의 의견이라면 나도 따라가지 않을 수 없다. 그러나 이중

단 한 사람이라도 반대하는 사람이 있다면 안 될 것이다. 자, 묻겠다. 지도선의 뱃머리를 돌려 국경을 넘는 것에 반대하는 자는 없나?"

선상에 나가 있던 자들까지 모두 들어와 긴급회의 형식이 벌어진 것이다. 죄수들 대부분이 내세운 의견이라는 것은 뱃머리를 돌려 중국 쪽으로 탈출하거나 북쪽으로 도주하자는 것으로 선상에 나가 있던 자들까지 심정적 동조를 얻고 있었다.

그 중 타방 출신 몇몇은 애꾸가 받아들이지 않으면 무력을 행사하겠다는 기세였다.

"없나? 반대하는 사람은?"

애꾸는 좌중을 훑어보다 털보와 눈빛이 마주쳤다. 그러나 털보는 고개를 숙였다. 그마저 그 의견이 현실성이 있어 보였던 것이다.

"없나? 정말로……."

애꾸의 목소리는 잠겨 있었다. 너무나도 갑자기 자신의 생각과 반대로 결집된 광기(?)에 놀랐던 것이다.

"여기 있습니다. 그것은 안 됩니다. 나는 가봐야 할 곳이 있습니다. 그리고 전달해야 할 말도 있습니다. 죽어도 가야 할 곳이 있다 그 말입니다."

마득렬이었다. 그는 자리에서 일어나 목에 힘을 주고 말했다.

"죽어도 가야 할 곳, 미친 소리 하지 마, 새끼야."

마득렬의 말이 끝나기가 무섭게 한 죄수가 일어나 핏대를 올렸다. 3방의 최고참급으로 고릴라라는 별명을 갖고 있는 자였다.

"고릴라, 자중해라. 약속이 틀리잖나?"

애꾸가 그를 나무랐다.

"웃기네, 새끼! 입 닥쳐, 새끼야!"

고릴라가 들고 있는 소총을 애꾸에게 겨눴다. 그리고 3방의 인원들과 2방의 몇몇이 소총을 들고 애꾸와 마득렬을 각각 겨누고 나섰다.

일촉즉발의 사태였다. 그 순간 털보가 자리에서 일어나 품 속에서 수류탄을 꺼내 안전핀을 입으로 뽑았다.

"앉어, 이 새끼들아! 지금 네놈들이 누구한테 대드는 거야? 물에 빠진 놈 구해 줬더니 보따리 내놓으라더니, 이 새끼들을 두고 하는 말이었군!"

"……?"

"앉어! 여기서 다 몰살하고 싶어, 새끼들아?"

털보의 기세는 금방이라도 수류탄을 터뜨릴 듯했다. 그의 행동에 총을 겨누고 있던 죄수들이 움찔하며 눈치들을 살폈다.

"총을 내려놔라. 털보도 그 수류탄 치우고……."

애꾸가 그들을 진정시키려 부드러운 어조로 말했다. 의리와 정이 유난히 강하던 털보는 동료들의 야수적인 행동에 불의를 느꼈던 것이다. 그는 조금 전 딴 생각을 한 자신이 부끄럽다는 듯 고개를 숙였다.

"참모장! 다시 한 번 생각해 주십시오."

고릴라가 이번엔 총기를 거두고 사정을 하듯 말했다.

"고릴라, 반대자가 있다. 그것은 완전한 의견 일치를 보지 못한 것이다. 얘기는 이것으로 끝났다."

"참모장! 그것은 너무나 불공평합니다. 우리에게도 한 번 기회를 주십시오."

“기회?”

“그렇습니다. 반대자 1명에 전체의 의견이 무시된다면 안 될 일입니다.”

고릴라는 좀처럼 물러설 것 같지 않았다.

“그럼 어떡하겠다는 건가?”

“반대자에게 찬동자들을 대표해서 게임을 제의합니다.”

“게임을?”

“텍사스 매치가 좋겠군요. 서로가 다른 길을 걷고 있는 입장이니.”

“텍사스 매치…….”

고릴라는 마득렬과 살인 게임을 벌여 소수의 반대 의견을 꺾으려 하는 것이었다. 거대한 몸집과 씨름으로 단련된 기술 등을 신봉하고 있는 그였다.

“하죠. 하겠습니다. 그러나 게임의 승패에 대해선 승복을 해야 합니다.”

마득렬이 피하지 않겠다는 듯 시원하게 말했다.

“좋다. 만약 게임의 결과에 승복하지 않는 자는 내가 용서하지 않겠다.”

애꾸는 한편으로는 불안감을 감추지 못하면서도 게임을 허락할 수밖에 없었다. 분위기가 그랬다.

텍사스 매치는 황간도 안에서 하나의 오락처럼 즐기던 게임으로 상대방과 한 손씩을 묶고 헝겊으로 싼 몽둥이로 쳐 먼저 항복을 받아내는 식이었다.

그러나 고릴라는 헝겊으로 싼 몽둥이 대신 대검을 사용하자는 것이었다. 둘 중의 하나는 생명을 내놓아야 하는 죽음의 게임을.

지도선은 선로를 동북쪽으로 향하여 최고 속도로 전진하다 인천 해역이 멀지 않은 바다 위에서 잠시 휴식을 취했다. 깊은 바다인 탓에 닻을 내릴 수 없었기 때문에 엔진을 완전히 끄고 물 위에 떠 있는 꼴이 되었다.

"흐흐, 마득렬, 나를 원망하지 마라. 그게 다 자기 운수 소관이니까."

고릴라는 음흉한 웃음을 지으며 비아냥거렸다. 선상이었다. 배 안에 있던 2미터 정도의 로프로 양손을 묶은 두 사내가 대검을 꼬나들고 겨누고 있는 모습을 전 죄수, 지도선의 선장은 물론 항해사까지 관심 있게 지켜보았다.

그것은 시간과 역사를 거슬러 올라간 카리브 해의 해적선 시절에나 있었을 법한 진풍경이었다.

"자, 먼저 공격해 보시지, 꼬마."

고릴라가 로프로 감긴 한쪽 손을 들어 힘을 줬다. 그 바람에 마득렬이 앞으로 끌려가지 않으려 애쓰다 중심을 잃고 무릎을 꿇었다.

"뭐 이렇게 힘아리가 없노. 힘 좀 써 보거라."

"하하하!"

고릴라의 말에 좌중이 웃음을 터뜨렸다. 싸움은 이미 결판난 듯했다. 등치와 힘, 거기다 절대적으로 유리한 긴 팔을 가진 고릴라의 승리가 자명해 보였기 때문이다.

쨍강.

대검이 서로 부딪혀 선상의 분위기를 급냉시켰다. 날이 시퍼렇게 선

칼날이 햇빛을 반사해 눈을 부시게 했다.

쟁강.

고릴라가 긴 터치를 이용해 대검을 마득렬의 얼굴에 사정없이 찔렀고 마득렬은 그 대검을 걷어내기에 바빴다.

"짜식! 가만히 있었으면 중간이나 가지. 자, 각오해라!"

고릴라는 로프를 강하게 나꿔챘다. 그 바람에 마득렬의 몸이 크게 휘청거렸다. 그러나 마득렬이 넘어지기 전 고릴라가 비명을 질렀다.

그의 가슴에 대검이 날아가 꽂혔기 때문이다. 그것은 마득렬이 중심을 잃기 전 던진 것이었다. 상륙군의 전사라면 대검 던지기는 기본이었다.

"아악!"

그러자 마득렬의 몸이 수평으로 날아 고릴라의 허리를 껴안았다. 그레코로만형의 레슬링 동작과 같은 것이었다.

둘은 선상에 넘어졌다. 그 바람에 고릴라의 몸이 배 밑으로 굴러 떨어졌고 마득렬은 딸려가지 않기 위해 난간의 돌출부를 잡았다.

"빨리 끌어올려!"

"빨리!"

구경을 하고 있던 자들이 달려들어 고릴라를 끌어올렸다. 그의 숨은 이미 끊어져 있었다.

"끝났다. 고릴라의 시체는 바다에 수장하고 각자 위치로……."

애꾸가 사태의 정리를 지시했다. 리더를 잃어버린 월경파들은 코를 빼고 지시에 따랐다. 힘의 논리만이 존재하는 세계, 이성과 논리도 공포와 힘 앞에 무력화되는 세계의 적나라한 실체가 그 곳에 있었다.

마득렬은 가슴에 묻은 핏자국을 보며 서글펐다. 고릴라의 시체가 하나의 커다란 모포에 싸여 바다에 버려졌다.

선체 안에서 무게 나가는 물건을 찾아 시체와 함께 묶은 채였다.

'바다의 사내 바다로 돌아간다'라는 투의 상륙군의 노래 속에서 고릴라의 마지막 모습이 바다에 수장되었다.

"시간이 없다. 다시 전속력으로 전진!"

애꾸의 지시에 정지해 있던 지도선이 부드럽게 디젤엔진의 시동을 걸고 물살을 갈랐다.

거칠 것이 없었다. 아름다운 바다, 조용한 바람, 쏟아지는 햇빛, 모든 것이 순항 조건을 완벽하게 갖추고 있었던 것이다. 거기에 일말의 불안감이 내재된 것이 옥의 티랄까.

"마하사, 너무 괴로워하지 마라. 고릴라도 떳떳한 길을 갔으니 자네를 원망하지는 않을 거야."

털보였다. 그는 자신의 성격과는 맞지 않는 위로의 말로 마득렬의 울적한 심정을 달랬다.

"그럴까요? 한순간의 선택으로 생사의 벽을 사이에 두었는데 살아남았다는 것만으로 그렇게 쉽게 생각해 버릴 수 있을까요?"

"뭐? 아! 나에겐 너무 어려운 수준이야."

털보는 자리가 불편하다는 듯 선실로 들어가 버렸다. 마득렬은 선상의 라인에 기대어 바다를 바라보았다.

지도선은 육지에 접근하고 있었다. 멀리 동쪽으로 육지의 공지선이 보이기 시작했다.

멀지 않은 곳에 각종 배들이 항해하는 것이 보였다. 인천항이 멀지 않은 탓이었다. 화물선들 사이에 거대한 유조선이 떠 있었다.

공룡 같았다. 그 뒤에 돛을 높이 세운 정크선이 한 척 보였다. 하얀 삼각돛이 인상적이었다. 시간은 어느새 오후였다. 이글거리던 태양도 그 열기를 식히려는 듯 지도선의 저 뒤편에 서서히 떨어지고 있었다.

인천항을 안내하는 항구의 소형 등대가 손에 잡힐 듯이 보였다. 지도선은 외항을 지나 내항이 멀리 바라보이는 쪽에서 엔진을 끄고 멈춰서 있었다.

야경이 외국 풍물지의 사진에서 보던 홍콩항을 방불케 했다. 각종의 크고 작은 화물선들과 어선까지 수백 수천 척이 정박해 있는 항구는 어둠 속에서 신방을 꾸민 새댁의 설레임 같은 느낌을 주었다.

달이 구름에 가리고 있었다. 그 바람에 항구의 물살 위에 어리던 달빛마저 끊겨 금세 칠흑의 세계가 펼쳐졌다.

선실 안의 시계는 10시를 조금 넘고 있었다.

"접근, 아까 보아 놓았던 어선 사이로 배를 대시오."

애꾸가 선창으로 밖을 주시하며 선장에게 말했다.

그리고 선장은 정지되어 있던 배의 엔진을 가동시켰다. 부드럽고 크지 않은 디젤 음이 먼 곳에서 들리는 경기관총 소리같이 은은하게 들렸다. 지도선의 성능을 나타내 주는 증거였다.

배는 서서히 앞으로 움직였다. 선수(船首)에 달려 있는 비상용 소형 라이트가 30미터 앞을 좌우로 비췄다.

그 바람에 지도선의 근방에 있던 작은 통발어선이 깜짝 놀라며 옆으로 길을 열었다.

배 위에서 밤낚시를 즐기는 태공이 몇 타고 있었다. 그들 중 하나는 여자였다.

"새끼들! 사람 간 떨어지겠네……."

태공 하나가 내뱉은 말이 지도선 위에까지 들렸다. 목청이 커다란 사내였다.

그런 작은 어선들이 몇 척 더 있었다. 썩은 항구의 물 속에 서식하는 물고기들을 잡기 위해 모여든 밤낚시꾼들의 한가함이 부러웠다.

접안은 비교적 쉬웠다. 외항에서 보기보다는 내항은 그렇게 복잡하지 않았다.

"사주경계를 철저히 해라. 지금쯤 전 해상과 해안에 비상경계령이 내려져 있을 거야."

애꾸는 전동료들에게 지시했다. 총인원은 15명이었다. 1 사하의 총인원 17명 중에서 노가리와 바다에 수장된 고릴라를 제외한 전인원이었다.

"이상합니다. 이렇게 조용하다니……."

레이다스코프를 바라보던 죄수가 긴장하고 있었다. 가슴이 뛰었다. 전인원이 뛰는 심장 박동수의 힘만으로도 지도선을 움직일 정도였다.

내항은 너무도 조용했다. 항구 외곽을 경비하는 해안 경비정은커녕 작은 감시선 한 척도 눈에 띄지 않았다.

"이상한 일이지만 우리한테야 잘된 일 아닙니까?"

털보가 애꾸에게 말했다. 배는 앞쪽에 닻을 내려놓고 있는 바지선을 우회해 접안할 만한 장소를 찾았다.

"아! 선장, 저 안쪽으로 한 자리 비어 있는데 그쪽으로 정박시키시오."

애꾸는 화물선들이 매어 있는 곳을 조금 지나 접안지 시설이 길게 부두식으로 되어 있는 쪽에 이빨이 빠진 듯한 한 자리를 발견했다.

그쪽엔 작은 유람선 한 척이 밤낚시꾼들을 가득 싣고 밖으로 나가려는지 지도선 방향으로 움직이고 있었다.

그 유람선이 빠진 자리에 지도선이 들어앉을 공간이 생길 듯했다.

그때였다. 지도선의 뒤쪽에서 강력한 빛이 투사된 것은.

확! 그것은 핵폭파시 일어나는 핵광과도 같았다.

14

저승 침몰

"전투함이다. 배를 좌측으로 돌려!"

누군가가 외친 벼락치는 소리가 들려왔다. 그리고 전원 머리를 숙였다. 선장은 당황하는 기색이 역력했다. 애꾸가 옆에 붙어 선장이 키를 놓지 못하게 제지했다.

"빨리 좌측으로!"

애꾸가 선장의 허리춤을 잡고 지시했다. 선체가 크게 롤링을 했다.

"저 서치라이트를 날려 버려!"

선실에 머리를 숙이고 있던 털보가 소총을 겨누며 소리쳤다.

방향을 돌린 지도선 옆에 거대한 선체가 드러났다. 불빛은 그 배의 선미(船尾) 속에 설치되어 있는 선박용 서치라이트에서 투사된 것이었다.

"잠깐! 저것은 전투함이 아니다. 사격 중지!"

애꾸가 선상으로 뛰어나오며 다급하게 말했다. 그 바람에 털보와 또 하나의 동료가 서치라이트를 향해 겨눴던 총구를 거뒀다.

지도선을 향하고 잠시 멈췄던 서치라이트도 방향을 틀어 바닷물을 비추고 있었다.

"저것은 함정이 아냐."

"그런데 탐조등을 설치하고 함부로 비추고 다닙니까?"

"글쎄 말야, 등치를 믿고 장난을 한 것 같아."

"장난요?"

"그래, 저봐, 콘테이너 운반선이잖아, 기중기가 달린."

"그렇군요. 그런데 저런 너구리 같은 새끼들이 다 있습니까?"

콘테이너선은 선박의 좌현을 길게 드러낸 채 어둠 속을 스르르 움직였다. 거대한 산이 움직이는 것 같았다.

그 배에 비하면 지도선은 너무도 작고 초라했다. 태산명동의 서유필이란 한자 숙어가 떠오를 지경이었다.

"놀라기는 했어도 다행인데. 아무래도 이상하단 말야."

"저도 그렇습니다. 어째 으스스한 것이 꼭 폭풍전야 같습니다."

애꾸와 털보는 지나치게 허술한 경비망에 신경을 곤두세우고 있었다. 자신들의 경험상 이번 사건은 벌써 군의 상급 기관까지 보고되었을 것이고, 그렇다면 지금쯤 그들의 예상 접근로인 해상과 해안에 1급 경계령인 진도개 1나가 발령될 상황인 것이다.

"혹시 이런 것은 아닐까요?"

"어떤?"

"우리들이 국경을 넘는 것으로 판단하여 해상봉쇄작전을 주안점으로 하고, 상대적으로 해안이나 항만 경비는 소홀한 것이 아닐까요?"

"그 말도 일리는 있어. 그러나 해안 경비 강화는 해상 작전과 같은 맥락에서 전개되는 것이 정상이거든."

애꾸는 선상에 서서 해안 쪽을 응시했다. 짙은 어둠 속이라 식별하기는 힘들었으나 군경의 작전 같은 낌새는 느낄 수 없었다.

"해안엔 새벽을 이용해 상륙한다. 그 시간이 몸을 움직이기가 편해. 우리가 소지한 전 총기류를 지도선에 남겨 놓고 맨몸으로 가는 거야."

"맨몸으로요?"

"그래! 총기를 소지하면 마음의 위안은 될지 몰라도 잘못하면, 아니 십중팔구 민간인을 다치게 하는 일이 생겨. 그렇게 되면 우리의 거사가 왜곡될 소지가 있다."

"왜곡이라고요?"

"지탄의 대상이 될 수 있다 그 말이지. 군경의 토벌 타켓에 올라, 일반 국민들의 질시까지 산다면, 우리들이 설 자리는 이 땅 어디에 있겠나?"

"그렇다면 육지에 상륙해서는 각자 개인 플레이를 하는 겁니까?"

"그럴 수밖에 없겠지. 많은 수가 몰려다니며 시선을 집중시킬 수는 없잖아. 각자 민간인 옷을 구해 입고 사회의 저변으로 스며드는 거야."

애꾸는 무척 어려운 말을 사용했으나 털보는 그 말뜻을 알아듣는 데 어려움이 없었다. 자신의 생각도 그것과 별로 다르지 않았기 때문이다.

"안에 들어가 인원들을 교육시키고 새벽까지 잠을 좀 자두도록 조치해.”

애꾸는 털보에게 말한 후 배의 후미 쪽으로 향했다. 지도선은 정박할 자리를 하나 찾아 닻을 내렸다. 구름 속에 가려 있던 달님이 서서히 얼굴을 드러내 항구 위를 푸른 빛으로 감돌게 했다.

은파(銀波)였다.

항구 쪽에서 방파제 너머 저쪽 먼 바다 위까지 달님이 뿌려 놓은 푸른 잔광은 주변을 한 폭의 그림으로 만들어 놓고 있었다.

아름다웠다. 밤항구, 잔잔한 물결, 그 위로 투사되는 달빛, 정박한 채 긴 항해에서 돌아와 단잠에 취해 있는 각종 배들의 고즈넉함, 그리고 또 부드러운 바람…….

한 모금 깊이 들이마신 공기마저 가슴 속의 빈 공간을 채워줄 만한 내용 있는 것이었다. 그것은 자유라는 그 절대적 가치의 여유였다.

“마하사……?”

애꾸는 완상하듯 주변 풍경을 살펴보다 문득 놀란다. 배의 뒤편에 있는 좁은 공간에 마득렬이 위태롭게 앉아 있었던 것이다.

잘못하여 몸의 균형이라도 잃는다면 영락없이 바닷속으로 떨어질 모양새였다.

“마하사, 여기 있었나? 어째 자세가 위험스러워 보이는군.”

애꾸의 두 번째 말에도 마득렬은 대꾸가 없었다. 그는 머리를 자신의 다리 사이에 처박고 깊은 생각에 잠겨 있는 듯했다.

“아니, 이 사람이 잠이 들었나?”

애꾸는 몸을 옆으로 세워 마득렬이 앉아 있는 뒤편으로 갔다. 원래는 제법 널따란 공간이 있었으나 지도선의 각종 잡동사니 물품을 쌓아 놓아 사람 하나도 간신히 통과할 정도의 공간만이 남아 있었던 것이다.

"……?"

"그래, 날세. 아니, 자네 울고 있구만."

애꾸는 자신을 바라보는 마득렬의 눈에 진한 눈물이 배어 있음을 보고 옆자리에 앉았다. 보기보다는 자신이 직접 앉아 보니 제법 안정감이 있는 자리였다.

"참모장께서 어떻게?"

"바람이나 쏘일까 하고 왔더니 먼저 와 계신 손님이 있더군. 마하사, 왜 괴로운가?"

애꾸는 한쪽 눈을 껌벅거리며 마득렬을 바라보았다. 그가 번민하는 까닭을 알 만하다는 표정이었다.

"그럴 거야. 사람을 죽였으니까. 그것도 한두 명이 아닌……. 마하사, 자네 사람을 죽여본 것이 오늘 처음이었나? 아니, 칠성이 건이 있었지. 그 전엔 없었나?"

"아뇨, 있었습니다. 그것도 이 세상에서 나를 알아주고 사랑하던 여자를 죽인 적이 있습니다."

"내가 듣기로는 자네가 죽인 것이 아니라던데. 그 아가씨의 죽음은 무엇인가 문제가 있는 것 같았고, 그래서 자네가 소속해 있던 ○사단의 수사관이 왔었던 것 아니었나?"

"아닙니다. 누가 뭐래도 은혜는 내가 죽였습니다. 내가……!"

마득렬은 다시 고개를 양다리 사이에 파묻었다.

"마하사, 자신을 너무 학대하지 말게. 은혜라는 아가씨를 죽게 한 원인이 자네에게 있었다는 자격지심이 오늘날 마득렬 자네를 여기까지 흘러오게 만들었다는 사실은 생각해 보지 않았나?"

"원인이라고요?"

"그렇지, 결과에 대한 원인. 은혜라는 여자를 죽게 만든 실마리가 자네 자신에게 있었다는 자학 말일세. 그 자학 하나가 자네를 황간도까지 흘러오게 만들었고, 그리고 이 아름다운 항구를 바라보며 애꾸눈의 선장과 마주앉게 한 것이 아닌가?"

"애꾸 선장이라고요? 그 표현은 그럴 듯하군요."

"아니, 이 사람!"

"하하하!"

애꾸와 마득렬은 서로의 얼굴을 바라보며 웃었다. 모처럼 마음껏 웃어 보는 웃음이었다.

자신의 신체적 컴플렉스마저 유머의 재료로 사용할 수 있는 사내, 애꾸를 바라보며 마득렬은 그를 만난 것을 행운이라 생각했다.

"참모장께선 어떻게 황간도에 오시게 되었습니까? 저는 그것이 하나 궁금했었습니다."

"궁금? 어떤 면에서 말인가?"

"뭐랄까, 침착하고 논리정연하며 어떤 면에서는 질리도록 냉정한 분께서 어떻게 사고를 치게 되었을까 하는 의문 말입니다."

"사고를 누가 치고 싶어 치나? 나도 지난 10여 년을 황간도에서 썩으면서 줄곧 그런 생각을 했었지. 나는 누군가, 나는 왜 이 곳까지 왔는가, 하는 물음에 물음을 거듭하며 말일세. 그것은 화두였네."

"화두라면 불가에서 말하는 평생을 두고 깨쳐보라며 고승 선사께서 내려준다는 그 말 말입니까?"

"알고 있군. 산사에 입문한 수도승에게 내려진 화두(火頭), 그것은 나는 왜 이 곳에 와 있는가? 바로 그것이었네."

"재미있는 비유군요. 그래서 지난 10년 동안 그것에 대해 깨달음을 얻었습니까? 아니, 말이 이상하군요. 해답이라고 해야 맞겠군요."

"얻었지. 불과 몇 시간 전에 얻었네."

애꾸는 그 말을 하면서 다소 우울한 표정이 되었다. 마득렬은 그가 황간도에서 가끔 불교의 법구경 같은 책을 펼쳐 보던 기억을 떠올렸다.

"그 해답이 무엇이었습니까?"

"알고 싶은가?"

"네."

"소녀였네."

"소녀요? 소녀……?"

마득렬은 애꾸의 대답이 무슨 선문답(禪問答)같이 들렸다. 깊은 산사(山寺) 장곡사에 간 적이 있었다. 군입대를 알리는 영장을 받아들고 충청도 어느 산골 천장(天場)이라는 하늘 이름이 붙은 푸르디푸른 산골을 거쳐 그 산사에 간 적이 있었다.

은혜와 함께였다.

계곡의 초입부터 사람의 혼을 빼놀 듯한 각종 암석들이 수천 년 시간을 두고 흘러온 계곡물의 애무를 받아 여자의 속살보다도 더 하얗고 부드러워 보였다.

사방이 작은 계곡물 하나에 의지해서 외지로 통하는 단절의 절지에 천년 고찰 일대가람의 웅자는 마득렬과 은혜라는 자연인의 존재를 참으로 초라하게 만들기에 충분했었다.

천5백 년 장구한 시간 앞에 나이 20을 헤아리는 두 청춘남녀의 번민과 고뇌는 참으로 치졸하고 졸렬한 것이었다.

사랑, 갈등, 군입대……. 그리고 그리움 또는 사랑이란 이름의 상대적 존재. 그때 대웅보전 안의 거대한 부처상 앞에서 그들 둘은 이명(耳鳴)을 느꼈었다. 실제는 소리가 없는데도 어떤 소리가 끊임없이 들리는 현상, 코스모스 우주 공간에 존재한다는 그 청각 현상을 들었던 것이다.

선문답은 그 곳에 있었다. 환상 속을 걷는 듯한 계곡과 불타오르는 단풍, 그 만추의 계절 한복판에 자리를 틀고 앉은 천년가람, 그에 상관없이 찾아드는 인간의 생리작용.

스님들이 사용하는 화장실은 선문답의 극치 그 자체였다. 그 깊이를 알 수 없는 거대한 변기통 위를 걸쳐 놓은 통나무 위에서 내려다본 지하 세계(?).

그때 마득렬과 은혜는 끝끝내 일을 못보고 애를 먹었었다.

지극히 자연적인, 있는 그대로 산도 계곡도 절도 그리고 용변을 해결해야 하는 그 곳도 자연 그 자체일 뿐인데……. 중생은 화장실에 대한 불편함을 가져야 했는지.

마득렬은 애꾸의 대답으로 인해 지난 시절의 한순간을 떠올려 보고는 질문을 던졌다.

"어떤 소녀였습니까? 그 소녀와 잊지 못할 추억이라도 있었습니까?"

"추억?"

"네."

"그것도 추억이라고 말할 수 있을까? 월남이었어. 그러니까 내가 입대하고 6개월 후에 월남전에 투입되었으니, 그때가……."

월맹군의 대대적인 2차 대공세에 월남 정부군을 비롯하여 미군을 중심으로 한 연합군이 크게 고전을 할 시기였다.

당시 일등병이었던 애꾸가 소속된 상륙군의 R중대는 후퇴 작전을 벌이던 연대에서 떨어져 중대 단독으로 퇴각을 하고 있었다.

프놈펜 서북쪽 20마일 정글이었다. 연대 주력이 너무도 멀리 떨어진 상황에서 월맹군의 정예 공전단에 포착된 중대는 그야말로 고군분투하지 않을 수 없었다.

이미 사단급 규모의 대접전에서 반수 이상의 병력을 상실한 R중대는 편제만을 겨우 유지한 채 퇴각 작전을 벌이며 적의 집중 공격을 당하고 있었다.

R중대는 적의 기동화 장비가 움직이기 힘든 저습지와 정글을 따라 이동하며 많은 인원을 갖고도 기습전술을 주로 사용하는 월맹군과 피를 말리는 교전을 계속하고 있었다.

모택동의 원형 전술을 즐겨 사용하는 월맹군 특유의 치고 달리기식 유격전은 막강하여 상륙군의 전사들을 괴롭히기에 충분했다. 군사 조직 단위상 최소 단위인 3명의 1개조로도 매복 유인 퇴로 차단이란 전술 전략을 전개하며 R중대의 혼을 빼놓고 있던 월맹군이 어느 시점에서 1개 대대 병력을 동원하여 대규모 토벌작전을 전개해 왔다. 그것은 자신들의 피해도 감수하고 달려든 전면전이었다.

R중대는 월남에 파병된 이후 혁혁한 전과를 올린 베테랑 중대였던 만큼, 전투 경험이 많은 고참급 병사들로 주축이 된 부대답게 대대급의 적을 간담이 서늘하게 만들었다.

최초 전투에서 적은 1개 중대 정도의 손실을 입고 공격을 늦추었다. 그 전투에서 R중대는 중대장과 두 명의 소대장을 잃었다.

잔류 병력은 1개 소대를 겨우 유지할 수 있는 인원이었다. 그때 지도상으로 접전지와 멀지 않은 곳에 대형 마을이 있는 것을 고참 선임하사가 찾아냈다.

그 마을은 월맹군의 전방 보급지 역할을 하던 A급 적색 마을로 성분이 분류된 곳이었다. 월맹군이 R중대에게 필요 이상(?)의 강공을 펴는 이유도 그 마을로의 난입을 예방하기 위한 작전의 일환이었다.

중대는 즉각 방향을 그 곳으로 잡았다. 마을 이름은 브이캔 캠프였다. 한때 미군의 전방 보급기지가 설치되기도 했던 관계로 그렇게 불렸으나 월맹식으론 다른 지명이 있었다.

브이캔 캠프는 쉽게 장악되었다. 원주민들은 퇴각한 연합군 대신 월맹군이 들어온 줄 알고 환영하러 나왔다가 R중대의 대원들을 보고 놀랐다.. 호지명이 내세운 해방 조국이란 깃발을 들고 환영하려는 월맹군 대신 진입해온 푸른 얼룩무늬 군복의 이방인들에 당황했던 것이다.

R중대는 마을을 장악하고 전열을 정비하는 시간을 벌었다. 월맹군의 공세도 예상했던 대로 적극적이지 못했다. 자신의 동족이 집단으로 모여 있는 곳에 전력을 기울일 수 없는 입장인 탓이었다.

R중대는 브이캔 캠프에서 인원들을 징발하는 작업을 벌였다. 정글을

함께 동행할 수 있는 장정과 사내들을 우선 징발하여 그들을 방패삼아 퇴로를 열려는 작전이었다. 그러나 문제는 전혀 엉뚱한 곳에서 발생했다. 그것은 너무도 갑작스런 상황이었다.

두 대의 미군 팬텀 전폭기가 나타나 브이캔 캠프 위에 소이탄과 함께 비오는 듯한 기총소사를 쏟아부은 것이었다. 월맹군의 전진을 방해하기 위한 미공군의 소개 작전이었다.

아비규환, 브이캔 캠프는 순식간에 생지옥을 방불케 했다. 미군들이 세워 놓은 것을 그대로 집으로 사용하던 막사는 물론 원주민들의 각종 집과 생활 시설들이 불길에 휩싸였고 태반이 몰사를 당했다.

비정한 전쟁의 참상이었다. 조종사 1명이 실종되면 전 연합군이 떠들썩하도록 발악(?)을 하며 인권과 전쟁 도덕을 내세우던 미군 전폭기의 무자비한 폭격을 보면서 애꾸는 처음으로 월남 전쟁의 지부에 전율했었다. 통분했다.

R중대가 세웠던 작전은 취소되었다. 작전 자체에 내재한 문제점을 파악한 것이 아니고 동행할 인원이 사라져 버렸던 것이다.

원주민은 물론 몇 명의 R중대원들도 피해를 본 어처구니없는 일을 당하고 황급히 철수를 하려는 중 애꾸는 한 소녀를 발견했다.

열서너 살쯤 되어 보이는 원주민의 소녀였다. 긴 머리와 까무잡잡한 피부, 거기다 월남 특유의 반짝거리는 눈빛을 가진 예쁜 소녀였다.

그런 소녀가 폭격으로 쓰러진 집에서 불길을 헤치고 기어나오는 것이었다.

애꾸는 그 소녀를 발견한 즉시 불길을 뚫고 뛰어들어가 그녀를 등에 업고 나왔다. 구사일생의 순간이었다. 그러나 불길 속에서 꺼내 놓은 소녀의 다리 두 짝이 폭격에 날아가 몸뚱이만 있는 형상이었다.

긴급하게 병원으로 후송하지 않으면 죽음을 면할 수 없는 상황이었다. 그러나 병원은커녕 최소한의 응급처치도 하기 힘든 실정이었다.

고통에 떨면서 소녀는 애꾸의 얼굴을 뚫어지도록 응시했다. 그것은 차라리 고통을 덜어달라는 애원의 눈빛이었다.

애꾸는 소녀를 바닥에 뉘어 놓고 총을 겨눴다. 그러자 단발의 총소리가 뒤에서 났다. 자신이 쏜 것이 아니었다. 쓰러져 있는 것은 칼 끝이 넓은 특유의 칼을 든 원주민 사내였고, 그를 쏜 자는 R중대 B소대의 P장 서소위였다.

소녀를 사살하려는 줄로 안 원주민의 공격을 서소위가 막은 것이었다. 아, 그때 애꾸는 생과 사의 허무함을 뼈저리게 체험했다. 그리고 인간 서소위와의 만남의 인연이 그토록 질기고도 끈질길 줄은 그때는 알지 못했다.

소녀는 자신의 가슴을 손으로 가리키며 사살해 줄 것을 요청했다. 서소위는 애꾸에게 맡기겠다는 듯 자리를 피했다. 살이 타는 냄새가 코를 찔렀다. 소녀의 양다리 잘린 부분엔 소이탄의 잔재가 묻어 살을 태운 시꺼먼 재가 보였다.

애꾸는 마음의 갈등을 느꼈다. 그냥 돌아가도 그만이다. 그렇게 되면 어떻게 되나? 저 소녀는 살 수 있을까? 아니다, 엄청난 고통 속에서 서서히 죽어갈 것이다.

그렇다면, 손을 써서 저 고통을 덜어줘야 한다는 말인가? 어떻게 내 앞에 이런 상황이 안배되었을까? 신은 이런 상황에서 어떤 길을 택할까?

　황혼이 뜨거웠다. 정글을 넘어 저 멀리 남쪽.땅 끝으로 떨어지는 태양이 뿌려 놓은 노을이었다.
　"그래서 그 소녀를 잠재웠나요?"
　"잠? 그것을 잠이라 생각하나?"
　"그럼 참모장께서는 죽음이라고 생각하십니까?"
　마득렬은 의미심장한 질문을 던졌다. 애꾸가 생각하기엔 다소 철학적이고 사변적인 질문이었다.
　"그래! 잠재웠다. 그럴 수밖에. 당시의 나로서는 선택의 폭이 제한되어 있었어."
　"그랬군요. 그런데 그 소녀와 참모장의 오늘날과 무슨 상관이 있다는 말입니까?"
　"있지. 브이캔 캠프를 빠져나온 우리 R중대는 거의 기적적으로 월맹군의 포위망을 빠져나왔지. 그런데 자대에 돌아와 보니 일이 이상하게 꼬여 가고 있었어. 내가 소녀를 잠재우는 장면을 원주민 중 누군가가 사진을 찍었던 거야."
　"사진을요? "
　"그 당시는 미군과 월맹군 최상부에서 숨가쁘게 휴전안을 놓고 협상을 벌인 시기라서, 월맹군이 연합군측의 잔인 무도함을(?) 들어 협상의 우위를 점유하려 들 때거든.　그 사진은 그런　자료로　사용된 거지."
　애꾸는 거기까지 얘기하고는 담배를 꺼내 들었다. 선실에서 선원들이 태우던 것이었다.
　"어지럽군! 그리고 취하는 것도 같고……. 자네도 한 대 태우지."

"저는 됐습니다. 그리고 담배를 태운다는 게 어째 어울릴 것 같지 않군요."

"그래! 편한 대로 해. 어쨌든 나는 전시 중 민간인 학살죄로 군법에 회부되었지."

"군법이라뇨? 그것이 군법에 회부될 일입니까?"

"다행히 소대장과 대원들의 적극적인 증언 등으로 형은 모면했으나, 나는 본국으로의 추방과 함께 말뚝을 박게 되었지."

"장기 복무를 강요받았군요."

"그랬지. 그때까지만 해도 직업 군인을 자원하려는 자는 극히 적었던 탓으로 그런 편법이 횡행할 때지. 영창이냐 말뚝이냐의 하나를 택일하라는 식 말야."

애꾸는 타들어가는 담뱃재를 바다 위에 떨구며 감회가 새롭다는 표정을 지었다. 담배는 국산이 아니었다. 길이가 작은 스몰 사이즈의 말보로는 어느새 꽁초까지 타들어가고 있었다.

"결국 장기 복무를 초래하게 만든 그 소녀 때문에 오늘날 황간도까지 흘러들어오게 된 거군요."

"그렇다고 보아야겠지. 결과가 그렇게 나타나 있으니……. 그러나 더 나를 운명의 장난에 울게 한 것은 서소위였어. R중대 B소대 P장이었던 그가 나보다 2년이나 빨리 황간도에 와 있었던 거야. 브이캔 캠프를 떠난 지 10년도 넘는 시간을 사이에 두고 다시 만났던 거지."

"사령관 말이죠?"

"그래, 마하사. 나와 사령관은 서로의 과거를 돌아다보면서 그 소녀의 영혼이 아직도 편히 잠들지 못했다는 생각을 하곤 했지.”

애꾸는 타들어간 담배꽁초를 바다에다 버리고 다시 한 대를 태워 물었다.

“사령관의 죄명은 무엇이었습니까? 동료들 중에도 아는 자가 없는 것 같던데.”

“나도 정확하게는 모르겠어. 다만 살인을 했고 사형에서 무기로 감형을 받았었다는 것밖에……”

“참, 지금 황간도는 어떻게 되었을까요?”

마득렬은 답답하고 다소 지루한 듯한 인생사에서 화제를 돌렸다.

“함정이 황간도에 도착했다면 한판 커다란 전쟁을 치렀겠지. 살아남은 자는 아마 없을 거야.”

애꾸는 오금이 저린지 자리에서 일어났다. 그의 얼굴은 평온했다. 좀전에 다소 감상에 젖어 있던 표정도 어느새 사라지고 냉정을 되찾고 있었다.

마득렬은 그의 얼굴에서 죽음을 예감했다. 어제의 인과를 단서 삼아 자신의 인생을 조율하려 하는 애꾸의 내일은 죽음의 허무밖에 남겨질 것이 없었던 것이다. 그것은 마득렬 자신의 삶도 마찬가지였다.

“내일…….”

마득렬은 혼자말을 중얼거리며 배의 뒷전에 어지럽게 쌓여 있는 잡쓰레기를 한 줌 집어 바다 위로 힘껏 던졌다. 쓰레기들은 바람의 저항을 받아 먼 바다 위까지 나가지 못했다.

지도선의 후미에 밤낚시를 즐기고 있는 작은 목선이 소리없이 떠 있고 그 안에 한 쌍의 남녀가 뜨거운 밀회를 나누고 있었다.

밤은 깊었다. 별자리의 이동과 달의 위치로 보아서 자정은 훨씬 넘은 듯했다.

안개가 흔들거렸다. 바다에서 해안선 쪽으로 해안 기류를 타고 짙은 안개가 들어찼다.

어둠은 밤과 새벽이 마주칠 때가 가장 어두운 법이었다. 바다 위를 주유하듯 월파(月波)를 쏘아대던 달이 그 빛을 잃은 시각에 지도선에 웅크리고 있던 자들이 서서히 기지개를 펴고 움직였다.

먼저 정찰조를 2명 부두 쪽으로 올려보냈다. 부두 근방과 시내로 연결되는 도로의 경계 상태와 교통 대책 등을 파악하기 위한 작전이었다. 정찰조의 책임은 털보가 자원했다. 언제나 용기 있고 책임감 있는 그였다.

지도선에 틀어놓은 라디오 뉴스에서는 아무 소리도 들을 수 없었다. 인천 앞바다에 도착하면서부터 무선기기를 파괴하여 외부와의 무선을 차단시켰기 때문이다.

"사안이 사안인 만큼 일급 비밀로 처리하고 작전에 임하겠지. 그렇지 않고 이 사건이 언론에 터졌다고 해 봐. 상륙군뿐만 아니라 전군의 명예는 여지없이 구겨지는 거야."

애꾸는 정찰조의 연락을 초조하게 기다리다 옆에 서 있는 동료들에게 눈짓을 했다. 그의 눈짓에 몇 명이 달려들어 선장과 항해사를 로프로 묶었다.

"선장! 너무 겁 먹지 마시오. 우리들이 배를 떠날 동안만 불편을 참고 있으면 누군가 당신네들을 구해 줄 것이오."

"알겠습니다."

선장과 항해사는 몸이 결박을 당하면서 별다른 저항을 하지 않았다. 죽이지 않고 그 정도로 끝내 준 것만으로도 감지덕지할 정도였기 때문이다.

수용소를 완전히 마비시켜 놓고 지도선까지 탈취한 사내들의 대담성과 호전성에 비추어 자신들의 생명부지를 의심하던 그들로서는 너무나 뜻밖의 관대(?)한 조치였다.

"지독한 안개군."

애꾸가 선상 위에 나와 안개를 손으로 휘저으며 말했다. 손에 잡힐 듯했다.

"몇 시인가?"

"네, 새벽 4시를 조금 넘고 있습니다."

"4시, 그렇다면 돌아올 시간이 되었을 텐데."

"저희들이 부두까지 나가 살피고 올까요?"

"아냐, 유동 인구는 되도록 없는 것이 좋아."

애꾸는 안개 속을 응시하며 말했다. 바로 옆에 매어 있는 배도 확인할 수 없을 정도였다. 얼굴 위에 물방울이 묻었다. 찝찔한 소금기였다.

그때 안개 속에서 장막을 깨치고 움직이는 물체들이 보였다.

"온다!"

정찰조였다. 부두에 다가와 뱃전을 기웃거리는 자들은 털보와 동료였다.

지도선에서 사다리형의 기다란 철다리가 놓였고 그들이 조심스럽게 선상으로 올라왔다.

"참모장! 해안이 봉쇄된 것 같습니다. 군뿐만 아니라 경찰까지 동원되어 있었습니다."

"경찰까지?"

"비밀스럽게 작전을 펴고 있었습니다. 해안의 주민들에게도 소개를 끝낸 것 같습니다."

"주민 소개까지? 그런데 항구 안은 왜 이렇게 조용했을까?"

애꾸는 어느 정도 예상은 하고 있었으나 막상 털보의 정찰 보고를 받고 조금은 당황이 되었다.

"참모장, 그런데 항구 안에도 많은 배가 빠져나간 듯합니다. 우리 주변에 있는 배들 말고는……."

털보가 부두 위를 걸어오며 살핀 상황을 다시 말했다.

"뭐라고? 배들을……. 이런 낭패가 있나."

안개가 조금 걷혔다. 애꾸는 선실로 뛰어들어가 선장용 망원경을 들고 항구를 살폈다. 그러나 주변에 있는 몇 척의 배의 마스트만이 희미하게 보일 뿐이었다.

군은 기민하고도 치밀하게 대처하고 있었던 것이다. 황간도의 돌발(?) 사태를 접수한 상륙군은 곧바로 육해군과 공조 수습책을 강구하고 작전을 벌인 것이다.

그들이 지도선을 찾아내고 주변에 있는 배만을 남긴 채 각종 배들을 얼마씩 거리를 두고 띄어 놓을 동안 까마득하게 모르고 있던 애꾸는 자책을 하지 않을 수 없었다.

"신은 역시 우리편이 아니야. 꿈이 소박했던 거지."

애꾸는 그렇게 자신의 심정을 피력했다. 지도선의 선원들을 묶어 놓고, 황간도에서 갖고 나온 무기들을 선실에 남겨 놓은 다음, 각자 살아서 한 번 밟고 싶었던 땅에 잠행을 시도하려 했던 소박한 계획이 여지없이 꺾이고 만 것이다.

"참모장! 배를 끌고 바다로 나갑시다. 아니, 완전 포위된지도 모릅니다. "

"그래도, 갈 때까지는 가봐야죠. 아니, 커다란 화물선이나 LPG운반선 따위를 납치하여 인질을 삼고 공해상으로 탈출을 하죠."

지휘부의 분위기를 눈치챈 죄수들이 한 마디씩 거들었다. 애꾸는 말없이 그들을 지켜보다 두 손으로 머리를 감쌌다.

머리가 깨질 정도로 아팠다. 그리고 무엇보다도 어떤 판단을 가부간에 내려야 한다는 상황이 부담스러웠다.

"참모장, 빨리 명령을 내려주십시오. 그대로 상륙이냐, 아니면 해상 탈출이냐 또는 자폭이냐? 말입니다."

"참모장!"

애꾸는 머리를 저으며 선실 한쪽으로 걸어갔다. 그의 두 다리는 후들후들 떨렸다. 그것은 상황의 답답함이 겁나는 것이 아니라 많은 수의 동료들의 앞날을 예측할 수 없다는 자괴심 때문이었다.

안개가 떨어졌다. 비처럼 후두둑 후두둑 소리를 내며 출렁거리던 안개가 비가 되어 내리고 있었다.

"배의 닻을 올려라! 그리고 털보는 옆배를 수소문해서 항구를 벗어날 인질들 몇을 수배해 와. 아냐, 됐다. 이대로 한다. 우리의 탈출을 위해 민간인들을 인질로 삼을 수는 없지."

애꾸는 내렸던 명령을 철회하고 장내를 살폈다. 동료들이 쏜살같이 움직였다. 부두에 매어 놓았던 로프를 끄르는 자와 바닷속에 내려놓았던 닻을 들어올리는 자, 그리고 선원들의 결박을 풀고, 나머지 인원은 지도선의 각 엄폐물에 몸을 숨기고 총기를 겨눴다.

"선장, 배를 빼서 저쪽으로 화물선들이 밀집되어 있는 곳으로 대시오."

안개가 비로 변한 까닭에 시야가 비교적 트였다. 선장은 하얗게 얼굴이 질려 있었다. 상황이 갑작스럽게 악화되었기 때문이다.

선장이 전원의 스위치를 넣고 엔진에 시동을 걸었다. 디젤엔진은 불과 수초 만에 지도선을 마음껏 움직일 만한 힘을 얻고 부드럽게 작동하는 소리를 냈다.

지도선이 후진을 했다. 좁은 공간에서도 움직이기 용이하게 특수한 소형 스크루가 선체의 앞쪽에도 달려 있는 배였기 때문이다. 그러나 배가 뒤로 몇 십 미터 움직이자 사방에서 강력한 서치라이트 빛이 발사되었다.

확. 3각이었다. 좌우그리고 후미의 서치라이트 빛은 지도선을 목표로 집중 조명되고 있었다. 눈이 부셨다. 촛불 30만 개를 일시에 켜놓은 불빛의 강도에 해당한다는 30만 촉광의 3배인 90만 촉광의 강력한 빛이 눈을 뜨기도 힘들게 했던 것이다.

"포위되었다. 완전히 포위되었어!"

누군가 외치는 소리와 함께 전방 부두 쪽에서 육중한 기계음이 들렸다. 그것은 전차의 캐피터 소리였다.

"전차다. 부두 쪽에 두 대, 그 뒤에 한 대."

"전차 뒤에는 땅개들이 새까맣게 매달려 있습니다."

동료들의 상황 판단이 아니어도 사태는 절망스럽다는 것을 마득렬은 알 수 있었다.

바다 쪽은 함정에, 부두와 육지 쪽은 전차 등에 완전 포위된 상태였고, 더구나 주변의 엄폐물(?)마저 밤 사이 감쪽같이 소개된 절망적 상황이었다.

"배를 전진, 저 앞쪽의 어선에 갖다 대."

애꾸의 명령에 선장은 후진을 멈추고 다시 앞쪽으로 지도선을 밀어 넣었다.

그리고 정적을 깨치는 K1 소총의 자동음이 들렸다.

"헤드라이트 꺼, 새끼들아! 당장 끄란 말야, 새끼들!"

털보였다. 그는 선상에 서서 좌우를 향해 총구를 번갈아가며 발사했다.

쿵! 그러자 배가 엄청나게 흔들거렸다. 앞으로 움직이던 지도선을 총소리에 놀란 선장이 순간적으로 제지를 못한 탓이었다.

지도선이 선수로 앞쪽에 매어 있는 커다란 트롤 어선의 옆구리를 들이받고 흔들거렸다.

헤드라이트 빛이 순식간에 꺼졌다. 그러자 웅장한 해군 함정 한 척이 항구를 가득 메우고 서 있었다. 좌우에는 그보다 규모가 작은 경비정이 몇 척 떠 있었다.

"아!"

함정은 너무나 거대했다. 마치 바다 위에 떠 있는 산과도 같았다. 바다의 왕자라는 구축함이었다.

"허튼 저항하지 말고 전원 자수하라! 끝끝내 개죽음을 당하고 싶은

258

가?"

함상에서 대형 스피커를 통해 자수를 권유하는 방송이 시작되었다. 그러나 그 소린 투항을 권유하는 것이 아니라, 마치 최후 통첩을 보내는 협박조였다.

"황간도의 잔당들도 전원 사살되었다. 선체에 있는 선원들을 돌려보내고 모두 손을 들고 나와라. 그렇게 한다면 정상이 참작될 것이다."

스피커 소리는 귀청을 찢어 놓을 정도로 컸다. 잡음까지 섞여 더욱 듣기가 싫었다.

"시껏, 새끼들아!"

털보가 선상에 똑바로 서서 함정을 향해 총탄을 날렸다. 그것은 골리앗을 향한 날개 잘린 다윗의 처절한 절규 같았다.

"그만. 털보, 선실로 들어와라."

"참모장! 이왕 이렇게 된 것, 배를 전속력으로 몰고 가 박아버리죠. 함께 끝나 버리는 겁니다."

털보가 선상에서 선실로 들어오며 말했다.

"그럴 수도 있겠지. 우리에겐 선택의 여지가 없으니까."

부두 위에는 탱크와 수륙양용차, 거기다 각종 장비들과 엄청난 수의 보병들이 몸을 숨긴 채 이쪽을 주시하고 있었다.

대치 시간은 상당히 길었다. 태양이 하늘 높이 솟아 안개와 비가 되어 흐르던 우중충한 기후를 한꺼번에 몰아낸 정오의 한낮이 되어도 구축함은 미동도 하지 않았다.

선무방송이나 기타 지도선의 인원들의 마음 가짐을 흐트러뜨릴 그 어떤 책동도 전개하지 않고 시간만 보내고 있었다.

"어떻게 된 거죠?"

"왜 저 새끼들이 꿈쩍을 하지 않는 겁니까?"

털보와 그의 옆에 서 있던 자가 침묵을 깨고 질문을 던졌다.

"심리전을 펴고 있는 거야."

애꾸가 선실 바닥에 주저앉아 그들의 질문에 답했다.

"심리전이라고요?"

"그래, 우리들의 피를 말리겠다는 거지. 그리고 현실적으로 저들이 급할 것은 없잖아?"

"급할 것이 없다……."

"그렇지, 독 안에 든 쥐니까. 그걸 함부로 몽둥이질하다가는 독까지 깰 염려가 있으니까."

"인질들을 얘기하는 건가요?"

"꼭 그것만은 아닐 거야. 사태의 심각성으로 보아서는 그깟 인질 두 명 정도야 쉽게 포기할 수 있는 사안이야. 작전상 어쩔 수 없었다면 그만일 테니까. 수용소를 박살내고 나온 흉악범들을 토살시키는 과정의 어쩔 수 없는 희생자였다면 충분한 공감이 가는 얘기고."

"그런데 놈들이 왜 공격을 안 하고 뜸을 들이죠?"

"명분을 얻기 위해서겠지. 흉악범들에게도 자수할 수 있는 시간을 주었다. 그러나 우리들 중 하나라도 살아 남는 것은 좋아하지 않겠지."

"자신들의 치부가 드러나는 것이 두렵다는 거겠죠."

"그거야. 황간도의 그 무자비한 실상이 밖으로 드러나는 것은 지휘선상에 있는 간부들 개인뿐만 아니라 상륙군 전체에도 큰 누가 될 테니까."

마득렬이 애꾸와 동료들의 말을 듣고는 선상으로 나왔다. 햇빛이 머리가 따가울 정도로 내리쪼였다.

"엉?"

마득렬은 눈앞의 작은 보트에 눈길이 갔다. 해안 침투용 작은 보트였다. 그 위에는 빨간색 구명정을 입은 군인 둘이 타고 있었다. 마득렬과 얼굴이 마주치자 손을 흔들어 적대감이 없다는 표시를 했다.

"여! 상사를 불러다오. 애꾸라고 알지?"

검은 선글라스를 낀 사내의 화이바에는 대령 계급장이 햇빛을 반사해 번쩍거렸다. 조준 사격도 가능한 거리까지 다가온 것으로 보아 대담한 뱃심의 소유자였다.

마득렬은 선실로 뛰어들어와 애꾸에게 상황을 통보했다.

"뭐야? 대령이……?"

애꾸는 자리를 털고 선실로 나가 지도선의 옆구리 부분에 가 섰다.

"여! 상사, 날세……!"

"아니?"

"그래, 나 오형섭일세."

대령은 화이바를 벗어 반가움을 표시했다.

"배에 가까이 접근해도 괜찮겠지? 보다시피 나와 이 친구는 완전 비무장이야. 몇 가지 전해 줄 말이 있어서 그래."

애꾸는 그들을 지켜보며 잠시 말이 없었다.

"참모장! 뭘 망설이십니까? 가까이 접근시키십시오. 저 새끼를 인질로 잡는다면 무슨 수가 있을 수도 있겠는데요.”

“뜻밖에 좋은 기회군요. 대령을 인질로 잡는다면 그보다 큰 소득이 없겠는데요.”

동료들이 강력하게 권했다. 그들의 눈빛에 갑자기 생기가 돌았다.

“시끄럿! 어떻게 네놈들의 생각이라는 것은 항상 그 모양인가? 저 친구는 내가 누구보다 잘 알아. 인질? 천만에, 자신이 인질로 이용당할 지경이 닥치면 혀를 물고 자살할 친구야.”

애꾸는 분통을 터뜨렸다. 삶의 능선을 힘겹게 타고 넘어와 기다리던(?) 죽음의 벼랑 끝에 한 발을 내민 상태에서도 얕은 수를 생각해 내는 동료들이 싫었던 것이다.

“타앙!”

그때 선실 안에서 한 발의 폭음이 터졌다. 유리창이 부서져 사방으로 튀는 소리도 들렸다.

“뭐야?”

애꾸와 동료들이 번개 같은 동작으로 선실 안으로 뛰어들어갔다.

“……?”

선실의 뒤쪽에 강력한 폭발 흔적이 나 있고 두 명의 동료가 온몸이 찢긴 채 쓰러져 있었다.

“이런 미친놈들!”

털보가 무릎을 꿇고 시체를 껴안았다. 긴장감을 참지 못한 동료 둘이 수류탄을 까 자살을 한 것이었다.

다행히 선실의 앞쪽에 있던 선장과 항해사 등은 다친 곳이 없는 듯 바닥에 엎드려 있다 일어났다.

숙연했다. 그들은 찢긴 시체가 된 두 동료들의 죽음을 측은하게 바라볼 수가 없었다. 금방 그들 자신도 뒤따라 가야 한다는 것을 알고 있기 때문이었다.

애꾸가 무거운 표정으로 밖으로 나갔다. 선실 안에는 화약 내음이 코를 찔렀다. 그러나 그 내음은 역겨운 것이 아니었다.

애꾸와 대령의 대화는 비교적 길었다. 마득렬은 동료들과 함께 먼저 간 시체들을 거둬 마대자루에 넣고 묶었다. '바다 사나이 나 바다로 보내주' 하는 상륙군의 노래를 떠올리며 마지막 가는 동료들을 챙겼던 것이다.

"그래도 네 놈들은 행복한 줄 알아라. 끝까지 네 놈들의 시체를 거둬주고 슬퍼해 주는 우리들이 있으니……."

누군가 풀어 놓은 언어가 마득렬의 가슴을 아프게 했다. 황간도에 묻어주고 온 노가리가 생각났다. 따지고 보면 작전 새벽안개에 동참했던 인원들 중 노가리가 가장 행복한 죽음을 맞은 느낌이 들었다.

"선장과 항해사를 내보내라!"

애꾸가 대령과의 얘기를 끝내고 들어오면서 말했다.

"그렇게 하면 어떻게 하겠다는 것입니까? 그럴 만한 조건을 대령이 제시하던가요?"

"조건?"

"네, 참모장! 그럴 만한 조건 말입니다."

"조건은 없다. 다만 상륙군의 전사답게 마지막 죽을 자리를 마련해 주겠다는 언질이 있었을 뿐이다."

“……?”

애꾸는 보트를 타고 왔던 대령이 중대장 시절 그 밑에서 인사계를 맡았었다. 절도와 의리. 그리고 군인으로서의 자세를 강조하던, 상륙군의 정예 장교였던 대령이 보여주었던 사내로서의 멋을 잊지 못하고 있었다.

그런 그가 10여 년이란 세월을 사이에 두고 기묘한 관계로 만나 하나의 제안을 한 것이다.

“인질을 포함한 전원을 오늘 낮 13시가 넘으면 폭발시켜도 좋다는 상부의 명령이라는 것이다. 그러나 인질들을 무사히 내보내 주면 그런 개죽음은 면하게 해주겠다는 조건이었다.”

“폭격이라도 하겠다는 거군요? 역시 악랄한 놈들답습니다. 황간도의 소장놈이나 그놈들이나…….”

“자, 구차해질 필요는 없잖은가? 끝까지 사내다움을 잃지 말자. 한 가지 아쉬움이 있다면 사령관의 말씀을 지키지 못하는 점이다. 우리들의 저 황간도의 생생한 기억들을 증언하라던 그 말씀……. 그러나 그것도 또한 무슨 소용이랴? 여기 이 화창한 하늘과 뜨거운 태양 아래서 모두 함께 떠나는 것도 괜찮지 않을까?”

애꾸의 말은 유언과도 같았다. 12제자를 앞에 놓고 최후의 만찬을 벌이던 예수의 모습 그것이었다.

“나가시죠.”

마득렬은 애꾸와 동료들의 엄숙한 분위기 속에서 선장과 항해사를 끌어냈다. 그들도 흐르는 눈물을 손등으로 훔쳤다.

“구명정을 입고 뛰어내리시오.”

마득렬은 선상 위를 아무렇게나 나뒹굴고 있는 구명정을 입고 바닷속으로 뛰어들길 권했다.

저만큼 대령이 타고 있는 보트가 움직였다.

"그럼……."

무슨 말인가를 하려던 선장과 항해사가 바닷속으로 다이빙 자세로 떨어졌다. 보트가 손을 흔들며 앞으로 달려왔다.

마득렬이 손을 흔들었다. 보트 쪽으로 헤엄을 쳐 가는 선장과 항해사를 배웅하기 위해서였다. 이 세상에서 자신의 마지막 모습을 기억할 사람들이라 생각하니 웬지 뜨거운 애착이 갔다.

상륙군의 전사로서의 마지막 갈 길을 보장해 주겠다는 대령의 언질은 마득렬의 가슴을 용솟음치게 했다.

자살이나 아니면 무차별 폭격에 의한 그런 개죽음이 아닌, 남아로서의 영예로운 최후를 만들어 주겠다는 대령의 말은 얼마나 그로테스크한가.

"하하하!"

마득렬은 선상에 길게 드러누워 버렸다. 하늘이 높았다. 한 점 구름 없는 하늘. 어느새 가을 아닌가.

놀랍게도 작은 잠자리 몇 마리가 하늘에 원무를 그리며 날고 있었다. 끼룩끼룩 우는 것은 갈매기일 것이다.

그 속에 은혜가 보였다. 그러나 그녀는 손을 저어 자신을 거부했다. 아, 보고 싶다. 이제 네 곁으로 가려 한다. 혼자서 끊지 못한 목숨 하나 들고 네 곁으로 갈 것이다.

어린 핏덩이 세상에 버리고 떠나신 부모님이 계신 곳, 정다운 벗 노가리 그대의 아름다운 의리와 수줍은 웃음이 있는 곳.

그리고 수많은 사람들과 지나온 시절들이 영상처럼 나타났다.

588 의 황녀, 그리고 자신의 손에 먼저 가 황천을 헤맨 황간도의 여러 기간병들, 노을. 아, 그 핏빛 황혼에 서서 자신의 가슴을 쥐어뜯던 민희……. 그리고 한없이 엄숙하기만 했던 사령관 서대위의 모습.

그때 마득렬은 자신의 옷깃을 잡아 일으키는 듯한 느낌을 받았다. 코브라였다.

구축함에서 발진한 거대한 전투용 헬기가 낮게 바다 위를 날아와 지도선 위를 번개같이 지나갔다. 헬기의 밑부분은 마치 전차의 그것 같았다. 시커먼 색감이 더욱 육중하게 보였다.

"헬기가 다시 온다."

선실 안에서 밖으로 뛰어나온 동료였다. 그는 바닥을 구르며 헬기를 향해 소총을 갈겼다.

"드드드!"

그러나 소총은 철판에 맞고 피탄이 되어 흩어졌다. 폭격을 가하려는 것은 아닌 듯했다. 지도선 정도야 코브라가 마음만 먹으면 로켓포 한 방이면 날려 버릴 수 있었기 때문이다.

"뭐야? 저 새끼들 끝까지 겁주려는 건가?"

"빙빙 돌지만 말고 이리 내려와, 새끼들아!"

눈에 핏발이 선 동료들이 마구 소총을 난사해댔다. 표적이나 목표가 없는, 그야말로 중심 없는 광증이었다.

다시 헬기가 커다란 원무를 그리며 지도선 위로 접근해 왔다. 헬기가 움직이는 속도가 바다 위에 어리는 그림자를 나타내고 있었다.

"저 새끼들이 무슨 꿍꿍이 속으로……."

헬기가 다시 고도를 낮춰 저공으로 수면을 날다 급상승했다. 머리 위였다.

"아니, 저것이?"

코브라는 지도선의 십여 미터 상공에서 속도를 멈추고 정지했다. 헬기가 몰고 온 강력한 바람이 선상 위에 있는 자들의 중심을 잃게 했다. 미처 소총을 겨눌 틈도 없었다.

그리고 하나, 둘, 꽃잎이 떨어져 배 위에 앉았다. 얼룩무늬 그리고 빨간 베레모, 상륙군이 자랑하는 비정규전 부대원들이었다. 그들의 손엔 날이 시퍼렇게 선 대검들이 들려 있었다.

아, 대령의 마지막 배려라는 것은 저것이었구나. 마득렬뿐만 아니라 애꾸, 털보, 그리고 전 동료들이 고개를 끄덕이며 각자 품 속에서 칼들을 뽑아들었다. 이미 서로가 뒤엉켜 있는 상황에서 총기를 사용하기 힘들었기 때문이다. 코브라에서는 총 20여 명의 대원들이 살며시 선상 위에 내려앉아 있었다.

마득렬은 대검을 비켜든 채 좌우를 응시했다. 그의 눈빛은 붉은 핏덩이를 토해낼 듯 인광을 내뿜었다.

아, 마득렬은 손을 휘저었다. 보이는 것은 하늘뿐이었다. 들리는 것은 함성, 아니 자신을 부르는 목소리였다. 아, 안개같이 흘러오기만 한 나날, 쥐어짜면 물이 되어 빠질 것 같던 영혼……. 잘못된 인생, 끝없이 헛발만 짚고 만 자신의 편린들, 아! 나는 왜 내 스스로의 의지로 서지 못하나. 잠자리의 날개짓, 끼룩거리는 것은 갈매기, 그리고…… 나 나.

15

소설을 끝내며

1. 유년기의 폭력

열한 살인가 아니면 그 한두 해를 전후해서일 것이다. 5일장터 공서원(公西院)이란 작은 산골 마을이었다.

20여 호 초가들이 모여 60년대 혁명 정권이 지어 놓은 양철지붕의 시장판을 자리삼아 생계를 유지하고 있었다.

싸전, 옹기전, 소전, 각종 잡화전, 장이 서는 날은 그런 구색이 갖춰진 정겨운 시골 장판이었다.

그 마을에 만주에서부터 흘러들어와 선술집을 내고 살던 백중기라는 사람이 문제였다.

폭력. 장판이 벌어지는 날이면 어김없이 그의 손에 한두 사람이 떡주물리듯 그야말로 폭행을 당하곤 했다. 겁나는 장면이었다. 나이 50대의 그 사내는 자칭 만주 일대에서 알아주던 주먹임을 과시하며 상대의 나이에 관계없이 시비를 걸고 사정없이 주먹을 날렸다. 상대가 없었다.

도무지 그 시골 장터 일대에서는 그와 맞서 몇 합(?)을 겨뤄볼 인재가 없었다. 그만큼 그의 주먹이 매서웠다는 증거다.

동리가 온통 그의 눈치를 보느라 정신이 없었다. 장날이든 아니든, 그가 술이 조금이라도 취한 듯하면 사람들은 그를 피하기에 급급했다. 장판을 따라 흘러온 장꾼이나 엿장수, 심지어 점을 치는 여자 점쟁이까지 그의 끔찍한 폭력에 치도곤을 당하기도 했다.

경찰도 필요 없었다. 어떤 용기 있는 자가 폭행을 호소하면 그는 지서에 끌려가 잘해야 하룻저녁 자고 나서 풀려 나왔고, 마을은 더 소란스러웠다.

그에겐 나보다 몇 살 위의 조카가 둘 있었다. 어려서 부모를 잃고 고모부가 되는 백중기의 집에서 친자식처럼 살고 있었다. 그 두 형제 또한 장터 꼬마들의 대장이었다. 아이들이 많았다. 목공소집 아이들인 나와 동생 기영, 대장간집 아이들인 용길과 충길, 떡방앗간집 윤하, 차보집의 일규와 민규, 그리고 기복, 병철, 근수 등은 동리 악동들이었다. 우리들은 그 백중기의 조카들한테 거의 절대적으로 충성(?)을 다해야 했다.

농협 공판장 앞에 쌓아 놓았던 소석회를 훔쳐다 고기를 잡아 바쳤고, 등산 훈련을 한다고 산에 가서 그 형제의 구령에 맞춰 입에서 단내가 나도록 제식훈련을 받아야 했다.

그러던 나는 어느 날 큰두목(?)의 호출을 받고 악동들의 아지트로 사용하던 의용소방대 창고 앞으로 가 밀명을 하나 받았다. 다리 건너 동리에 사는 한 청년(?)을 지목하며 큰두목(?)과 일전을 겨룰 일을 성사시키라는 명령이었다. 다시 말해 싸움 장소와 시간을 통보하고 오라는 것이었다.

나는 그 밀명을 충실(?)하게 따랐다. 그리고 그들의 역사적인 회전은 동리 다리 밑 이발소 자리였던 승기라는 친구의 마당이었다. 그러나 싸움은 일방적으로 끝나고 말았다. 상대가 큰두목보다 무려 두 배 가까이 컸던 탓이다.

많은 부하 악동들 앞에서 무참히 깨진 큰두목은 울분이 가득 담긴 소리를 치며 나의 머리통을 돌로 내리쳤다. 이름만 듣고 도전장을 내민 자신의 불찰은 생각 않고 내가 말을 잘못 전달했다는 이유였다.

그렇게 우리들의 악동 시절이 지나갔다. 그리고 동리에 전기가 들어오고, TV를 설치하는 집이 생기면서, 백중기도 나이가 들어 환갑이 지났다. 그때부터 그의 권위(?)와 폭력이 빛을 바랬다. 하나 둘 늙은 그 사내에게 도전을 하고 또 승리라는 전과(?)를 세우는 자들이 생겨났기 때문이다. 그의 비참한 종말이었다. 그와 함께 그의 조카들에게도 악동들의 도전이 하나 둘 시작되어 두목(?)의 권위를 여지없이 땅에 떨어뜨렸고……

2. 폭력은 더 큰 폭력을 야기한다

폭력은 어떤 권위와 그것을 뒷받침하는 강력한 힘이 원천이다. 그것이 개인적인 것이든 아니면 권력적인 것이든 그것이 미치는 영향은 같은 것이다.

개인의 폭력이 모여 조직화·구조화·카르텔화되어 조직폭력이란 이름으로 사회의 저변에 자리잡고 있고, 국가는 권력의 질서와 권위를 내세워 합법적인 폭력을 가하기도 한다.

80년도에 들어와 그 대표적인 예가 삼청교육대일 것이고, 지금 지방화·민주화된 90년대에도 사소한 인권에 대한 시비가 끊이질 않고 있다.

폭력은 더 큰 폭력을 야기하고 또 그에 대응하는 폭력의 순환고리를 조명하는 차원에서 나는 이 소설을 썼다. 군수용소와 그 저변의 이야기를 다루다 보니 어쩔 수 없이 특정군을 지칭하는 뉘앙스가 풍기는 것은 너그러운 이해가 있어야 할 것이다.

황간도는 소설의 재미와 극적 구성을 위하여 작가가 꾸며낸 허구의 섬이고, 선진화·현대화된 우리 군에 이 소설 속의 내용과 같은 부분은 없으리라 믿는다.

그러나 하나 밝혀두고 넘어갈 것은 60년대 말을 전후해서 사회를 한동안 떠들썩하게 했던 실미도 사건이 소설 구성의 힌트가 되었던 점이다. 이 점은 말 많은 문사(文士) 몇의 피곤한 말놀음을 미연에 방지하기 위해 밝혀두는 것이다.

밤이 긴 계절 저녁 한때의 아까운 시간을 나의 이 소설을 찾아 읽을 독자 제현의 건승을 빈다.

공서원(公西院)에서

이 기 호

흑색지대/이기호장편소설   값 6,000원

1996년 12월 20일   제 1 판제 1 쇄인쇄
1996년 12월 24일   제 1 판제 1 쇄발행

지은이   이   기   호
펴낸이   박   명   호

펴낸곳   명   지   사

서울특별시 동대문구 장안동 369－1
등   록：1978. 6. 8. 제5－28호
전   화：243－6686 · 249－1453
사 서 함：서울청량우체국사서함 제154호
대체구좌：010983－31－1742329

ISBN 89-7125-116-6 03810   ※ 잘못된 책은 바꾸어 드립니다.

포 리 스
POLICE
이현세 장편소설
오혜성은 경찰 대학을 수석으로 졸업한 뒤
정보수사팀의 팀장이 된다.
오랫동안 사랑했던 송채연과 극적으로
결혼하여 모든 행복을 다 가진 것 같다.
그러나 그것도 잠시 …
아내는 폭력조직에 끌려가 윤간당한 뒤
처참하게 살해되고 혜성은 찢어진
가슴을 안고 산을 오른다.
오랜 고행 뒤 경찰로 돌아온 혜성은
폭력조직에 대해 잔인한 복수를
시작한다 …
명지사